DU BERCEAU À LA TOMBE

LES ENQUÊTES DE DÉTECTIVE KAY HUNTER

RACHEL AMPHLETT

Du berceau à la tombe © 2025 de Rachel Amphlett

Tous droits réservés.

Aucune partie de ce livre ne peut être reproduite, stockée dans un système de récupération ou transmise par quelque moyen que ce soit, électronique, mécanique, photocopie ou autre, sans l'autorisation écrite préalable de l'auteure.

Il s'agit d'une œuvre de fiction. Si les lieux décrits dans ce livre sont un mélange de réel et d'imaginaire, les personnages sont totalement fictifs. Toute ressemblance avec des personnes réelles, vivantes ou décédées, n'est que pure coïncidence.

CHAPITRE 1

Michael Cornish posa sa main sur l'épaule de son jeune fils alors qu'ils traversaient la passerelle au-dessus de la rivière Medway, attentif aux dangers cachés dans les eaux sombres en contrebas.

Le garçon de sept ans n'avait pas arrêté de parler depuis qu'ils avaient quitté leur maison à Loose une demi-heure plus tôt. Au début, il était somnolent et râlait d'avoir été réveillé à six heures du matin. Puis, alors que Michael vérifiait dans son rétroviseur que le garçon avait bien attaché sa ceinture, le visage de Daniel s'était illuminé d'un large sourire, sa joie et son excitation à l'idée de passer la journée à pêcher avec son père étaient évidentes dans les questions qui fusaient depuis la banquette arrière tandis que la voiture serpentait sur les routes en direction de la rivière.

Michael savait que ça ne durerait pas.

C'était cette crainte qui gardait maintenant l'attention de Michael sur l'étroit sentier recouvert de pierres qui s'éloignait de la rambarde bleue du pont et longeait un chemin public au bord de l'eau. Il ne pouvait se défaire de l'idée qu'il ne lui restait que quelques années avant que Daniel ne décide que traîner avec son père un samedi matin était la dernière chose qu'il voulait faire.

La crainte se transforma en tristesse ; un chagrin anticipé.

— Papa, regarde !

Michael tourna son attention vers le héron qui s'élevait dans le ciel.

— On lui a fait peur, hein ?

— Il reviendra, ne t'inquiète pas. Je l'ai déjà vu ici. Fais attention où tu mets les pieds.

Il resserra sa prise alors que Daniel trébuchait, puis se redressait.

Tout en marchant, Michael porta son regard sur trois bateaux de l'autre côté de la rive, des yachts à moteur de tailles variées qui tanguaient doucement sur le courant, leurs coques colorées contrastant avec les ponts blancs. Dans chacun sauf le premier, les rideaux étaient fermés, les propriétaires absents – ou en train de profiter d'une grasse matinée.

Une silhouette solitaire était assise sur le pont arrière du premier yacht, un homme plus âgé qui portait une casquette de baseball et polissait un trombone en laiton, le métal brillant au soleil. Il leva la main pour les saluer à leur passage.

Daniel lui rendit son salut en souriant.

— Tu crois qu'il va jouer de ça, Papa ?

— J'espère que non. Je ne pense pas que ses voisins

apprécieraient si tôt le matin. Peut-être qu'il a joué dans un groupe hier soir, ou qu'il se prépare pour ce soir.

— On pourrait louer un bateau un jour ?

— Bien sûr. Il faudra d'abord demander à ta mère.

— Elle pourrait venir aussi. Elle aimerait ça.

— Tu as raison, je pense qu'elle aimerait.

— Est-ce que je vais attraper quelque chose ?

Sans se soucier du terrain, le garçon balança son épuisette en bambou vers un massif d'orties qu'ils dépassaient.

— Peut-être des petits trucs. Rappelle-toi ce que je t'ai dit, par contre, tu dois être silencieux et rester immobile, sinon tu vas les effrayer.

— D'accord.

Daniel leva son filet rouge vif devant son visage et remonta ses lunettes sur son nez en fronçant les sourcils.

— J'espère que je vais attraper plus que des têtards cette fois.

— Ce n'est pas la bonne saison, mon grand. Ne t'inquiète pas. Tu vas attraper quelque chose, j'en suis sûr.

L'enthousiasme de son fils le ramena à son enfance à Tovil, quand il pêchait avec son propre père à cet endroit même, à essayer d'attraper quelque chose de plus gros qu'un vairon.

Pas un brochet, cependant.

Quelque chose de spécial.

Puis il avait grandi, et pendant des années, la rivière n'avait plus du tout fait partie de sa vie. Ce n'était que lorsque Michelle et lui avaient eu Daniel qu'il s'était souvenu de ce que c'était d'avoir cet âge – et de ce qui lui manquait. Il travaillait peut-être à toute heure en tant que mécanicien mobile, mais il passait du temps avec Daniel dès qu'il le pouvait, sachant que Michelle savourait les quelques heures de paix et de tranquillité que leurs sorties du samedi lui offraient.

L'attention de Michael fut attirée par un soudain grondement sur sa droite, quelques instants avant qu'un train de passagers à trois wagons ne passe en rugissant, ses roues chuintant le long de la voie en direction de Paddock Wood. Alors qu'il disparaissait entre les arbres, le calme revint sur la berge.

Un doux *plouf* lui parvint, et il s'arrêta pour s'accroupir à côté de son fils.

— Ne bouge pas. Tu vois ce tronc qui dépasse de la berge ?

— Oui.

— L'eau ondule, tu vois ?

— Pourquoi ? Qu'est-ce que c'est ?

— Soit un campagnol amphibie, soit une loutre. Chut maintenant.

Retenant son souffle, Michael pointa du doigt un mouvement à la surface de l'eau alors qu'une traînée brune et luisante de fourrure jaillissait de l'eau et grimpait sur la berge opposée.

— Une loutre ! On a vu une loutre !

Daniel se retourna et lui sourit.

— C'était trop cool.

— Ça t'a plu ?

— Ouais, attends que je raconte ça à l'école la semaine prochaine.

Il glissa sa main dans celle de Michael et tira.

— Allons pêcher, Papa.

— D'accord. Il y a un bon endroit par là, près de cet arbre. Ton grand-père m'amenait ici quand j'avais ton âge. Allons-y.

Quelques instants plus tard, Michael lança sa ligne et enfonça ses bottes dans le sol meuble tandis que ses épaules se détendaient.

Daniel s'accroupit au bord de l'eau, le front plissé alors qu'il balançait son filet d'avant en arrière dans les bas-fonds, et Michael sourit devant l'expression de pure concentration du garçon. Une légère brise ébouriffait ses cheveux blond-roux qui s'assombrissaient chaque année, un autre rappel que son enfance passait trop vite au goût de son père.

Michael tendit le cou pour voir plus loin sur la berge, mais il ne vit personne d'autre. Ils avaient l'endroit pour eux seuls. Ce qui ne le surprenait pas outre mesure – l'été touchant à sa fin inévitable, la plupart des gens profitaient du beau temps et passaient leurs vendredis soirs à faire des barbecues ou à s'asseoir dans les jardins des pubs jusqu'à la tombée de la nuit. C'était uniquement parce que c'était son tour d'être le conducteur désigné hier soir qu'il était là, et que Michelle faisait la grasse matinée.

— Qu'est-ce que tu en penses, on achète des gâteaux en rentrant ? Tu crois que ça ferait plaisir à ta maman ?

— Oui !

Daniel lui sourit avant de retourner à l'inspection de son filet.

— Je n'ai encore rien attrapé, Papa.

— Patience, mon grand. L'attente fait partie du plaisir.

Le regard de Michael se tourna à nouveau vers la

rivière, et il cligna des yeux en apercevant quelque chose plus en amont.

Pendant un instant, il ne comprit pas ce qu'il voyait. La forme étendue flottait le long du courant tranquille, frôlant les roseaux qui s'agglutinaient contre la berge à seulement quelques mètres de là, puis elle tournoya sur un remous et se rapprocha.

Un frisson parcourut les épaules de Michael et la chair de poule se forma sur ses bras. Il déglutit, réprimant un haut-le-cœur alors que la forme devenait plus tangible, plus terrifiante.

Elle se rapprochait, et l'eau clapotait sur le matériau sombre qui couvrait la moitié inférieure, l'extrémité supérieure recouverte de cheveux sombres et emmêlés qui semblaient—

— Daniel ? Prends ton filet. On s'en va.

— Mais, Papa—

— Maintenant, s'il te plaît.

Il tendit le bras et éloigna Daniel de la berge pour qu'il se retrouve face à la voie ferrée, tout en luttant contre une panique grandissante.

Il sortit son téléphone portable et scruta l'écran.

Pas de signal.

Le cœur battant, il rembobina sa ligne, jurant entre ses dents alors qu'elle s'accrochait et s'emmêlait autour du moulinet. Il coupa l'hameçon qui pendait et le jeta avec la ligne cassée dans la boîte à pêche, enroula ses doigts autour de la poignée, puis saisit le poignet de Daniel.

— Allez. On retourne à la voiture.

— Qu'est-ce qui ne va pas, Papa ?

— Rien. Je viens juste de me rappeler que j'ai promis à ta mère de te ramener maintenant.

— Mais on vient juste d'arriver.

— Je sais. On fera ça un autre jour, promis.

Michael ravala son mensonge, sachant qu'il ne pêcherait plus jamais sur ce tronçon de la rivière.

Peut-être même qu'il ne pêcherait plus jamais.

Du tout.

Alors qu'ils approchaient de la passerelle, il jeta un coup d'œil par-dessus son épaule vers le cours d'eau. Le joueur de trombone avait disparu à l'intérieur de la cabine de son bateau, les autres étaient toujours déserts.

Au-delà, près de l'arbre sous lequel il se tenait avec son fils quelques instants auparavant, le corps poursuivait son macabre voyage.

Il posa la boîte à pêche au sol et regarda à nouveau son téléphone. Deux barres de signal, Dieu merci.

— Quelle est votre urgence, s'il vous plaît ?

— La police.

— Je vous mets en relation.

— Papa ?

La voix de Daniel monta dans les aigus, et il se rapprocha de Michael, laissant tomber son filet de pêche à côté de la boîte à pêche. Sa lèvre inférieure tremblait.

— Qu'est-ce qui se passe ?

Il poussa doucement Daniel.

— Va attendre près de la voiture. J'arrive dans une seconde.

Le fils de Michael s'éloigna péniblement, sans demander pourquoi, et sans se retourner. Son cœur se serra ; son fils ne comprendrait jamais, parce qu'il ne lui dirait jamais ce qu'il avait vu.

— Allô ? Quelle est votre urgence, s'il vous plaît ?

Michael prit une profonde inspiration, réalisant à ce moment-là que sa vie ne serait plus jamais la même. Il ferma les yeux et essaya de garder une voix stable.

— Il y a un homme mort qui flotte sur la rivière Medway près du pont de Tovil.

CHAPITRE 2

L'inspectrice principale Kay Hunter claqua la portière de la voiture banalisée argentée maculée de boue et se hâta de rejoindre son inspecteur.

Ian Barnes, la quarantaine bien entamée, les tempes plus grises cette année, souleva le ruban de la scène de crime tendu entre deux poteaux décoratifs et pointa du doigt la rivière qui coulait sous leurs pieds.

— C'est le périmètre extérieur, dit-il. Le corps s'est emmêlé sous l'un des pylônes du pont après l'appel. Les agents en uniforme ont contacté l'équipe de recherche sous-marine et la police scientifique.

— Un témoin ? demanda Kay.

— Il a été renvoyé chez lui après sa déposition initiale. Tu as entendu qu'il était avec son fils de sept ans ?

— Bon sang. Le garçon a vu quelque chose ?

— Non. J'ai pensé que les agents avaient fait ce qu'il fallait dans ces circonstances.

— Ça me semble correct.

Ils s'arrêtèrent au milieu du pont et Kay se pencha par-dessus la rambarde en repoussant une mèche de cheveux blonds derrière son oreille.

En contrebas, le chemin qui longeait la Medway grouillait de spécialistes en combinaison blanche et de leur matériel.

Une équipe de trois plongeurs se tenait dans les eaux peu profondes jusqu'aux genoux, leur attention focalisée sur les activités sous la structure de béton et d'acier. Un quatrième plongeur émergea du milieu de l'eau à la gauche de Kay, sa combinaison en néoprène luisante alors qu'il levait la main pour faire signe à ses collègues.

— Tout est en ordre là-bas, dit Barnes.

Un groupe de six personnes s'affairait sur un quai en béton près des bateaux. Deux agents se tenaient à proximité, leurs carnets sortis, l'un d'eux tenant une radio près de sa bouche.

— Et les propriétaires des bateaux ?

Kay pointa du doigt les trois yachts à moteur plus en amont sur la rive opposée. Elle repéra deux femmes parmi les hommes, ils avaient tous l'air d'être d'âge moyen ou plus âgés.

— Que sait-on d'eux ?

— Des locaux. Un couple, les deux plus près du bateau au bout, vient de Thanet. Apparemment, ils viennent ici un week-end sur deux pour se détendre. Ceux qui possèdent le bateau du milieu sont de Yalding et se sont arrêtés ici pour la nuit sur leur chemin vers l'estuaire plus tard aujourd'hui. Tous sauf un dormaient, dit Barnes. Le bateau le plus proche appartient à un musicien de jazz local. Il a vu notre témoin ce matin alors qu'il remontait la berge vers un coin de pêche populaire. Tu peux le voir là-bas, près de ce hêtre.

Kay mit sa main en visière pour se protéger du soleil matinal.

La berge s'éloignait de Tovil, son tracé reflété par la ligne de chemin de fer sur la droite, au-delà d'une rangée d'arbres. Une large berge herbeuse descendait en pente douce de la voie ferrée jusqu'au sentier de la Medway qui s'étendait vers East Farleigh et au-delà. Des fleurs sauvages s'épanouissaient et un couple de cygnes ornait le bord de l'eau. Toute la vue était une idylle du Kent.

À l'exception du corps sous le pont où elle se tenait.

Elle frappa ses mains sur la rambarde et se retourna.

— Allons-y. Qui est responsable en bas ?

— Harry Davis. Il était en patrouille avec Parker quand l'appel est arrivé. Ils ont été les premiers sur les lieux.

Kay suivit Barnes de l'autre côté de la passerelle et leva la main vers le sergent plus âgé qui attendait sur le sentier.

— Bonjour, Harry. Bon travail pour l'organisation.

Il lui tendit un bloc-notes.

— Merci, chef. Bonjour, Ian.

Kay signa le registre de la scène de crime, puis s'arrêta devant le ruban bleu et blanc qui flottait dans la brise en provenance du cours d'eau et elle jeta un coup d'œil vers le groupe de plongeurs qui discutait maintenant avec la police criminelle sur le chemin à quelques mètres de là.

— Quelle est la situation actuelle ?

Harry se retourna et fit un geste vers une forme qui gisait parmi un enchevêtrement de roseaux à côté d'un des plongeurs. Il fronça le nez.

— Ils ont réussi à récupérer le corps au niveau du pylône du pont il y a environ dix minutes. Harriet est là. Lucas est quelque part, il a déjà confirmé la mort du type.

Kay chercha le médecin légiste du siège de la police et l'aperçut plus haut sur la berge, les sommets des immeubles de bureaux de Maidstone visibles à travers la rangée d'arbres au-delà de sa position.

Lucas Anderson tenait son téléphone portable à l'oreille tout en gesticulant dans les airs. Il la vit, pointa sa montre, puis reprit son appel téléphonique.

Le regard de Kay se porta sur la plus petite des trois agents de la police criminelle enveloppées dans des combinaisons blanches alors que la chef de la Crim', Harriet Baker, commençait à se diriger vers eux.

— Bonjour, vous deux, dit-elle.

Elle tira sur le masque qui couvrait sa bouche et son nez, puis pointa son pouce ganté par-dessus son épaule.

— Vous allez avoir un sacré boulot pour l'identifier.

Le cœur de Kay s'effondra.

— Il est resté trop longtemps dans l'eau ?

— Non, il n'a plus de visage.

Un silence stupéfait suivit les paroles de Harriet.

— Quoi ? répondit finalement Barnes.

— Oui, je sais. Dieu sait qui il a énervé, mais il n'est pas tombé dans la Medway par accident, c'est certain, dit la chef de la police scientifique.

— Bon sang, dit Kay.

Elle jeta un coup d'œil par-dessus son épaule alors que Lucas approchait.

— Bonjour.

— Kay.

Il lui serra la main, puis celle de Barnes, et glissa son téléphone dans sa poche.

— Matinée chargée ? demanda Barnes en haussant un sourcil.

— J'ai deux agents en vacances, dit Lucas. Et maintenant, ça.

— Bon, dit Kay. Mettez-nous au courant, tous les deux, qu'avez-vous pu déterminer jusqu'à présent ?

Lucas se gratta le menton.

— Évidemment, je confirmerai une fois l'autopsie terminée, mais Harriet vous a probablement dit que notre homme n'a plus la majeure partie de son visage. L'examen initial semble indiquer une blessure par balle à l'arrière de la tête, la blessure de sortie ayant causé les dégâts à l'avant.

— Depuis combien de temps pensez-vous qu'il est là-dedans ? demanda Kay.

— Pas longtemps. Le corps n'est pas très gonflé, donc en supposant qu'il soit tombé, ou qu'il ait été poussé, face contre terre, je ne pense pas qu'il ait ingéré beaucoup d'eau, et je doute qu'il y en ait assez dans ses poumons pour suggérer une noyade. Encore une fois, je confirmerai lors de l'autopsie.

— A-t-il été tué le long de ce tronçon ?

Kay se détourna du médecin légiste et observa le groupe d'agents de la Crim' qui travaillaient, têtes baissées, sous un bosquet d'arbres bordant la berge plus en amont.

— Je ne crois pas, répondit Harriet. Mon équipe traite cette scène plus haut pour exclure cette possibilité, c'est là que le témoin a dit avoir vu le corps dans l'eau pour la première fois.

— Donc il a flotté jusqu'ici ? dit Barnes.

— C'est ce que nous pensons, en lisant la déposition du témoin et en parlant aux plongeurs, oui.

Kay mit sa main en visière et plissa les yeux vers la rivière qui s'incurvait vers la gauche et disparaissait à moins d'un kilomètre d'où elle se tenait.

— Alors d'où diable vient-il ?

CHAPITRE 3

Le temps que Kay et Barnes retraversent la passerelle pour rejoindre leur voiture, trois autres voitures de patrouille et un fourgon de médecin légiste s'étaient ajoutés à la foule de véhicules garés dans l'impasse.

Une foule curieuse s'était rassemblée derrière un troisième cordon entre deux véhicules de patrouille près du carrefour en T avec la route principale, le cou tendu pour essayer de comprendre ce qui se passait.

Kay leva les yeux au ciel en entendant le battement des pales d'un hélicoptère, puis elle regarda à nouveau vers la rivière.

— Nom de Dieu, Ian. Les vautours tournent déjà.

Barnes leva la main vers l'un des membres de l'équipe du médecin légiste et fit un geste en direction de la passerelle.

— Pouvez-vous travailler aussi vite que possible pour emmener le corps ? dit-il. Avant que ces zouaves n'obtiennent des images pour les informations de ce soir.

Ce n'est qu'une question de temps avant que plus de journalistes n'arrivent ici à ce rythme-là.

L'homme fronça les sourcils.

— Le médecin légiste est-il passé ?

— Il est en bas avec la Crim', donc vous allez pouvoir obtenir son autorisation pour déplacer la victime.

— D'accord. On s'en occupe.

Kay regarda l'homme traverser la passerelle, puis elle tapota le bras de Barnes et pointa la voiture du doigt.

— Retour au commissariat. Nous devons mettre l'équipe au courant de ce qui se passe ici, puis chercher l'endroit où notre victime a pu tomber à l'eau.

Elle fit défiler ses messages pendant que Barnes conduisait, déléguant autant que possible les tâches de son dossier existant afin de pouvoir se concentrer sur l'enquête majeure qui suivrait la découverte du corps dans la rivière.

Relevant la tête alors que la voiture ralentissait, elle fut surprise de constater qu'ils étaient déjà à la barrière de sécurité du commissariat du centre-ville.

— À quelle vitesse est-ce que tu roulais ?

— Il est tôt. La circulation est fluide. Tu l'aurais remarqué, mais tu n'as pas levé les yeux de cet écran depuis que nous avons quitté Tovil, dit Barnes en lui faisant un clin d'œil.

Il ouvrit la voie à travers les niveaux inférieurs du commissariat et monta un escalier, tourna à droite au bout et poussa la porte d'un grand espace de bureaux.

La lumière du soleil entrait à flots par les fenêtres à l'avant de la pièce, le bruit de la circulation sur Palace Avenue filtrant à travers l'épaisse vitre.

Kay s'arrêta sur le seuil et laissa Barnes la devancer, puis elle prit une profonde inspiration.

Une nouvelle enquête, et avec elle toutes les complexités et les problèmes qui mettraient sans doute ses compétences à rude épreuve.

Elle expira lorsqu'une silhouette dégingandée familière se fraya un chemin entre les bureaux vers elle, suivie de près par une femme d'une trentaine d'années aux cheveux courts et noirs de jais qui peinait à suivre son rythme.

Gavin Piper fit un signe de tête à Barnes à son bureau en se rapprochant.

— Nous sommes venus dès que possible.

Kay plissa les yeux vers lui. Les cheveux blonds de l'enquêteur se dressaient en épis malgré ses efforts pour les dompter, et elle secoua la tête devant sa peau bronzée.

— Ce n'est pas juste, Piper. Tu n'es parti que cinq jours.

Il ricana.

— Et quel retour, chef. Est-ce qu'on connait son identité ?

— Non, et ça ne va pas être facile non plus. Lucas a dit que le visage de la victime avait été détruit par balle.

L'enquêteuse Carys Miles grimaça, puis siffla entre ses dents.

— Bon sang. Je me demande qui il a énervé ? Une identification ?

Kay secoua la tête.

— Rien du tout, pas selon Harriet. Allons par là, je vais vous mettre au courant.

Elle passa devant Gavin et se dirigea vers l'endroit où

il avait installé un tableau blanc fraîchement essuyé. À côté, il avait dégagé toutes les informations sociales habituelles d'un tableau en liège et avait épinglé une carte de la rivière Medway le long du haut, l'emplacement du corps de la victime étant déjà mis en évidence.

Jetant un coup d'œil par-dessus son épaule à un groupe de jeunes agents en uniforme et en costume qui se tenaient à la périphérie du petit groupe, elle saisit un gros marqueur et se tourna vers eux.

— Bon début avec ça, Piper.

Elle fit une pause lorsque Carys lui tendit une tasse de café.

— Merci. Bien, les actions : Gavin, j'ai besoin que tu organises la mise en place du reste de cette salle des opérations dès que possible. Mets-toi en liaison avec Theresa à l'administration et vois si tu peux faire en sorte que Debbie West soit affectée à l'équipe pour la durée de l'enquête. Elle connaît tout le monde, et j'aimerais l'avoir à bord en tant que responsable de bureau.

Gavin griffonnait dans son carnet pendant qu'elle parlait.

— C'est noté, chef. Et pour l'informatique ?

— Demande-leur de t'aider, nous allons avoir besoin d'autant de bureaux que possible installés avant midi aujourd'hui. J'ai le sentiment que cette enquête va mobiliser la plupart de nos ressources cette semaine. Carys, tu peux t'assurer que cette carte est complète ? Trouve jusqu'où va cette partie du cours d'eau avant de rencontrer une écluse ou un barrage. Appelle aussi le bureau local de l'agence pour l'environnement pour voir s'ils peuvent nous donner une idée des débits sur cette portion de la rivière. Nous devons savoir d'où ce corps a pu venir avant que les équipes de recherche ne descendent là-bas, afin de pouvoir réduire leur champ d'action.

L'enquêteuse leva les yeux de ses notes.

— Est-ce que tu veux que les équipes de recherche commencent au point d'origine possible ainsi qu'à l'endroit où le corps a été trouvé à Tovil ?

— Absolument, répondit Kay. Nous devons explorer la possibilité que celui qui lui a fait ça ait pu emprunter une partie du sentier de la Medway pour s'échapper, et en ayant une deuxième équipe de recherche qui commence là où il aurait pu entrer dans l'eau, nous réduirons le temps de moitié. Nous avons besoin de résultats sur ce point aujourd'hui. Ian, j'ai besoin que tu travailles sur l'angle des personnes disparues d'ici ce matin. Découvre si ce que nous savons de notre victime jusqu'à présent, taille, poids moyen, couleur de cheveux, correspond à des signalements enregistrés.

— Je m'en occupe, chef.

Kay finit d'écrire ses notes sur le tableau, puis elle reboucha le stylo et fit à nouveau face à son équipe.

— Carys, dès que tu auras fini de parler avec l'agence pour l'environnement, je veux que tu descendes à la rivière pour coordonner avec l'équipe de Harriet et l'équipe de recherche en uniforme. J'aurai besoin d'un rapport en cours sur tout ce qu'ils trouvent pour pouvoir tenir l'équipe ici au courant.

L'enquêteuse acquiesça.

— Et pour les médias, chef ?

Comme sur commande, le bruit d'un hélicoptère résonna à travers les fenêtres, et Kay haussa un sourcil.

— Laisse-moi m'en occuper. Je vais parler au commandant divisionnaire Sharp d'une déclaration coordonnée avant qu'ils ne commencent à faire circuler des rumeurs. Allez-y.

CHAPITRE 4

Carys prit une carte des mains de Harry Davis et plissa les yeux face aux reflets éblouissants de la rivière Medway.

Les plongeurs de la police s'étaient dispersés une demi-heure plus tôt, satisfaits que le cours d'eau ne recèle plus d'indices sur l'identité de la victime, et maintenant un groupe d'agents en uniforme et de spécialistes médico-légaux attendaient sur le chemin de halage, guettant ses instructions.

Son téléphone portable vibra dans le gilet qu'elle avait enfilé par-dessus sa veste. Son cœur manqua un battement quand elle vit le numéro affiché à l'écran.

— Enquêteuse Carys Miles.

— Détective, c'est Ray Annerley de l'agence pour l'environnement. J'ai les informations que vous recherchiez.

— Merci de me rappeler si vite. Que pouvez-vous me dire ?

— Compte tenu de la période de l'année et du fait que nous n'avons pas eu d'inondation ces derniers jours, nous pensons que votre homme aurait pu entrer dans l'eau n'importe où à partir de l'écluse d'East Farleigh avant d'atteindre Tovil.

Carys retint un soupir.

— Ça couvre presque trois kilomètres.

— C'est le mieux que nous puissions faire, j'en ai peur. La première écluse depuis votre position est à East Farleigh, je ne pense pas qu'il aurait pu la franchir sans que quelqu'un ne le remarque.

— Combien de temps pensez-vous qu'il soit resté dans l'eau ?

— Depuis cette écluse ? Un jour tout au plus.

Carys le remercia et mit fin à l'appel. Au moins, les estimations de l'agence pour l'environnement correspondaient aux conclusions initiales du médecin légiste.

— Bien, tout le monde. Rassemblez-vous, s'il vous plaît. Avez-vous tous reçu une copie de la carte montrant le chemin de la Medway de la part de Harry ?

Un murmure parcourut le groupe en guise de réponse.

— Je viens d'avoir l'agence pour l'environnement au téléphone, et ils viennent de confirmer que notre zone de recherche devrait commencer à l'écluse d'East Farleigh. Étant donné les débits et les conditions météorologiques actuelles, ils sont d'accord avec l'avis de Lucas Anderson selon lequel notre victime n'est restée dans l'eau que pendant un jour maximum. Compte tenu de cela, nous allons nous diviser en deux groupes : l'un continuera à partir d'ici, et l'autre commencera à l'écluse d'East Farleigh.

Elle fit une pause pour consulter ses notes. Une goutte

de sueur coula entre ses omoplates, et elle se força à se détendre. Elle avait dirigé de nombreuses recherches auparavant, mais elle n'avait jamais été responsable d'en mener une.

L'élan de fierté qui l'avait envahie lorsque Kay lui avait donné pour instruction d'effectuer cette tâche menaçait de se transformer en anxiété face à l'ampleur de ce qui l'attendait. Cela n'aidait pas qu'il n'y ait pas eu le temps de faire appel au conseiller en recherche de la police pour l'assister dans cette tâche – la personne responsable était coincée dans les embouteillages à l'extérieur de Folkestone et n'atteindrait pas Maidstone avant deux heures.

Kay n'avait pas été prête à attendre, alors elle avait entre-temps chargé le responsable désigné de la recherche des personnes disparues – le sergent Harry Davis – de coordonner les paramètres initiaux.

Carys s'éclaircit la gorge.

— Notre objectif de recherche est de trouver toute preuve qui pourrait être liée à notre victime ou à l'auteur du crime. Pour l'instant, nous ne savons pas où la victime est entrée dans l'eau, donc vous devrez inclure les signes d'une lutte, les éclaboussures de sang provenant d'une blessure par balle, ou d'autres indicateurs. Nous devons aussi garder à l'esprit que son tueur a pu s'échapper le long du chemin de la Medway après lui avoir tiré dessus.

Elle retourna la carte et indiqua la photographie satellite qui avait été imprimée au verso.

— Si vous regardez ceci, vous verrez qu'entre ici et East Farleigh, il y a plusieurs voies de sortie que le tueur aurait pu emprunter. Nous avons une autre équipe qui mène des enquêtes de porte-à-porte dans les rues qui bordent la rivière, mais vous devrez également vérifier tous les sentiers qui partent du chemin principal de la Medway.

Elle balaya du regard les agents rassemblés.

— Je sais que c'est une entreprise énorme, mais nous avons presque onze heures de lumière du jour à notre disposition. L'inspectrice principale Hunter cherche une assistance supplémentaire auprès du quartier général pour faire venir du personnel supplémentaire plus tard dans la journée afin de poursuivre les recherches. Des questions ?

Comme personne ne levait la main, elle se tourna vers le sergent de police plus âgé à côté d'elle.

— Harry, peux-tu diriger le premier groupe à partir d'ici ?

Davis acquiesça, puis commença à aboyer des ordres à ses collègues.

Carys regarda le groupe s'éloigner sur le chemin de halage de la passerelle, puis se tourna vers le personnel restant.

— Allons-y.

ALORS QU'ELLE chassait une nuée de moucherons en train de danser devant son visage, Carys abaissa sa casquette de baseball bleu marine et jura dans sa barbe, debout sur le pont médiéval qui traversait la rivière Medway à East Farleigh.

Un flot constant de circulation coulait derrière elle.

Elle n'avait pas osé suggérer la fermeture du pont,

étant donné les affirmations de l'agence pour l'environnement selon lesquelles la victime était entrée dans l'eau après l'éclusc à gauche de la structure.

Cette voie très fréquentée était un itinéraire populaire vers les banlieues sud de Maidstone, la route étroite étant gérée par des feux de signalisation qui laissaient passer quelques voitures à la fois.

Si elle en bloquait l'accès sans preuves suffisantes pour justifier son action, elle n'en finirait jamais d'en entendre parler de la part de ses collègues de la police de la route.

Ses lèvres se pincèrent tandis qu'elle parcourait du regard le déversoir à droite de l'écluse, un quai en béton séparant les deux, pour permettre aux propriétaires de bateaux de progresser le long de la rivière et aux autorités locales de gérer le débit d'eau.

Appuyant ses bras sur l'arche construite en pierre, elle observa le groupe d'agents en uniforme qui avançait le long du chemin en une courte ligne.

Elle avait choisi de les diviser – une ligne de cinq agents en tête, un second groupe derrière eux. Trois spécialistes médico-légaux se tenaient à l'arrière, prêts à recueillir toute découverte comme preuve pour traitement et élimination.

Carys prit une profonde inspiration, puis attendit une accalmie dans la circulation et traversa la route en courant.

Une ancienne station de pompage en briques rouges reconvertie se dressait à sa gauche, des stores couvrant les fenêtres du sol au plafond pour atténuer le soleil éclatant – ou la vue de tant d'agents de police en train de ramper dans le paysage.

Elle ralentit en atteignant le parking au-delà de la

station de pompage, se faufila entre deux voitures de patrouille, et se dépêcha de revenir sur le chemin et sous le pont vers ses collègues.

En passant devant les agents de la police scientifique, elle rattrapa l'agent Aaron Stewart dans le deuxième groupe de recherche.

Il s'arrêta, sa grande silhouette projetant une ombre sur Carys.

Elle se protégea les yeux et fit un signe du menton vers les deux équipes.

— Quelque chose ?

— Non. Pas de traces d'éclaboussures de sang sur les côtés de l'écluse en aval, et nous avons aussi vérifié l'autre côté près du déversoir.

Carys sortit son téléphone portable.

— J'ai un signal complet ici, alors je vais me joindre à vous.

— Parfait.

Ils se mirent en ligne, et elle baissa les yeux vers le sol. Chaque officier travaillait méthodiquement, balayant du regard le chemin de pierre et de terre ou, dans le cas des deux officiers à sa gauche, l'épaisse végétation qui poussait entre le sentier de Medway et la clôture érigée le long de la voie ferrée.

Remontant son col pour se protéger du soleil, Carys leva les yeux en entendant un appel du groupe devant le leur.

À droite, s'avançant dans l'eau, se trouvait une jetée en béton et elle retint son souffle tandis que trois officiers s'y déployaient et commençaient à inspecter la surface rugueuse à la recherche d'indices. Elle reconnut l'agent

Dave Morrison qui s'accroupit à quatre pattes et se pencha par-dessus le bord, avant de se rasseoir et de pointer son pouce vers le bas.

— Pas de traces de sang ni rien d'autre là non plus, dit Stewart.

Carys déplia sa carte.

— Où est le premier embranchement de ce sentier ?

— Il y a une propriété à environ huit cents mètres, avec un accès à Barming. Si tu regardes l'image satellite, on dirait que c'est un endroit populaire pour l'amarrage des péniches.

Elle tourna la page, puis fronça les sourcils.

— Avec une maison et autant de bateaux à proximité, on aurait pensé que quelqu'un aurait signalé un coup de feu.

— Peut-être. Il y a des champs tout autour d'eux, cependant, donc ils ont pu penser que c'était un effaroucheur de corbeaux ou quelque chose comme ça. Si on n'est pas habitué à l'entendre, un coup de feu peut aussi ressembler à un bruit de pot d'échappement.

Carys se mordit la lèvre, puis tendit le cou pour voir comment progressait le premier groupe. Elle remit la carte dans sa poche et avança, essayant d'ignorer le sentiment de malaise qui lui retournait l'estomac.

Et si l'homme avait été abattu ailleurs, et que son corps avait ensuite été jeté dans la rivière ? Elle secoua la tête, marmonnant dans sa barbe. Non, car quelqu'un aurait dû porter son corps – trop difficile à travers les champs et une ligne de chemin de fer fréquentée, et trop risqué de traverser le pont avec la quantité de véhicules qui l'empruntaient jour et nuit.

Elle frissonna quand un train passa en trombe, son klaxon retentissant. Cette portion de voie ferrée contenait trop de souvenirs pour elle – des souvenirs qui la tenaient éveillée certaines nuits, quand son esprit se tournait vers ce qui aurait pu être si—

— Ils ont trouvé quelque chose.

La voix de Stewart interrompit ses pensées, et elle releva brusquement la tête.

— Où ?

L'agent de police pointa du doigt une femme officier à droite de la première équipe, qui avait levé la main en l'air pour immobiliser son groupe.

Carys observa, les poings serrés, tandis que la femme se dirigeait vers un bateau de plaisance aux couleurs vives amarré à côté du sentier, ses mouvements méthodiques alors qu'elle vérifiait l'herbe épaisse sur la berge.

Satisfaite que la voie soit libre, un collègue masculin l'aida à franchir le plat-bord. Elle frappa à la porte de la cabine avec ses articulations, puis jeta un coup d'œil à travers une fenêtre ronde.

Une fraction de seconde plus tard, elle pivota sur ses talons et fit signe.

— Attendez ici, dit Carys. Je crois que c'est ça.

CHAPITRE 5

Arrivée au bateau, Carys parcourut du regard la coque aux rayures bleues et découvrit un nom – *Lucky Lady* – peint sur la partie la plus proche de la proue. À la poupe, un numéro d'immatriculation avait été imprimé en peinture blanche, bien visible.

Une seule fenêtre s'étirait sur toute la longueur de la cabine du côté gauche, et tandis qu'elle s'approchait de la proue, elle remarqua que celle-ci ainsi que les deux fenêtres orientées vers l'avant étaient occultées par des rideaux tirés.

L'agente Laura Hanway l'interpella avant de se présenter, puis désigna la porte de la cabine.

— Elle est verrouillée, madame. Mais il y a des traces de sang ici sur le pont, ainsi que sur le côté droit du cockpit et de la cabine.

Carys retourna vers la poupe. Elle tendit la main vers celle de l'agente et se hissa sur le pont en fibre de verre du yacht à moteur.

Comme pour les autres embarcations qu'elle avait vues

amarrées à Tovil, le cockpit était ouvert aux éléments, une bâche grise étant roulée et rangée à l'extrémité de l'espace exigu.

L'agente recula pour laisser plus de place à Carys, ses cheveux châtain clair tirés en un chignon soigné à la base de sa nuque. Elle fit un geste vers la fenêtre avec sa main gantée.

— La porte est verrouillée, mais on dirait qu'il y a eu une bagarre.

— D'accord, descendez. Faisons venir les experts de la police scientifique pour qu'ils commencent à prélever des échantillons, dit Carys. Après ça, vérifiez le numéro d'immatriculation auprès de l'agence pour l'environnement. Dès qu'ils auront des informations, demandez-leur de les transmettre par téléphone à la salle des opérations. Pouvez-vous demander à Aaron de me rejoindre ?

— Oui, madame.

Carys se tourna vers l'équipe de recherche qui attendait.

— Continuez la recherche par quadrillage, et je veux que trois d'entre vous se concentrent sur la berge le long de ce bateau. C'est peut-être l'endroit où notre victime est tombée à l'eau.

Quelques instants plus tard, Aaron Stewart monta à bord et haussa un sourcil.

— Qu'est-ce que tu as trouvé ?

— Reste près de la porte de la cabine, dit Carys. Je ne veux pas que nous contaminions les preuves plus que nous ne l'avons peut-être déjà fait.

— D'accord.

— Laura a raison. L'intérieur est un vrai capharnaüm, et regarde, il y a des taches de sang. La porte est verrouillée, et je n'ai pas trouvé de clé de rechange ici. Tu penses pouvoir l'enfoncer ?

— Motif raisonnable ?

— Un homme mort, des signes de lutte, et peut-être quelqu'un d'autre à l'intérieur qui a besoin de soins médicaux.

— Recule.

Carys s'éloigna de la fenêtre de la cabine et se plaça derrière Stewart. Tandis qu'il faisait un pas en avant, elle examina les taches de sang.

Ça devait être l'endroit. Aucun pêcheur sain d'esprit ne laisserait son bateau dans un tel état.

Stewart donna un coup de pied, faisant voler en éclats la fine porte en bois sous la serrure fragile, et il sortit sa matraque télescopique de sa ceinture utilitaire.

— Avec tout le respect que je te dois, reste ici.

— Compris.

Carys sortit sa matraque et resta sur le seuil pendant que l'agent de police baissait la tête sous le cadre bas et descendait dans la cabine.

Elle plissa le nez en sentant une légère odeur âcre qui s'échappait des quartiers d'habitation du bateau, et elle se pencha pour regarder à travers les morceaux de porte brisés qui pendaient encore aux charnières.

La lumière tamisée du soleil filtrait à travers les rideaux des fenêtres, créant une pénombre qui flottait dans l'air, malveillante et menaçante. Stewart se déplaçait avec précaution dans l'espace, sa grande silhouette courbée alors qu'il balayait la pièce de gauche à droite, sa matraque fermement serrée.

— Police ! Il y a quelqu'un ? dit-il. Si vous êtes blessé, manifestez-vous.

Carys retint son souffle.

Le bateau resta silencieux.

— Il y a une porte qui mène à la cabine avant, dit Stewart. J'y vais.

Le bruit de ses phalanges contre le bois lui parvint, puis il tira sur la porte.

Il jura à voix basse.

— Qu'est-ce qui se passe ?

— C'est vide. Il n'y a personne ici, mais tu ferais mieux de venir voir ça.

Carys posa sa main gantée sur le cadre de la porte et descendit les quatre marches qui menaient à la cabine, avant de se diriger vers l'endroit où se tenait Stewart à l'autre bout.

Elle tendit les bras pour garder l'équilibre alors que le bateau bougeait dans l'eau, ses yeux balayant les tiroirs ouverts, leur contenu éparpillé sur les sièges de la cabine. Dans la cuisine, un réfrigérateur avait été ouvert, des restes de nourriture étaient étalés sur les murs et piétinés sur le sol.

L'agent de police s'écarta lorsqu'elle s'approcha, le visage troublé.

— Regarde.

En regardant à travers la porte, Carys eut le souffle coupé. Elle déglutit pour maîtriser sa peur.

Elle devait se concentrer.

Elle devait faire son travail.

Des vêtements d'enfant avaient été sortis d'un vieux sac de sport ouvert sur le lit – une salopette bleue, des débardeurs en coton blanc, une paire de sandales marron. Parmi les petits jeans et pulls jetés de côté, deux livres d'images étaient ouverts, leurs pages froissées. Une petite voiture gisait abandonnée sur le sol de la cabine, et un gobelet en plastique coloré était renversé sur une commode à trois tiroirs.

— Oh, non.

Carys fit un pas en avant et s'accroupit. Elle souleva les couvertures froissées sur le côté du lit, puis regarda en dessous.

— Il ne se cache pas quelque part ?

— J'ai vérifié les toilettes aussi. Il n'y a personne.

Carys se redressa et fit signe à Stewart de la suivre dehors.

— Je vais faire venir la police scientifique ici. Je veux que tu restes posté près de la porte principale, d'accord ?

— Entendu.

— Donne-moi un coup de main.

Carys appela un des agents de police sur le chemin de la rivière, et descendit du bateau avant de sortir son téléphone portable.

Elle appuya sur la numérotation rapide, les mains tremblantes, et commença à se précipiter vers sa voiture.

— Chef ? Nous avons trouvé un bateau abandonné qui montre des signes de lutte. Il y a des taches de sang sur le plat-bord, et le contenu de la cabine a été saccagé. Nous attendons que l'agence pour l'environnement nous dise à quel nom le bateau est enregistré.

— D'accord, répondit Kay. Tu peux revenir ici. Bon travail.

— Attends.

Carys serra le téléphone plus fort contre son oreille et se mit à courir.

— Ne raccroche pas.

— Qu'est-ce qui ne va pas ?

— Je pense qu'il y a aussi un enfant disparu.

CHAPITRE 6

Le commandant divisionnaire Devon Sharp leva les yeux du rapport HOLMES2 qu'il tenait dans sa main droite lorsque Kay fit irruption dans son bureau, et haussa un sourcil.

— Est-ce qu'on a une percée ?

Kay prit une profonde inspiration pour s'efforcer de se calmer. La tension dans la voix de Carys avait été évidente, et Kay avait du mal à ne pas l'imiter face aux nouvelles que son enquêteuse avait partagées.

— Carys et l'équipe de recherche ont localisé un yacht à moteur abandonné sur la Medway à l'ouest d'East Farleigh. Il y a des taches de sang sur les bastingages, des signes de lutte, et il semble que nous ayons peut-être aussi un enfant disparu.

Sharp se leva de sa chaise, jeta le rapport de côté et fit un geste en direction de la salle des opérations, ses yeux gris troublés.

— Avons-nous déjà une identité pour la victime ? As-tu une idée de qui pourrait être l'enfant ?

— Rien pour l'instant. Ils fouillent encore le bateau, répondit Kay en se dépêchant de suivre sa silhouette imposante. Carys a demandé à un agent de contacter à nouveau l'agence pour l'environnement, avec le numéro d'immatriculation du bateau. Nous voulons savoir s'ils peuvent corroborer l'emplacement du corps ce matin avec celui du bateau pour voir si le courant de la rivière l'aurait transporté depuis cet endroit. Je ne veux pas rappeler l'autre équipe de recherche tant que nous n'avons pas cette information.

— Bonne idée. Où est Carys ?

— Elle est en route pour revenir ici.

Barnes traversa la pièce pour les rejoindre près du tableau blanc, le visage pâle face à ce nouveau développement.

— J'ai parlé à Harriet et elle va faire le lien avec l'équipe de recherche sous-marine pour qu'ils plongent dans la rivière et cherchent une arme ou des douilles pendant que son équipe s'occupe du bateau. Je vais aussi appeler Hazel Aldridge pour la mettre en attente. On va avoir besoin d'elle, apparemment.

Kay acquiesça. L'officier de liaison familiale officiellement formée serait le principal point de contact pour les proches, une fois l'identité de la victime connue, et elle fournirait des informations précieuses pour aider à l'enquête, alors que la famille divulguerait les détails sur ce qui aurait pu se passer avant la mort de l'homme, pendant que la recherche de l'enfant disparu se poursuivrait.

— Où est Alistair ? Est-ce qu'il est revenu de Folkestone ? demanda Sharp.

— Il est en route, répondit Barnes. Hughes à l'accueil m'a appelé pour me dire qu'il venait de voir sa voiture arriver.

— Bien. La dernière chose dont nous ayons besoin, c'est d'essayer de coordonner une opération de recherche comme celle-ci sans notre conseiller en recherche policière.

La porte de la salle s'ouvrit brusquement et Carys apparut. Elle tapota l'épaule de Gavin et se précipita vers Kay, suivie de près par un homme d'une cinquantaine d'années aux cheveux blancs presque aussi hérissés que ceux de Gavin.

Il remonta ses manches de chemise en s'approchant, fit un signe de tête à Sharp, puis serra la main des autres détectives rassemblés à l'avant de la salle.

Kay sentit une montée d'adrénaline. L'ajout du conseiller en recherche policière local, Alistair Matthews, apporterait un élément désespérément nécessaire à la recherche, et elle accueillait son expertise avec soulagement.

— Harry est toujours là-bas, à coordonner le reste de la recherche, dit Carys. Je suis arrivée aussi vite que j'ai pu. La circulation est vraiment horrible en ce moment.

— C'est la dernière semaine de l'été, dit Alistair, et ça va gêner nos efforts si nous ne faisons pas attention.

Kay donna quelques secondes à son enquêteuse pour reprendre son souffle, puis elle fit un geste vers le tableau blanc.

— Télécharge toutes les photos que tu as sur ton téléphone, Carys, et classe-les immédiatement dans HOLMES2. Gavin, est-ce que tu peux les faire imprimer et mettre les meilleures ici, pour que tout le monde puisse se familiariser avec la scène de crime ?

— Je m'en occupe, chef.

— Que pouvez-vous nous dire sur le bateau ? demanda Sharp, les bras croisés sur la poitrine. Et qu'est-ce qui vous fait penser qu'un enfant est porté disparu ?

— Le bateau était dans un état correct, répondit Carys. Pas neuf, peut-être six ou sept ans, je suppose. La peinture a bien tenu, mais n'a pas été appliquée récemment. L'agente Laura Hanway faisait partie du premier groupe de l'équipe de recherche et a trouvé des taches de sang sur le côté tribord du bateau, le plus proche de l'eau. Elle m'a appelée, et le temps que je monte à bord et la rejoigne, elle avait regardé par la fenêtre entre le pont et la cabine. Il était clair qu'il y avait eu une lutte à un moment donné, l'endroit était saccagé, alors j'ai demandé à l'agent Aaron Stewart d'enfoncer la porte au cas où quelqu'un serait blessé à l'intérieur.

— Est-ce qu'il y avait-il quelqu'un à bord ? demanda Kay.

— Non, mais quand Aaron est passé dans la cabine avant, c'est là qu'il a trouvé des vêtements et des jouets d'enfants éparpillés partout.

— Quel genre de vêtements ? dit Alistair en sortant son carnet.

— J'ai vu des t-shirts verts, bleus, et quelques-uns avec des personnages de dessins animés sur le devant, il y avait un dinosaure sur l'un d'eux. Des chaussettes rayées, un jean et une salopette rouge. Il y avait aussi une paire de sandales marron.

Kay déglutit en écoutant la liste des objets énumérés

par Carys. L'idée que quelque part, un jeune enfant soit perdu et effrayé – ou pire – lui donnait la nausée. Elle serra les poings, enfonçant ses ongles dans ses paumes.

— Quelle taille de vêtements ? Quel âge ? demanda Alistair. Fille ou garçon ?

Carys cligna des yeux.

— Je... je ne suis pas sûre. Euh, peut-être trois ou quatre ans. J'ai pensé que c'était peut-être un garçon, il y avait des super-héros sur les autres t-shirts, et quelques petites voitures sur le lit.

— Et la police scientifique ?

— Il y a une équipe de quatre personnes sur place maintenant. Ils étaient avec notre équipe de recherche, et ils peuvent demander du soutien à l'autre équipe qui travaille vers l'est depuis Tovil s'ils en ont besoin.

— Excellent travail, Carys, dit Kay.

Elle plissa les yeux en direction du conseiller, qui avait ouvert la bouche une fois de plus.

Carys avait hésité sous son interrogatoire, et Kay était déterminée à maintenir le niveau de confiance de sa jeune protégée. Si elle commençait à douter de ses décisions sur le terrain, elle ne s'en remettrait jamais. Elle voyait des reflets d'elle-même au même âge chez Carys, et elle savait qu'elle devrait surveiller attentivement la jeune femme dans les jours à venir pour qu'elle ne soit pas submergée par le niveau de responsabilité qu'elle ressentait sûrement.

Au milieu du vacarme de la salle des opérations qui grouillait d'enquêteurs et de gens en train de s'interpeller, Kay entendit un autre téléphone portable sonner et se retourna vers Barnes.

L'inspecteur leva un doigt et murmura dans le téléphone.

— Mettez le haut-parleur, Ian, aboya Sharp, et il fit signe au reste de l'équipe de les rejoindre.

— Ici le commandant divisionnaire Devon Sharp. À qui ai-je l'honneur ?

— C'est l'agente Laura Hanway, chef. Je suis sur le bateau.

— Qu'avez-vous pour nous ? Du nouveau ?

— J'ai eu des nouvelles de l'agence pour l'environnement. Le bateau est enregistré auprès d'une société de location appelée Toppings, basée à Tonbridge. Je les ai contactés, et ils ont confirmé que le bateau abandonné, le *Lucky Lady*, a été loué par un certain Greg Victor. Le propriétaire a également mentionné qu'il était accompagné d'une petite fille.

CHAPITRE 7

— Peuvent-ils confirmer si l'enfant est la fille de Greg Victor ? demanda Kay.

— Non, chef, et ils ne connaissent pas son nom, il ne la leur a pas présentée. Apparemment, la voiture de Greg est toujours garée devant leur bureau.

— Le numéro d'immatriculation ? dit Gavin en prenant une chaise libre à côté d'un ordinateur, ses doigts tapant déjà sur le clavier.

Laura le lui récita.

— Il n'a pas d'antécédents, et il n'y a rien d'autre dans HOLMES2 concernant ce nom, dit Gavin. Rien non plus pour le véhicule.

— L'entreprise de location vous a-t-elle donné une adresse ? demanda Kay.

— Seulement un numéro de boîte postale, répondit Laura.

— Donnez-le à Barnes pour qu'il puisse contacter la poste.

— Passez-les-moi s'ils traînent les pieds, dit Sharp.

— Compris, chef, dit Barnes. Des photos de la fille, Laura ?

— Aucune.

Elle fit une pause, et ils pouvaient l'entendre se déplacer dans la cabine du bateau.

— Il n'y a aucun élément d'identification, mais Patrick et les autres agents de la Crim' sont convaincus que c'est ici que la victime a été abattue. Les éclaboussures de sang correspondent à une blessure par balle.

— D'accord, Laura, merci, dit Kay. Tenez-nous au courant si vous trouvez autre chose.

Elle fit signe à Gavin.

— Contacte l'équipe des relations médias et demande-leur de se tenir prêts à lancer une alerte pour un enfant disparu dès que nous aurons trouvé une adresse et les proches parents de Greg Victor. Nous avons besoin de savoir de toute urgence qui est cette petite fille, qu'elle soit sa fille ou non, et ensuite nous devons comprendre pourquoi elle a été enlevée.

— Je m'en occupe, chef.

— Informe aussi l'équipe de recherche sous-marine. Il est possible qu'elle n'ait pas été enlevée. Elle a peut-être fui, ou elle est tombée par-dessus bord quand il a été attaqué. Gardons les équipes de recherche là-bas jusqu'à ce que nous puissions éliminer ces possibilités.

— Et pour les paramètres de recherche révisés ? demanda Alistair.

— Nous commencerons au bateau et nous élargirons si nous ne trouvons rien. C'est la meilleure ligne de conduite avec le peu d'informations dont nous disposons.

Réprimant sa terreur à l'idée qu'une jeune enfant ait pu

être jetée dans la rivière ou erre seule le long d'un chemin de halage dans l'obscurité, Kay se retourna vers la carte de la Medway et posa ses mains sur ses hanches.

— Bien, donc notre victime est abattue là où elle est amarrée à côté du Medway Path, juste après East Farleigh. Passons à notre troisième scénario. Quel est le point de fuite le plus proche pour quelqu'un avec un enfant en bas âge ?

Barnes mit ses lunettes de lecture sur son nez et s'approcha.

— Le point le plus proche est le pont à East Farleigh. Il y a aussi quelques sentiers qui partent du Medway Path entre l'endroit où le bateau a été trouvé et Fant.

— East Farleigh aurait été risqué avec un enfant, dit Kay. Trop d'attention si elle était bouleversée, peut-être.

— Pas si elle connaissait la ou les personnes qui l'ont emmenée.

— Après avoir vu quelqu'un se faire abattre ?

— Peut-être qu'ils l'ont abattu après l'avoir emmenée du bateau.

— D'accord. Bon argument.

— Sinon, les sentiers, alors, après cette petite exploitation ici. Il y a un chemin qui serpente jusqu'à la Tonbridge Road. S'ils étaient à pied et avaient une voiture garée plus haut sur le chemin, les résidents ne les auraient peut-être pas entendus.

— Je pense que c'est notre meilleure piste. C'est une route qui attirerait moins l'attention. Qu'en pensez-vous, Alistair ?

Le conseiller s'approcha de l'endroit où ils se tenaient, puis acquiesça.

— Je suis d'accord. Je vais me rendre à East Farleigh pour diviser l'équipe de recherche qui y travaille, et nous allons envoyer un groupe pour suivre ces deux pistes.

— Merci, dit Kay.

— Chef, je vais essayer de trouver des images de vidéosurveillance ou de sécurité privée des propriétés autour de l'écluse à East Farleigh pour que nous puissions éliminer cette possibilité, dit Barnes.

— D'accord, merci, Ian. Il vaut mieux être sûr.

Kay se tourna vers le reste de l'équipe qui attendait en arrière-plan.

— Au travail, tout le monde. O ne va pas la retrouver en restant plantés là.

Elle se tourna vers Sharp et Alistair alors que les autres détectives retournaient précipitamment à leurs bureaux.

— Avez-vous besoin d'autre chose de ma part, Alistair ?

— Non, mais appelez-moi dès que vous aurez des informations à jour, s'il vous plaît. Nous allons concentrer nos recherches sur ces deux sentiers pour l'instant, mais je vous tiendrai informée de tout développement de ce côté-là concernant l'équipe de plongée également.

Sur ce, il tourna les talons et quitta rapidement la salle des opérations, son téléphone portable déjà à l'oreille.

Kay expira et parcourut du regard les têtes de son équipe au travail.

— Je vais passer quelques coups de fil, voir si la commissaire peut nous allouer plus de personnel, dit Sharp. Nous devons aussi coordonner les équipes. Nous ne rendrons aucun service à cette petite fille si nous sommes tous fatigués, donc je suggère que je prenne le service de nuit et que tu te reposes.

— Je vais dire à Carys de partir maintenant, dit Kay. Comme ça, elle pourra revenir ce soir et te donner le soutien dont tu as besoin.

Il acquiesça, le visage sombre.

— Ça ne me plait pas, Kay. Nous n'avons jamais eu d'incident comme celui-ci ici. Quelles sont tes premières impressions ?

Kay passa sa main dans ses cheveux.

— Nous n'avons reçu aucune communication concernant une éventuelle rançon pour le retour de cette petite fille, et si les informations de l'agence pour l'environnement sont correctes, alors elle a été enlevée hier en fin d'après-midi, peut-être en début de soirée. Mais pourquoi était-elle là en premier lieu avec Greg Victor ? Si elle a été kidnappée, pourquoi la déplacer ? Pourquoi prendre tout ce risque en abattant Greg ?

— Penses-tu que les kidnappeurs ont paniqué ?

— Peut-être.

Kay roula des épaules, essayant de soulager la tension qui lui donnait déjà mal à la tête à la base du crâne.

— Ou ils ont envoyé un message à quelqu'un.

— Un sacré message.

— Mmm.

Elle leva la main et fit signe à Carys.

— Qu'y a-t-il, chef ?

— Le commandant Sharp va diriger l'enquête pendant la nuit pour que nous ayons une couverture vingt-quatre heures sur vingt-quatre jusqu'à ce que nous retrouvions cette fillette disparue. Rentre chez toi maintenant, je veux que tu reviennes à vingt heures ce soir pour le soutenir. Je m'occuperai de la paperasse demain.

— Pas de problème. Tu m'appelleras si vous la trouvez avant que je revienne ?

— Bien sûr. Je te laisserai un message si tu ne réponds pas.

— Merci.

— Chef.

Barnes reposa le combiné sur son socle et se fraya un chemin entre deux agents en uniforme alors que Carys sortait. Il brandit un bout de papier.

— Le centre de tri de la poste à Parkwood vient d'appeler. On a une adresse pour Greg Victor, juste à l'extérieur de Tonbridge.

— Quelque chose dans le système en lien avec cette adresse ?

— Rien. C'est clean. Pas de problèmes.

Kay se dirigeait déjà vers son bureau.

— Contacte le commissariat de Tonbridge et demande si deux de leurs agents peuvent nous retrouver là-bas, dit-elle. Je viens avec toi.

— Chef ? Avant que vous ne partiez..., dit Gavin en tendant le cou depuis son ordinateur.

— Oui ?

— Il y a une autre possibilité. Pour les ravisseurs de l'enfant disparue, je veux dire. S'ils n'ont pas utilisé un de ces sentiers pour s'enfuir avec elle.

— Accouche, Piper, lança Barnes.

Kay leva la main pour le faire taire.

— De quoi s'agit-il, Gav ?

— Et s'ils s'étaient échappés en bateau, et pas à pied ?

Kay recula d'un pas, ses entrailles se tordant comme si on lui avait donné un coup de poing dans l'estomac.

— Bon sang, Gav. Tu pourrais avoir raison.

— Je m'en occupe, dit Sharp. Vous deux, allez à Tonbridge. Gavin, commencez à chercher quels autres bateaux ont été loués sur la Medway cette semaine. Je vais obtenir plus d'agents pour aider aux enquêtes de porte-à-porte et je vais les informer de commencer à demander si d'autres bateaux ont été vus sur la rivière avec une petite fille à bord.

— Demande aussi si quelqu'un a loué un bateau au nom de Greg Victor, Gavin, dit Kay, au cas où ils se feraient passer pour lui pour s'échapper.

Elle attendit que Barnes soit retourné à son bureau et commence à fourrer ses poches de clés de voiture, téléphone portable et carnet, puis elle se retourna vers Sharp.

— Je serai de retour dès que possible. Tu dois te reposer si tu travailles ce soir.

Il la poussa vers la porte d'un geste.

— Je peux toujours compter sur le café plus tard si j'en ai besoin. Vas-y.

CHAPITRE 8

Kay abaissa le pare-soleil au-dessus du pare-brise et plissa les yeux face à l'éblouissement de la fin d'après-midi.

Une brume enveloppait les champs à sa gauche tandis que Barnes conduisait la voiture de service au milieu d'un flot de circulation sur la voie rapide, passant devant la grande ferme de houblon à l'extérieur de Paddock Wood. Alors qu'elle observait des familles jouer dans l'aire de loisirs aménagée de l'autre côté de la route, elle s'étonna du sentiment de normalité qui régnait dans le monde autour d'elle.

Quelque part se trouvait une enfant effrayée, qui n'avait aucune idée de ce qui lui arrivait.

Elle déglutit et reporta son attention sur la route tandis que son inspecteur passait un rond-point, la voiture s'élançant dès qu'il eut l'espace pour doubler le véhicule devant eux.

Kay résista à l'envie de regarder sa montre – Barnes faisait de son mieux avec la circulation touristique de fin de saison.

Enfin, ils atteignirent la périphérie de Tonbridge et il ralentit la voiture jusqu'à l'arrêt complet dans une avenue bordée d'arbres. Une grande maison de quatre chambres était partiellement cachée derrière une haute haie de troènes et une paire de sapins, l'allée dépourvue de tout véhicule.

Un peu plus haut dans la rue, une voiture de patrouille aux couleurs de la police était garée à côté de deux poubelles à roulettes, ses occupants partis.

— C'est ici, dit-il. On dirait que les uniformes sont arrivés les premiers.

Kay ouvrit la marche dans l'allée et sonna à la porte, ses épaules se détendant lorsque l'agent Ben Allen répondit.

— Bonjour, chef. Nous sommes arrivés il y a environ dix minutes. Madame Victor est dans le salon. Nigel lui a annoncé la nouvelle.

— Merci, Ben.

Ben et son collègue, Nigel Best, étaient des agents de police basés à Tonbridge avec lesquels Kay avait déjà travaillé, et elle était reconnaissante que ces deux officiers expérimentés soient présents.

— Avant que vous n'entriez, chef, il y a quelque chose que vous devriez savoir.

Kay s'arrêta, la main sur la poignée de la porte.

— Quoi ?

— Greg Victor était son beau-frère, dit Ben. Le mari d'Annette, Robert Victor, est le frère aîné de Greg. Alice, l'enfant qui a disparu, est leur unique enfant.

— Que savons-nous d'autre sur Greg ?

— Son ex-femme et sa fille vivent à Nottingham.

Nous avons demandé à nos collègues là-bas de faire le lien avec la famille et de nous tenir informés de tout développement de ce côté.

— D'accord, bon travail. Merci, Ben.

La première impression de Kay sur Annette Victor lorsqu'elle franchit la porte fut que la femme semblait presque translucide.

Une silhouette mince se leva d'un canapé près de la fenêtre, des yeux vert pâle scrutant à travers une longue frange de cheveux dorés qui effleurait les épaules de la femme. Sa peau d'albâtre contrastait de façon saisissante avec le haut noir à manches courtes qu'elle portait sur un jean slim, des rides d'inquiétude la vieillissant au-delà du milieu de la trentaine que Kay lui attribuait.

Sa main tremblait lorsqu'elle la tendit.

— Vous devez être l'inspectrice Kay Hunter.

— Madame Victor. Voici mon collègue, l'inspecteur Ian Barnes.

Kay fit un signe de tête à Nigel Best.

— Je suis désolée si mes questions vont sembler un peu dures et directes, mais c'est une procédure que nous devons suivre dans ces circonstances. Je comprends que mes collègues vous ont informée que nous avons des raisons de croire qu'un homme du nom de Greg Victor a été victime d'un meurtre tard hier soir. Pouvez-vous confirmer qu'il était votre beau-frère ?

— Oui, c'est exact. Où est Alice ? Elle était avec lui. Il avait dit qu'il s'occuperait d'elle.

— Nous n'avons pas la réponse à cette question pour le moment, madame Victor. Nous—

— C'est Annette. Appelez-moi Annette.

— Merci. Nous n'avons identifié Greg que par l'intermédiaire de la société de location de bateaux il y a à peine une heure, et nous avançons aussi vite que possible avec les informations dont nous disposons. Quand avez-vous vu votre fille pour la dernière fois ?

— Hier matin.

— Pourquoi était-elle avec Greg hier ?

— Elle n'a pas arrêté d'en parler tout l'été, de cette sortie en bateau avec lui, après l'avoir entendu le mentionner lors d'un barbecue que nous avions organisé plus tôt pendant l'été. Il l'a déjà emmenée pêcher près de la rivière ici. Ils sont très proches, alors quand il a suggéré un voyage d'une nuit, nous avons accepté. Il garde Alice pour nous quand nous avons une soirée occasionnelle à Londres ou autre, donc il n'y avait pas de problème.

Un sanglot lui échappa.

— Il lui avait même acheté un gilet de sauvetage et tout. Je pensais qu'elle serait en sécurité. Je-je n'arrive pas à croire qu'il soit mort. Qui aurait pu faire ça ?

— Nous faisons tout notre possible pour le découvrir. Alice a-t-elle des problèmes médicaux dont nous devrions être au courant ? Des allergies ?

— Non. C'est une enfant en très bonne santé.

Annette tendit la main vers une boîte de mouchoirs et se moucha doucement.

— Je n'arrive pas à croire ce qui se passe.

— Je dois vous demander, avez-vous reçu des demandes de rançon pour le retour d'Alice ?

La femme pâlit davantage.

— Je- Non, non je n'ai rien reçu. Oh mon Dieu. Pensez-vous… Pourquoi quelqu'un l'aurait-il enlevée ?

— C'est ce que nous essayons de déterminer, Annette. Il se peut qu'elle ait quitté le bateau de son propre chef. Il a été localisé près de l'écluse d'East Farleigh, sur le chemin de Medway en direction de Tovil. Est-ce qu'Alice connaît quelqu'un le long de cet itinéraire ?

— Non. Non, elle n'a jamais été le long de cette partie de la rivière. Elle n'a que cinq ans, et je ne l'ai jamais emmenée que le long du chemin de halage près du parc ici. Nous nous arrêtons parfois pour nourrir les canards.

— Votre beau-frère vivait-il ici avec vous ?

Annette tamponna ses yeux.

— Greg séjournait ici pendant un moment, pour qu'il puisse trouver ses marques. Il est venu de Nottingham il y a quelques mois après la rupture de son mariage, il cherche du travail. Il a une fille de huit ans, Sadie, et je sais qu'elle lui manque terriblement, alors il a gâté Alice depuis qu'il est avec nous.

— Quel âge a-t-il ? demanda Kay.

— Trente-quatre ans le mois dernier. Il est un peu plus jeune que mon mari, Robert.

— Où est Robert en ce moment ?

— En France, il avait une réunion d'affaires à Orléans mardi, puis une autre réunion quelque part près de Chartres mercredi matin, alors il est parti lundi. Il prévoyait de rester là-bas ce soir aussi sur le chemin du retour d'autres réunions.

— Vous lui avez parlé ?

— Pas depuis que la police est arrivée ici, non. Et je

n'arrivais pas à avoir de signal pour le joindre plus tôt. Ça arrive parfois.

— Que fait-il dans la vie ?

— Il est négociant en vins, spécialisé dans les vignobles de niche sur le continent. C'est pour ça que je n'arrive pas toujours à le joindre au téléphone, il est souvent en train d'arpenter un champ quelque part.

— Comment y est-il allé, il a pris l'avion ?

— Oui, depuis Gatwick. Il loue une voiture à l'arrivée, à Paris.

— Et vous, Annette, vous travaillez ?

— Je travaillais avant la naissance d'Alice. J'attends qu'elle soit bien installée dans sa nouvelle école avant de reprendre quoi que ce soit.

— Étiez-vous proche de son frère Greg ?

Annette haussa les épaules.

— Je suppose. Enfin, évidemment, c'était un peu tendu ici avec lui qui vivait chez nous et tout ça.

— Dans quel sens ?

— Eh bien, quand je lui ai proposé au début, j'imaginais que ce serait pour quelques semaines. Pas quatre mois.

— Quel genre de travail fait-il ?

— Pour être honnête, je n'en suis pas sûre. Il postulait pour des emplois dans l'entreposage, la conduite de chariots élévateurs, ce genre de choses. N'importe quoi, je suppose, pour prendre pied ici.

— Pourquoi a-t-il quitté Nottingham ? demanda Barnes.

— Je ne pense pas que la séparation ait été à l'amiable.

Je l'ai entendu dire à Robert que sa femme l'avait trompé, et qu'il ne supportait pas d'être près d'elle.

— Vous a-t-il donné une indication qu'il aurait pu avoir d'autres problèmes là-bas ? Au travail, je veux dire, ou avec d'autres personnes qu'il connaissait ?

— Pourquoi ? Vous pensez que c'est peut-être pour ça qu'Alice a été enlevée ?

Les yeux d'Annette s'écarquillèrent.

— Oh mon Dieu. Je ne sais pas.

— Que faisait-il à Nottingham, comme travail ? demanda Kay.

— Je crois qu'il travaillait dans un abattoir, répondit Annette. À temps partiel seulement, et je sais qu'il détestait ce travail. Il avait hâte de partir.

— Des amis ou d'anciens collègues de travail l'ont-ils contacté depuis cette époque ?

— Pas à ma connaissance. Cela dit, nous n'avons pas de ligne fixe, donc s'ils l'ont fait, ils auraient appelé sur son portable.

— Est-ce que je peux jeter un œil à sa chambre, madame Victor ? demanda Barnes.

— Pourquoi voudriez-vous faire ça ?

— Cela nous aidera à nous faire une idée de comment était Greg, et il pourrait avoir laissé quelque chose qui nous aiderait à localiser votre fille, dit Kay.

— Oh. D'accord.

Annette attendit que Barnes ait quitté la pièce.

— Que faites-vous pour retrouver Alice ?

— Nous avons actuellement quatre équipes de recherche qui travaillent entre East Farleigh, où le bateau de Greg a été trouvé, et Tovil. Cependant, jusqu'à ce que nous puissions identifier le corps de votre frère, nous ne pouvions pas étendre les recherches. Avez-vous une photo d'Alice que vous pourriez me donner ? Nous allons organiser une conférence de presse dès que je serai de retour au poste, et nous lancerons une alerte publique.

— C'est tout ? Juste une conférence de presse ?

— Non, ce n'est pas tout, dit Kay. Pendant que cela se déroule, mon équipe et moi travaillerons sans relâche jusqu'à ce que nous la trouvions. En ce moment même, les membres de ces équipes de recherche coordonnent leurs efforts avec mes collègues au poste de police, et nous avons une autre équipe d'officiers qui surveillent les caméras de vidéosurveillance dans la zone pour voir si nous pouvons la localiser.

— Je veux aider aux recherches. Je devrais être dehors, en train de la chercher.

— Il vaut mieux que vous restiez ici, au cas où elle retrouverait son chemin jusqu'à la maison, dit Kay. Nous avons des spécialistes formés qui font du porte-à-porte et des recherches dans la zone, et ils sont en liaison étroite avec mon équipe d'enquête de façon régulière.

Elle s'interrompit au son de la sonnette.

Quelques instants plus tard, Nigel ouvrit la porte du salon et fit entrer une petite officière brune.

Hazel Aldridge était une agente de police de la division ouest et se spécialisait dans les missions de liaison familiale quand c'était nécessaire. En ce moment, elle portait un tailleur-pantalon élégant, ses cheveux attachés en une queue de cheval lâche.

Kay fit les présentations et indiqua à Hazel de s'asseoir dans le fauteuil en face.

— Annette, Hazel sera votre point de contact tout au long de cette enquête, donc si vous avez des questions sur ce que nous faisons, elle pourra être là pour vous aider.

— D'accord.

Annette avait encore pâli, la réalité de sa situation commençant à s'imposer. Ses mains tremblaient alors qu'elle se levait du canapé pour aller scruter le contenu d'une bibliothèque à l'autre bout de la pièce, avant de revenir avec une photographie dans un cadre argenté.

— C'est la plus récente que j'ai d'Alice. Elle a été prise à sa fête d'anniversaire pour ses cinq ans en juin.

Kay déglutit en regardant la fillette sur la photo.

Des yeux bleus la fixaient, un visage d'innocence encadré de cheveux blonds en couettes. Alice arborait un sourire mignon et avec un petit nez retroussé parfaitement placé au milieu de son visage, Kay dut faire tout son possible pour contenir les émotions qui la déchiraient.

— Ça a embrouillé notre équipe pendant un moment, ils ont trouvé des petites voitures et ce genre de choses sur le bateau.

Annette renifla et croisa les bras sur sa poitrine. Un faible sourire passa sur ses lèvres.

— Elle veut être pilote de course quand elle sera grande.

— Je peux la prendre ?

— Oui.

Kay glissa la photographie hors du cadre et la rangea soigneusement dans son sac.

— Hazel restera avec vous ce soir, si ça vous convient ? Ou est-ce que vous préférez que nous lui trouvions un hôtel à proximité ?

— S'il vous plaît, restez ici, dit Annette, en se tournant vers l'agente de liaison familiale. Je préfère être au courant dès que vous aurez des nouvelles. Vous pouvez prendre la chambre d'amis à l'arrière de la maison. Au moins comme ça, vous pourrez m'aider à expliquer à Robert ce qui se passe quand il rentrera.

— Merci, dit Hazel. Ce sera parfait. Si vous pouviez nous donner le numéro de portable de Robert et son itinéraire de voyage, nous ferons en sorte de le contacter pour vous.

— Je n'ai pas son itinéraire, mais je peux vous donner son numéro de portable.

Entendant des pas dans l'escalier, Kay se leva de sa chaise et tendit la main à Annette.

— Nous allons retourner au poste maintenant et organiser la conférence de presse. Dès que nous aurons des nouvelles, je vous contacterai. En attendant, si vous entendez parler de quiconque, qui que ce soit, au sujet de l'endroit où se trouve Alice, s'il vous plaît, dites-le à Hazel.

— Je le ferai. Merci.

Kay quitta le salon et trouva Barnes dans le couloir en train de parler à Ben.

— Du nouveau ?

Il secoua la tête et lui ouvrit la porte d'entrée.

— Ben, demande à Robert Victor de m'appeler dès qu'il rentrera de France demain, au cas où nous le raterions à l'aéroport.

— Je m'en occupe, chef.

— Ok, allons-y.

— Il n'y avait ni téléphone portable, ni portefeuille, ni

ordinateur portable dans sa chambre. L'équipe de Harriet n'a rien trouvé non plus sur le bateau, dit Barnes alors qu'ils retournaient à la voiture.

Il s'arrêta, faisant passer les clés d'une main à l'autre tout en regardant par-dessus le toit de la voiture en direction de la maison.

— Ça ne me plaît pas, Kay. Ça ne me plaît pas du tout.

CHAPITRE 9

Kay attacha ses cheveux en chignon et vérifia son visage dans le rétroviseur avant de pincer les lèvres.

Des cernes s'étaient formés sous ses yeux depuis le matin, et elle fouilla dans son sac à main pour trouver ses réserves de maquillage d'urgence.

Une fois cela fait, elle fronça les sourcils à son reflet, puis tira la langue.

Elle se fichait de ce que les caméras qui l'attendaient penseraient de son apparence. Elle avait besoin qu'elles se concentrent sur le fait qu'ils avaient une fillette de cinq ans disparue, et il lui restait exactement dix minutes pour se rendre à la salle de conférence de presse avant que l'appel ne soit diffusé en direct.

Elle attrapa son sac sur le siège passager, sortit et pointa la clé par-dessus son épaule vers la voiture.

Le parking était déjà rempli de fourgonnettes et de voitures ornées des logos familiers des compagnies locales de télévision, de radio et de journaux, tandis qu'un cameraman solitaire faisait les cent pas à côté d'un véhicule tout-terrain noir, une cigarette à la main, parlant fort dans un téléphone portable.

Kay se dirigea à grands pas vers les portes d'entrée du bâtiment en briques rouges qui abritait le quartier général de la police du Kent, et elle monta les marches en trottinant.

Sharp la rencontra à l'entrée de la salle de conférence alors qu'elle accrochait ses identifiants à son revers, et il la guida à travers la foule de journalistes qui encombraient l'espace.

— La commissaire ne peut pas venir, cria-t-il par-dessus le bruit. Elle est au milieu d'une réunion budgétaire avec le préfet, et essaie de nous trouver plus de personnes pour nous aider.

Kay hocha la tête en réponse, mais ne dit rien.

Arrivé à une longue table drapée d'une nappe bleue au bout de la salle, Sharp tira une chaise pour elle face aux caméras et fit un geste à une femme qui se tenait près d'une porte à sa droite.

Joanne Fletcher, l'assistante administrative qui travaillait pour les relations médias, se tourna vers la foule de journalistes et de cameramen et éleva la voix.

— Mesdames et messieurs, il reste cinq minutes avant que nous passions en direct. Cinq minutes, s'il vous plaît.

Kay prit un dossier d'information des mains de Joanne et l'ouvrit, parcourant le texte du communiqué de presse qu'il contenait.

— Nous nous sommes concentrés sur Alice pour le moment, dit Joanne à voix basse. Jusqu'à ce que nous ayons plus d'informations sur la façon dont Greg Victor est mort et que nous ayons une identification positive, nous avons pensé que cela aurait éclipsé le fait que sa nièce a disparu depuis près de vingt-quatre heures.

— Ça me semble bien, dit Sharp.

Il jeta le dossier sur la table devant son siège et scruta la salle tandis que les reporters commençaient à prendre place.

Kay l'observa, prenant exemple sur son officier supérieur. Elle boutonna sa veste et posa ses mains sur la table pour se concentrer sur ce qui allait suivre.

— Deux minutes, annonça Joanne.

Alors que l'attachée de presse prenait place au premier rang, Sharp s'assit sur la chaise à la gauche de Kay.

Il tendit le bras et remplit deux verres d'eau à partir d'une carafe placée sur la table entre eux et en passa un à Kay.

— Tout est prêt ? demanda-t-il.

— Prête quand tu l'es. On dirait qu'on a quelques visages familiers.

Elle parcourut du regard les personnes des trois premiers rangs, repérant instantanément Jonathan Aspley du *Kentish Times*. Elle détourna le regard avant qu'il ne puisse croiser le sien, et trouva à la place Suzi Chambers de la chaîne de télévision locale qui la fixait.

— Le vautour est là aussi, dit Sharp à voix basse. Il va falloir faire attention.

— D'accord, dit Kay.

Une conférence de presse pour un enfant disparu était un numéro d'équilibrisme délicat – ils devaient faire savoir qu'Alice avait disparu afin de mobiliser les membres du public pour qu'ils soient vigilants et guettent la petite fille, mais ils devaient aussi veiller à ce que les journalistes ne sensationnalisent pas l'histoire de quelque manière que ce soit.

À seulement quelques kilomètres de là, une mère éplorée comptait sur chacune de leurs actions, et Kay était déterminée à ne pas décevoir Annette Victor.

— Des nouvelles pour savoir si Robert Victor est rentré ? dit-elle.

— Non.

Kay avala sa salive, reconnaissante qu'au moins Annette ait le soutien de Hazel Aldridge pendant que l'appel télévisé serait diffusé.

— C'est parti, dit Sharp, et il but une gorgée d'eau.

Les lumières du plafond s'assombrirent au fond de la salle, attirant l'attention de tous vers le logo de la police du Kent derrière Kay et Sharp.

Un silence emplit l'espace.

Le commandant divisionnaire prit son signal de Joanne, qui compta les secondes avant la diffusion en direct, puis commença à parler.

— Je suis le commandant divisionnaire Devon Sharp, et je suis accompagné aujourd'hui de l'inspectrice principale Kay Hunter.

Les présentations faites, il se lança dans le communiqué de presse préparé.

Pendant que Kay écoutait, elle gardait les yeux sur la foule, scrutant à travers les flashs des appareils photo et des téléphones la multitude silencieuse de professionnels des médias.

Malgré une saine animosité envers certains d'entre eux, elle reconnaissait qu'ils feraient tout leur possible pour faire passer le mot au sujet d'Alice, même si leur objectif final était différent du sien.

Pour certains journalistes, la disparition de la petite fille serait considérée comme une aubaine à la fin de ce qui avait été une semaine d'actualité tranquille.

Pour d'autres, surtout ceux qui avaient des enfants à la maison, cela servirait de rappel brutal que le danger pouvait se cacher dans n'importe quelle communauté, et ils feraient tout pour retrouver la fillette.

— Des questions ?

La voix de Sharp interrompit ses pensées, et Kay enfonça ses ongles dans ses paumes.

— Pourquoi Alice était-elle sur le bateau ? demanda une voix masculine du fond de la salle.

— C'était une sortie familiale, répondit Sharp. Alice était accompagnée de son oncle, Greg Victor. À un moment donné hier soir, monsieur Victor a été attaqué, et nous pensons qu'Alice a été soit enlevée, soit laissée sur le bateau avant de s'éloigner seule.

Une cacophonie de voix rebondit sur les dalles du plafond, et Sharp désigna Jonathan Aspley pour la question suivante.

— Que pouvez-vous nous dire sur Greg Victor ?

— Rien pour le moment, répondit Sharp. Il s'agit d'une enquête distincte. Notre priorité est de retrouver Alice. Elle a cinq ans, elle est seule et effrayée. Je vous demanderais à tous de garder vos questions en rapport avec elle, s'il vous plaît.

— Des demandes de rançon ont-elles été faites ? demanda une voix féminine à la gauche de Kay.

— La famille ne nous a informés d'aucune demande de

rançon, répondit Sharp, mais l'enlèvement est une piste que nous explorons jusqu'à ce que nous ayons des informations qui suggèrent le contraire.

— Que peuvent faire les gens pour aider ?

Kay poussa un soupir de soulagement à la question d'un journaliste masculin qu'elle reconnut du *Kent Messenger*.

— Merci, Mark, dit Sharp. Nous exhortons tous les résidents qui vivent près de la rivière Medway entre Tonbridge et Maidstone à faire le tour de leurs propriétés pour tout signe d'Alice. Elle pourrait errer, pour essayer de retrouver son chemin vers chez elle, ou être confuse et perdue. Contrôles vos dépendances, abris de jardin, garages, pour tout signe d'elle dès que possible. Si vous avez un bateau sur la rivière, allez y faire un tour aussi. Il ne fait pas froid à cette période de l'année, mais nous ne savons pas quels vêtements elle portait lorsqu'elle a disparu, et elle n'a certainement pas mangé depuis vingt-quatre heures.

Kay observa Sharp diriger son regard vers la caméra la plus proche avant de parler à nouveau.

— Alice sera une petite fille très effrayée, et nous devons la ramener à sa mère et son père le plus rapidement possible.

CHAPITRE 10

Kay bâilla en quittant l'A20 et elle sourit en voyant une voiture de patrouille filer dans la direction opposée, reconnaissant les deux occupants.

Ses yeux se posèrent sur l'horloge du tableau de bord — huit heures et demie.

Elle devait être de retour dans la salle des opérations à sept heures du matin pour prendre la relève de Sharp, mais elle doutait de pouvoir dormir. Elle venait de quitter le quartier général seulement quinze minutes auparavant, et elle avait déjà jeté deux coups d'œil à son téléphone portable posé sur le siège passager lors des arrêts aux feux rouges, espérant désespérément recevoir un appel lui annonçant qu'Alice avait été retrouvée saine et sauve.

Les yeux fatigués, elle se faufila dans une rue latérale puis mit son clignotant à gauche, savourant la chaleur qui soufflait par la fenêtre ouverte et faisait voleter ses cheveux.

Près de douze heures s'étaient écoulées depuis que son téléphone avait retenti sur sa table de chevet, la tirant brusquement du sommeil pour lui annoncer qu'un corps avait été découvert dans la rivière.

Elle expira tandis que la voiture crissait sur l'allée gravillonnée devant la maison et s'arrêta derrière le nouveau 4x4 d'Adam, dont la lunette arrière arborait le nom et le numéro de téléphone de sa clinique vétérinaire.

Se glissant avec peine hors du siège conducteur, elle tituba jusqu'à la porte d'entrée.

Celle-ci s'ouvrit avant qu'elle n'ait eu le temps d'insérer sa clé dans la serrure et son compagnon, Adam, l'enveloppa dans une étreinte.

Il la tint un moment, sans qu'aucun d'eux ne parle.

Elle inhala l'odeur musquée de son savon, enfouissant son visage contre le doux t-shirt blanc en coton qu'il portait sur un jean délavé, et elle enroula ses doigts dans les épais cheveux noirs et ondulés à la base de sa nuque.

Adam s'écarta avec un soupir, avant de la conduire dans le couloir et de fermer la porte.

— J'ai vu la conférence de presse, dit-il. Pas de nouvelles ?

— Pas encore.

Elle tendit la main et serra la sienne.

— Je dois la retrouver.

— Je sais.

Trois ans auparavant, Kay avait fait une fausse couche après qu'une fausse accusation avait été portée contre elle au travail, et le stress l'avait déchirée. Apprendre qu'elle ne pourrait plus jamais avoir d'enfants avait été le coup de grâce cruel, et sans Adam à ses côtés, elle savait qu'elle ne s'en serait jamais remise physiquement.

Les cicatrices émotionnelles demeuraient pour tous les deux.

— Viens dans la cuisine, dit-il. Je me suis dit que tu n'aurais pas très envie de manger dans ces circonstances, alors j'ai fait de la soupe. Tu pourras emporter les restes au travail demain matin.

Les épaules de Kay commencèrent à se détendre tandis qu'elle le suivait vers l'arrière de la maison, les teintes bleues et violettes d'un coucher de soleil de fin d'été brillant à travers la fenêtre de la cuisine au-dessus de l'évier.

Elle fronça les sourcils.

Une grande cage avait été placée au milieu de la pelouse. Une structure en forme de boîte occupait un côté, et une longue mangeoire basse avait été posée à côté d'un grand bol en céramique.

— Des poules sauvées, dit Adam, avant qu'elle ne puisse poser la question. Trois d'entre elles. L'éleveur a fait faillite et les a toutes abandonnées. Un voisin a donné l'alerte hier soir. Je les surveille juste avant qu'elles ne soient relogées dans une famille à Barming.

— Qu'est-ce qui ne va pas chez elles ?

— Des problèmes de déshydratation, principalement, c'est pour ça qu'elles se cachent dans l'abri, je suppose. Elles iront bien maintenant qu'elles sont sorties de l'endroit où elles étaient gardées. Je les surveillerai pendant la semaine à venir pour m'assurer qu'elles n'ont pas attrapé de maladies aviaires, et ensuite elles seront prêtes à partir.

Kay remarqua que sa lèvre supérieure se retroussait.

— Combien ont été sauvées au total ?

— Quarante. Les autres n'ont pas survécu.

Elle lui caressa le dos.

— Mais certaines ont survécu.

— Oui.

Il parvint à sourire.

— Est-ce qu'elles vont pondre des œufs ?

— J'en doute. Pas après ce qu'elles ont traversé. Elles seront toutes gardées comme animaux de compagnie, d'après ce que je sais. Il y avait beaucoup de clients réguliers à la clinique qui voulaient aider quand ils ont appris que l'élevage avait fait faillite.

Kay s'installa sur l'un des tabourets de bar à côté du plan de travail central et poussa son sac à l'autre bout tandis qu'Adam plaçait un verre de vin devant elle avant de retourner aux fourneaux.

Un arôme de riche bouillon de légumes flottait dans l'air, et son estomac gargouilla malgré l'anxiété qui l'étreignait.

— À quelle heure est-ce que tu pars demain matin ? demanda-t-il.

— Sharp a besoin de moi à sept heures au plus tard, dit-elle. Lui et Carys travaillent toute la nuit.

Elle le regarda prendre une louche dans un tiroir et remplir deux grands bols de soupe avant d'en poser un devant elle et de lui tendre une cuillère.

— Merci, dit-elle, déchirant une tranche de pain en deux et trempant la croûte dans le liquide chaud. Ça sent très bon.

Bien qu'Adam ait eu raison de penser que son estomac serait noué par l'angoisse à cause de l'enquête, elle savourait l'occasion de passer un moment tranquille avec lui, de prendre une pause dans le flot d'informations qu'elle devait traiter, et de se ressourcer avant de retourner dans la salle des opérations.

Elle racla les dernières gouttes de soupe au fond de son bol avec sa cuillère et se rassit sur le tabouret.

— C'était délicieux, merci.

— Il y en a encore si tu en veux ?

Adam leva un sourcil.

— Je ferais mieux de m'abstenir. Je ne dormirai pas si je mange trop.

Elle sourit, ne voulant pas qu'il s'inquiète, et sortit son téléphone de son sac.

Il n'y avait pas de nouveaux messages.

— Tu ne vas pas dormir de toute façon, n'est-ce pas ?

Elle secoua la tête.

— Je ne pense pas.

Adam repoussa les bols vides et lui prit la main.

— Repose-toi au moins.

— Je vais essayer.

Kay passa une main dans ses cheveux et tenta de chasser la fatigue qui s'emparait d'elle en clignant des yeux.

Dans son esprit, l'image du visage d'Alice hantait ses pensées, et elle réprima sa peur. Elle avait un travail à faire, et elle ferait tout son possible pour réunir la petite fille avec sa mère.

Quoi qu'il en coûte.

CHAPITRE 11

Gavin Piper sirotait le deuxième grand cappuccino qu'il avait commandé depuis six heures ce matin-là, les yeux rivés sur son écran d'ordinateur.

Une demi-heure plus tôt, il avait tendu un gobelet fumant de chocolat chaud à emporter à Carys avant de la renvoyer chez elle. Sa collègue avait l'air épuisée, sa fatigue exacerbée par l'absence de progrès dans la localisation d'Alice pendant la nuit.

Après avoir quitté la salle des opérations la veille au soir, il s'était dirigé droit vers la salle de sport au coin de son appartement, évacuant sa frustration lors d'une séance de boxe brutale qui l'avait laissé exténué.

Il n'avait toujours pas dormi, et son appétit avait disparu.

Il cliqua sur l'icône d'actualisation en haut de l'URL du site web du fournisseur de messagerie pour la dix-septième fois en quinze minutes, son autre main planant au-dessus de la numérotation abrégée de son téléphone de bureau tandis que son pied tapotait le sol.

Il fronça les sourcils lorsqu'une balle anti-stress molle heurta l'arrière de sa tête avant d'atterrir à côté du clavier.

— Si tu n'arrêtes pas de taper du pied, le prochain objet qui frappera ta tête sera la balle de cricket que Sharp garde dans son bureau, dit Barnes.

— Désolé. Je ne peux pas m'en empêcher.

Gavin se détourna de l'écran pour trouver le détective plus âgé qui le fusillait du regard.

— Je veux juste la retrouver.

Le regard de Barnes s'adoucit.

— Nous le voulons tous, Piper. Nous le voulons tous. J'en déduis qu'il n'y a pas de nouvelles des sociétés de location de bateaux ?

— Pas encore. J'attends des nouvelles d'une entreprise familiale à Yalding. Ils devraient être ouverts maintenant. Leur site web indique qu'ils sont ouverts le dimanche.

Barnes regarda sa montre.

— Il est six heures quarante-cinq. À quelle heure ouvrent-ils ?

— Huit heures.

— Attends encore une demi-heure et rappelle-les. Et évite peut-être la caféine pendant quelques heures.

— D'accord.

— Et de l'autre côté de Maidstone ? Il n'y avait pas une société de location de bateaux là-bas ?

— Il y a un petit opérateur juste après l'écluse d'Allington. Ils ne sont pas là avant demain, mais j'ai laissé des messages sur le numéro de portable indiqué sur leur site.

Gavin brandit un dossier.

— Carys a fait une recherche et a trouvé leurs

coordonnées sur le site web de *Companies House*, donc si je n'ai pas de réponse de leur part d'ici neuf heures, j'avais l'intention d'aller à l'adresse indiquée pour voir si je peux trouver quelqu'un à qui parler.

— D'accord. On dirait que tu as la situation en main, dit Barnes. Bon travail.

Gavin pivota sur sa chaise alors que la porte de la salle des opérations s'ouvrit et que Kay entra à grands pas, téléphone portable à la main et ses cheveux attachés en un chignon pratique.

— Bonjour. Du nouveau ? dit-elle en atteignant le bureau de Barnes.

— Rien pour l'instant, répondit l'inspecteur. Sharp est dans son bureau. J'ai essayé de le faire partir il y a une heure, mais il n'a rien voulu entendre.

Les lèvres de l'inspectrice principale se pincèrent, et à ce moment-là, Gavin vit la tension qu'elle subissait.

— Chef, j'attends un rappel des sociétés de location de bateaux mais est-ce que tu veux que je te prenne un croissant ou quelque chose pour le petit-déjeuner ? suggéra-t-il.

— Merci, mais ne t'inquiète pas pour moi.

Kay leva un thermos qu'elle portait.

— Adam est déterminé à ce que je ne m'évanouisse pas de faim aujourd'hui, donc j'ai assez de soupe ici pour nourrir toute une armée. Et tu ne croirais pas la taille du petit-déjeuner que je viens de prendre.

Elle réussit à sourire et posa ses sacs sur son bureau avant de frapper à la porte du bureau de Sharp.

Gavin se détourna alors que son téléphone de bureau

commençait à sonner, et il s'éclaircit la gorge avant de répondre.

— Enquêteur Piper.

— Gav, c'est Harriet. Je viens d'avoir des nouvelles de l'équipe de recherche sous-marine.

Il fit signe à Barnes avant de mettre la chef de la police scientifique sur haut-parleur.

— Qu'est-ce qu'ils ont trouvé ?

— Eh bien, je suppose que c'est une bonne nouvelle en quelque sorte, il n'y a aucune trace d'Alice dans la rivière Medway. Ils ont travaillé entre le pont de Teston et Tovil depuis hier matin, y compris les déversoirs et l'écluse. Ils ont fait une pause entre dix heures hier soir et quatre heures ce matin, mais avec ce que nous avons pu déterminer de nos recherches le long du Medway Path, rien ne suggère qu'elle se soit égarée toute seule. Elle n'est pas non plus tombée ou n'a pas été poussée dans la rivière. Il n'y a aucune trace d'elle.

— Donc, elle a été enlevée par quelqu'un, dit Barnes en passant une main sur son menton.

— C'est ce que je pense, répondit Harriet. Mais je vous laisse le soin d'enquêter là-dessus.

— Et les analyses médico-légales du bateau ? demanda Gavin.

— Nous y travaillons toujours. Nous avons trouvé des traces de fibres sur le pont, ça pourrait être ancien et sans rapport avec notre victime ou son tueur, mais je confirmerai cela une fois que nous y aurons regardé de plus près. Quant aux empreintes digitales et autres preuves matérielles, il faudra encore un jour ou deux avant que nous puissions vous donner une image complète. Nous vous tiendrons au courant au fur et à mesure que nous trouverons quelque chose d'utile.

— Et l'arme ? ajouta Barnes. Elle a été trouvée ?

— Non, ni sur le bateau, ni dans l'eau. Les plongeurs sont en train de remballer.

Harriet couvrit son téléphone et parla à quelqu'un en arrière-plan avant de revenir vers eux.

— Vous avez eu des nouvelles de Lucas ce matin ?

— Pas encore, répondit Gavin. Il espérait avoir l'occasion de faire l'autopsie cet après-midi donc on te tiendra au courant de ce qui en ressortira.

— D'accord, merci. Je vous appellerai dès que j'aurai du nouveau à signaler une fois que nous aurons évalué nos découvertes.

Son téléphone portable commença à vibrer sur le bureau alors qu'il reposait le téléphone fixe sur son socle, et il s'en empara.

— Allô ? C'est Frank Hutchins de la location de bateaux de Nettlestead près de Yalding. Est-ce bien le détective Piper ?

— Oui, c'est bien moi.

Gavin poussa son clavier hors de portée, ouvrit son carnet à une nouvelle page, et vérifia sa montre avant d'enregistrer l'heure et la date et de les souligner.

— J'espère que vous allez pouvoir m'aider.

— Est-ce que cela a quelque chose à voir avec la jeune fille disparue ?

— Cela pourrait avoir un rapport avec cette enquête, oui.

— Dans ce cas, comment puis-je vous aider ?

La voix de l'homme était joyeuse, et Gavin sentait un empressement sous-jacent à répondre à ses questions.

— Je dois vous demander que notre conversation reste confidentielle, dit-il, dans une tentative de freiner le penchant évident de Hutchins pour les commérages.

— Bien sûr, bien sûr.

Le propriétaire du chantier naval semblait convenablement réprimandé.

— Motus et bouche cousue.

— Merci. Avez-vous des réservations de bateaux au nom de Greg Victor ? Je suis particulièrement intéressé par les dates entre le début de la semaine dernière et la fin de la semaine prochaine.

— Attendez. Je vais vérifier le calendrier. C'est généralement ma fille qui s'occupe de cette partie de l'entreprise, tout se fait électroniquement via notre site web, donc il me faut un moment pour m'y retrouver.

Gavin mit le téléphone en sourdine alors que Kay sortait du bureau de Sharp et se dirigeait vers son bureau.

— Qu'est-ce qui se passe ? demanda-t-elle.

— Je viens d'avoir un retour d'appel d'une des sociétés de location de bateaux, dit-il. Et Harriet a appelé.

Il commença à taper du pied tandis que les secondes s'étiraient, puis s'arrêta lorsque Barnes lui lança un regard noir.

L'inspecteur se mit à parler à Kay à voix basse, pour la mettre au courant de l'affirmation de Harriet selon laquelle la jeune fille disparue n'était pas tombée à l'eau.

— Allô ?

L'attention de Gavin revint brusquement à son interlocuteur.

— Je suis là.

— Je n'ai rien dans l'agenda au nom de Greg Victor.

— D'accord. Et qu'en est-il des bateaux qui ont été loués la semaine dernière, mais qui n'ont pas été récupérés ? Avez-vous eu des réservations où les clients ne se sont pas présentés ?

— Voyons voir.

Barnes leva un sourcil.

— Il regarde, dit Gavin.

— À ce rythme-là, ce serait plus rapide si j'y allais en voiture pour vérifier moi-même, grogna l'inspecteur.

Gavin secoua la tête pour le faire taire alors que Hutchins revenait en ligne.

— Non, tous nos bateaux ont été récupérés comme prévu. Et ils sont tous revenus aussi.

— Il n'en manque aucun qui n'était pas réservé ?

— Non, ils sont tous présents. Nous avons des portails de sécurité sur la voie qui mène au garage, et des caméras de vidéosurveillance le long de la rivière.

— Pourrions-nous obtenir une copie de ces enregistrements de vidéosurveillance pour nous aider à éliminer toute activité sur cette portion d'eau ?

— Bien sûr. Je vais transmettre votre numéro de téléphone à ma fille et lui demander de se mettre en contact avec vous pour vous faire parvenir les images.

— Très bien. Merci pour votre aide.

Les épaules de Gavin s'affaissèrent lorsqu'il mit fin à l'appel et se tourna vers Kay.

Sharp se tenait à côté d'elle, l'air sombre.

— Rien ? demanda-t-il.

— Rien là-bas, chef. J'attends qu'on me rappelle de la

location de bateaux d'Allington. Il y en avait trois, deux sont revenus sans rien, mais je dois parler au dernier.

— Où en sommes-nous avec la vidéosurveillance de la municipalité, chef ? demanda Barnes. Est-ce qu'on a reçu quelque chose pendant la nuit ?

Sharp secoua la tête.

— Rien pour l'instant. Andy Grey est au quartier général et va relancer son contact là-bas ce matin. Il est également prêt pour l'analyse numérique dès qu'on aura trouvé l'ordinateur portable et le téléphone portable de Greg Victor. Si on les trouve. Carys a reçu un appel de Hazel plus tôt ce matin. Toujours pas de nouvelles de Robert Victor. Hazel et Annette ont essayé de l'appeler à plusieurs reprises, mais son téléphone ne se connecte pas.

— Tu devrais aller te reposer, dit Kay. Je t'appellerai dès que nous aurons une piste viable sur l'endroit où se trouve Alice.

Le commandant divisionnaire regarda sa montre.

— Est-ce que l'un d'entre vous a dormi la nuit dernière ?

Barnes eut l'air penaud, et Gavin secoua la tête.

— Pas beaucoup, répondit Kay.

— Je m'en doutais. Je serai de retour à dix-huit heures, dit Sharp. Je vais parler à la commissaire pour obtenir plus de ressources à partir de demain via les uniformes. Maintenant que les festivals d'été sont terminés, nous pourrons peut-être obtenir de l'aide supplémentaire de Tonbridge aussi.

— Merci, chef, dit Kay.

Gavin regarda le commandant divisionnaire partir, puis il recula sa chaise.

— Où vas-tu ? demanda Barnes.

Il fourra son téléphone portable dans sa poche.

— Je ne peux pas rester assis ici à ne rien faire, à attendre qu'ils appellent, Ian. Je vais aller à cette adresse à Allington.

CHAPITRE 12

Une brise fraîche mordillait le cou de Gavin tandis qu'il verrouillait la voiture, la lumière du soleil matinal projetant des ombres tachetées à travers les arbres à côté de lui.

Il releva son col et traversa le parking en gravier qui jouxtait le motel et le pub voisin, son humeur assombrie par la réalité qu'Alice avait disparu depuis plus de trente-six heures, et qu'il n'y avait toujours aucune trace d'elle.

C'était comme si l'enfant s'était volatilisée, et il n'osait imaginer à quel point ses parents devaient être traumatisés.

Il secoua la tête pour chasser cette pensée et tourna son attention vers une étroite ruelle sinueuse qui menait du parking au bord de l'eau.

À sa droite, la terrasse du pub s'étendait le long du chemin de halage. Des rangées de tables de pique-nique avaient été installées pour les clients afin qu'ils puissent s'asseoir et admirer le paysage et les bateaux.

Gavin remarqua que les parasols colorés de la brasserie

avaient été rentrés pour la nuit et appuyés contre les portes-fenêtres. Sans doute que si le gérant ne l'avait pas fait, ces mêmes parasols se seraient retrouvés ce matin-là à être vendus dans certains vide-greniers peu recommandables du comté, pour être achetés par les habitants pour leurs propres jardins.

Deux canards se dandinaient entre les pieds des tables, s'arrêtant de temps en temps pour picorer des miettes coincées entre les lattes de la terrasse avant de poursuivre leur quête d'autres trésors culinaires.

Gavin tourna son attention vers la rivière.

Une série de bateaux bordait les deux côtés des rives du côté de Maidstone, et une atmosphère paisible enveloppait la scène. Le doux clapotis de l'eau contre les coques portait à travers l'eau tandis que deux cyclistes passaient à toute vitesse sur des VTT, levant la main en signe de remerciement alors que Gavin reculait pour les laisser passer.

Il les regarda s'éloigner, puis porta son attention sur une rampe en béton de l'autre côté de la rivière. À côté, un grand ponton était empilé d'équipements, et il aperçut une rangée de bateaux dans la cour au-delà. Repérant le nom de l'entreprise à côté, il se détourna.

Il avait déjà parlé aux propriétaires serviables, et il savait que Greg Victor ne les avait pas contactés.

Il adopta un rythme soutenu le long du Medway Path vers la structure en acier et béton de l'écluse, et il observa les péniches et les yachts à moteur amarrés de chaque côté. En parlant aux propriétaires du chantier naval de l'autre côté, il avait appris que l'écluse servait d'étape entre les eaux à marée de la haute Medway et les courants plus calmes qui coulaient vers le sud à travers Maidstone et au-delà dans la campagne du Kent.

Une idée avait commencé à se former alors qu'il s'était retourné dans son lit la nuit dernière, mais il n'arrivait pas encore tout à fait à mettre le doigt dessus. Elle grignotait les bords de ses pensées, s'agitant et s'inquiétant à la périphérie.

Il donna un coup de pied dans une pierre sur le bord du chemin par frustration, et se sentit un peu mieux lorsqu'elle vola dans l'eau avec un *plouf* satisfaisant.

Un peu plus loin après l'écluse, il trouva le petit chantier naval appartenant à Markus Tiverton.

Contrairement aux deux plus grandes entreprises auxquelles il avait déjà parlé, Tiverton's Hire semblait être en difficulté.

Deux yachts à moteur délabrés se balançaient au gré du courant, leurs pare-battages raclant contre la bordure en béton qui avait été construite pour renforcer le chemin à côté du chantier. Des lettres décolorées sur les côtés proclamaient les noms des bateaux, tous deux se terminant par des points d'exclamation joyeux qui contrastaient fortement avec les rideaux en lambeaux pendus aux fenêtres et les auvents en toile déchirés.

Un sentiment d'abandon entourait les deux navires, qui servaient d'exemples déprimants des changements dans le commerce de location sur la Medway.

Comparés aux bateaux de location aux couleurs vives plus près du pub et du motel, les navires de Tiverton semblaient prêts à couler à la première vague d'étrave d'une péniche passante, et Gavin se demanda si l'un ou l'autre était sûr.

Un préfabriqué bas servait de bureau à l'entreprise de location, les murs de couleur crème usés par endroits. Un tuyau de gouttière pendait du côté droit, une tache humide créant un creux dans le sol en dessous, indiquant depuis combien de temps personne n'avait pensé à le réparer.

Il sortit son téléphone portable et composa à nouveau le numéro de téléphone fixe de l'entreprise alors qu'il s'attardait sur la marche.

Il pouvait entendre le téléphone sonner de l'autre côté de la porte, mais il n'y avait aucun mouvement à l'intérieur. Personne.

Frustré, il essaya le numéro de téléphone portable qu'il avait repéré sur le côté d'un des bateaux de location, puis jura lorsque celui-ci bascula également sur un message vocal paresseux.

— Je peux vous aider ?

Il se retourna brusquement à cette voix pour voir un homme trapu d'une soixantaine d'années se diriger vers lui d'un pas décidé, le front plissé.

Gavin sortit sa carte de police alors que l'homme s'approchait, et il remarqua que ses épaules s'affaissaient légèrement.

— Je pensais bien que vous étiez trop bien habillé pour être un cambrioleur, dit-il. Que voulez-vous ?

— Désolé, vous êtes ?

— Alan Evershall. Je possède la péniche là-bas, le *Daisy Lee*.

— Est-ce que vous savez où se trouve Markus Tiverton ?

— Sur la côte, je pense. Lui et Evelyn sont partis tôt hier matin.

Evershall haussa les épaules.

— Ce n'est pas chargé ce week-end, alors j'imagine qu'ils ont pensé prendre une petite pause.

— Ils sont partis en bateau ?

Evershall lui lança un regard méprisant.

— Eh bien, ils n'ont pas pris la voiture. Non, Markus a un yacht à moteur avec quatre couchettes. Ils l'utilisent avec des amis pour les vacances et ce genre de choses.

— Quand est-ce qu'il doit revenir ?

— Il a mentionné quand je l'ai vu vendredi qu'ils allaient juste sur la côte à Hastings pour le week-end, donc j'imagine qu'il sera de retour tard ce soir ou tôt demain matin. Il le faut, vous voyez ? Au cas où il y aurait des réservations.

Gavin passa son regard sur le bâtiment temporaire délabré et les bateaux de location, et il haussa un sourcil.

Evershall haussa les épaules.

— Je sais, mais c'est quand même une entreprise qui doit être gérée.

— Alors on pourrait penser qu'il répondrait à son téléphone portable.

Gavin secoua la tête.

— Depuis combien de temps les connaissez-vous ?

— J'ai déménagé dans le coin il y a environ trois ans, donc je suppose que ça doit être environ deux mois après ça, après que j'ai acheté *Daisy*. Je voyais Markus la plupart des matins quand j'étais dans les parages, et nous avons commencé à discuter. Nous, les gens des bateaux, avons tendance à veiller les uns sur les autres.

— Est-il probable que vous le voyiez à son retour ?

— Ça dépend de l'heure, dit Evershall. S'il rentre tard

ce soir, je ne le verrai probablement pas avant le milieu de la matinée. J'ai de la famille qui vient plus tard aujourd'hui.

Gavin fouilla dans sa poche et en sortit une carte de visite.

— J'essaie d'appeler son numéro de portable depuis vingt-quatre heures. Quand vous le verrez, pourriez-vous lui demander de me rappeler s'il ne m'a pas déjà contacté d'ici là ?

Evershall fit tourner la carte entre ses doigts.

— C'est à propos de la fille qui a disparu ?

— Oui. Vous savez quelque chose qui pourrait avoir un rapport avec l'affaire ?

— J'aimerais bien, pauvre petite. J'ai deux petites-filles à peu près du même âge. Une histoire terrible.

— Vous lui transmettrez pour moi ?

— Bien sûr.

— Merci.

Gavin retourna à sa voiture, ses chaussures raclant le chemin tandis qu'il réfléchissait à sa conversation avec Evershall.

Il lança un regard noir à un pêcheur qui souleva son chapeau en passant près de lui sur le parking et lui lança un joyeux bonjour, puis il se jeta sur le siège conducteur et frappa du poing sur le volant.

Ça l'irritait de penser qu'il y avait des gens qui menaient une vie ordinaire, qui s'amusaient pendant qu'une famille attendait des nouvelles de leur fille disparue.

Des nouvelles qu'il n'avait pas.

CHAPITRE 13

Barnes regarda l'écriteau sur le mur en face de la cage d'escalier et plissa les lèvres.

À quelques mètres de là, Kay arpentait le couloir carrelé du deuxième étage de l'hôpital Darent Valley, une main sur l'oreille pour atténuer les voix provenant de la pharmacie.

Il consulta sa montre.

Lucas avait avancé l'heure de l'autopsie de leur victime. Il avait appelé la salle des opérations une heure plus tôt, alors que Barnes était en train de mâcher un sandwich au jambon qui s'était réchauffé dans son emballage plastique pendant qu'il faisait défiler des rapports sur son écran d'ordinateur. À l'écoute de la voix du médecin légiste du quartier général, son appétit s'était évanoui et, lorsqu'il avait été convoqué à la morgue, il avait jeté le reste du sandwich.

Gavin étant sorti pour suivre des pistes, c'était à lui qu'incombait la tâche d'accompagner l'inspectrice principale à l'hôpital.

Il ne dit rien à Kay, mais il aurait préféré passer l'après-midi à concentrer ses efforts sur la recherche d'Alice.

De tous ses collègues, il était celui qui pouvait le mieux comprendre ce que vivait Annette Victor. Il y a seulement trois ans, sa fille avait été enlevée par un tueur en série bien décidé à se venger de Barnes et de la police. C'était un miracle qu'elle ait survécu.

Il serra les poings et se força à se concentrer sur la tâche à accomplir tandis que Kay terminait son appel et revenait rapidement vers lui.

— C'était Gavin. Pas de chance à la location de bateaux, il a parlé à quelqu'un amarré à proximité qui lui a dit que les propriétaires étaient absents jusqu'à tard ce soir ou demain matin. En attendant, il y a un groupe d'habitants qui veulent aider l'équipe de recherche. J'ai dit qu'on passerait les voir quand on aurait fini ici pour s'assurer qu'ils coordonnent leurs efforts avec nos agents.

— Ça prend trop de temps, dit-il. On devrait avoir quelque chose maintenant, mais il n'y a eu aucun signalement.

Il serra les lèvres, entendant le tremblement dans sa voix.

— Je sais, Ian. Je sais.

Kay désigna du menton le panneau indiquant la direction de la morgue.

— On en finit avec ça ?

— Ça ne devrait pas être long, dit Barnes en la suivant. Cause du décès, blessure par balle à la tête.

— Ne laisse pas Lucas t'entendre dire ça.

Quinze minutes plus tard, il avait troqué son costume

contre une combinaison en plastique qu'il avait enfilée par-dessus sa chemise et son pantalon, et avait mis des surchaussures jetables. Il traîna les pieds sur le sol carrelé et brillant vers les doubles portes menant à la morgue, et il en tint une ouverte pour Kay.

Immédiatement, l'odeur le frappa.

Il avait beau taquiner Gavin sur sa peur d'assister aux autopsies, en ce moment, Barnes aurait préféré être n'importe où plutôt qu'ici.

Les restes de son sandwich au jambon se retournèrent dans son estomac, et il réprima un haut-le-cœur dans sa gorge alors qu'ils s'approchaient du brancard au milieu de la pièce.

Lucas fit une pause dans son travail et hocha la tête quand ils s'approchèrent, puis il posa la scie électrique qu'il manipulait.

— Comment ça se passe ? demanda Kay.

Elle se tint à l'écart de la tête de la victime – ou ce qu'il en restait – et se positionna aux pieds.

Barnes la rejoignit, s'éclaircit la gorge et se força à se concentrer sur ce que disait le médecin légiste du quartier général.

— Notre victime n'avait aucune chance, dit Lucas.

— L'équipe de Harriet a récupéré la balle hier, dit Barnes. Elle pense qu'elle provenait d'un neuf millimètres.

— Je suis surpris qu'il en soit resté grand-chose après ce trajet, dit Lucas en faisant un geste vers la tête de la victime.

— À bout portant ?

— Je dirais que oui. J'ai examiné la cavité crânienne, et celui qui lui a tiré dessus a pointé l'arme à quelques centimètres de la base de son crâne. La balle est sortie par l'arête du nez, emportant la majeure partie de son cerveau et de son visage.

— Donc les vêtements du tireur devraient avoir des résidus de poudre dessus, dit Kay.

— S'il ne s'en est pas déjà débarrassé, dit Barnes. Et il semblerait que le tueur pourrait être plus petit que Greg si la balle a suivi cet angle.

— C'est à prendre en compte, dit Lucas.

Kay fit un pas en arrière et examina la forme pitoyable étendue sur le brancard.

— D'autres blessures ?

Le médecin légiste s'éloigna de la tête de la victime et souleva doucement la main de l'homme.

— Il a un poignet cassé, probablement causé quand il est passé par-dessus le bord du bateau. J'ai parlé au contact de Carys à l'agence pour l'environnement et il confirme qu'il n'y avait pas de déversoirs ou d'autres obstacles avec lesquels il aurait pu entrer en collision avec suffisamment de force pour causer cela en descendant la rivière, pas avec le courant à cet endroit. Il y a une vieille blessure au genou, probablement vieille d'une dizaine d'années environ. Ça ressemble au type de blessure qu'on s'attend à voir chez quelqu'un qui a beaucoup pratiqué un sport quand il était plus jeune. À part ça, c'était un individu en bonne santé.

— D'accord, merci, Lucas, dit Kay.

Barnes pouvait entendre la déception dans sa voix.

— Tu peux nous envoyer les détails des empreintes digitales dès que possible ? dit-il à Lucas. Je vais demander à quelqu'un de les passer à nouveau dans le système pour corroborer les preuves que nous avons jusqu'à présent.

— Je m'en occupe, dit Lucas. Nous enverrons également les autres échantillons à Harriet et son équipe pour qu'ils puissent les comparer à ceux prélevés sur le bateau.

— Parfait. On va te laisser travailler. Merci.

— Des nouvelles de la petite fille ?

Kay pinça les lèvres.

— Pas encore.

Elle se détourna, et Barnes fit un signe de tête à Lucas avant de se dépêcher de la rattraper, retenant la porte alors qu'elle se refermait. Elle s'arrêta dehors et s'appuya contre le mur, le dos de sa combinaison écrasant le contenu d'un tableau d'affichage du personnel.

— Elle est là, quelque part, dit Barnes, la voix tendue.

Ses yeux rencontrèrent les siens, et elle se frotta les bras pour apaiser la chair de poule qui lui picotait la peau.

— J'espère, Ian. Je ne sais pas ce que je vais faire si nous arrivons trop tard.

CHAPITRE 14

Kay retroussa ses manches tandis que l'agent de police Harry Davis traversait l'aire de loisirs dans sa direction, accompagné d'un homme et d'une femme.

Une foule de personnes se pressait à côté d'un chapiteau qui avait été érigé près de l'entrée à quelques mètres de là, se rassemblant autour d'un groupe d'agents de police en uniforme qui travaillaient par paires pour distribuer des tracts.

À l'autre bout du parc, un ensemble de balançoires, un tourniquet et un toboggan restaient abandonnés. Pas un seul enfant n'était visible sur toute l'étendue de verdure qui s'étirait de l'arrière de la salle communale jusqu'au terrain de jeu de l'école primaire.

Kay se détourna de ce triste spectacle.

— Inspectrice principale, je vous présente le pasteur Maureen McCaffery de l'église locale All Saints et Peter Johnson, directeur de l'école primaire du coin, dit Harry, avant d'attendre que Kay et Barnes se présentent. Maureen a appelé la cellule d'enquête après l'appel aux témoins diffusé hier soir et, ensemble, ils ont organisé ce groupe de volontaires pour nous aider. Ils fournissent de la nourriture et des boissons aux officiers qui mènent les recherches.

— C'est formidable, dit Kay en observant les groupes qui s'affairaient autour des barbecues à l'ombre des gazebos. Merci beaucoup.

— Nous devions faire quelque chose, dit Peter en secouant la tête. J'ai une fille à peu près du même âge à la maison. Je n'ose imaginer ce que traversent ses parents.

— Quel est votre plan d'action, Harry ? demanda Barnes alors que les deux membres de la communauté locale s'éloignaient pour rejoindre un grand groupe qui se dirigeait vers un sentier menant à un champ d'orge.

— Les équipes ont terminé le porte-à-porte pour les propriétés jouxtant la voie ferrée et le chemin de halage de la Medway, dit le sergent de police. Nous avons conclu qu'il n'y a aucune trace d'Alice sur le chemin de halage entre East Farleigh et Tovil, donc après avoir parlé avec Alistair Matthews, j'ai déplacé mes officiers vers le tronçon au-delà de Tovil et jusqu'à Maidstone.

Il leva une carte et tapota la page.

— J'ai organisé une collaboration avec le personnel ici pour commencer à fouiller la zone plus large au nord de la berge et de la voie ferrée, afin d'éliminer la possibilité qu'Alice ait pu s'aventurer plus loin, ou que celui qui l'a enlevée ait coupé à travers les sentiers et les bois qui bordent la limite par ici.

Kay fronça les sourcils.

— Et il n'y a eu absolument aucun signalement par les propriétaires des maisons près de la rivière ?

— Rien, j'en ai peur.

— Je suppose que c'était un coup de chance, étant donné l'heure de la nuit où nous pensons que Greg Victor a été tué, dit Barnes. Même s'il fait encore jour jusqu'à presque vingt-deux heures, la plupart des gens devaient être à l'intérieur en train de regarder la télévision ou quelque chose comme ça plutôt que d'être assis dehors.

— Je suis enclin à être d'accord, dit Harry. Mais au moins de cette façon, nous pouvons frapper à la porte de quelques résidents supplémentaires et leur demander de faire un tour dans leurs dépendances. Tout le monde n'aura pas vu l'appel hier soir, ou les journaux ce matin avec la photo d'Alice à l'intérieur.

— Vous resterez ici jusqu'à ce qu'ils aient fini ? demanda Kay.

— Oui. Je préfère être sur place au cas où quelque chose serait trouvé.

— Combien d'officiers travaillent avec vous ?

Le sergent de police renifla.

— Pas assez. Comme d'habitude.

Kay se tourna pour regarder un deuxième groupe d'officiers traverser la ruelle et se diriger vers l'est en direction de Maidstone, et elle fit un pas en arrière de surprise lorsqu'un groupe d'adolescents leur distribua des bouteilles d'eau à leur passage.

— Il y a aussi des adolescents qui aident.

Harry sourit.

— Ils ne sont pas tous enfermés à jouer aux jeux vidéo. Il semble que lorsque Peter a téléphoné pour demander à certains parents d'aider, les frères et sœurs aînés ont décidé de venir aussi. Ils ont pris l'initiative de créer un groupe sur les réseaux sociaux et de distribuer des tracts dans les lotissements dans cette direction.

— Il y a encore de l'espoir, dit Barnes. Y a-t-il quelque chose que nous puissions faire ?

Secouant la tête, Harry tira sur sa casquette et plia la carte.

— Non, mais merci. Tout est sous contrôle. Je vous appellerai si j'ai quelque chose à signaler. J'imagine que nous serons ici encore quelques heures, le temps que nous ayons terminé ce quadrillage.

— Je vous appellerai si nous découvrons quelque chose qui pourrait vous aider, dit Kay.

Il leva la main en guise d'au revoir, puis courut vers l'endroit où deux de ses officiers discutaient avec Maureen et Peter.

Kay se tourna vers Barnes, qui arborait une expression hantée en regardant le dernier groupe de recherche quitter l'aire de loisirs.

Elle n'avait aucun mot de réconfort à lui offrir – la petite fille était portée disparue depuis trop longtemps déjà sans nouvelles de son sort ou de son signalement. Elle se demandait combien de parents s'étaient portés volontaires par sens du devoir, et combien s'étaient inscrits par peur parce que quelqu'un parmi eux avait brutalement tué un homme avant d'enlever une enfant et de disparaître sans laisser de traces.

Kay fronça les sourcils.

— Ian ? Nous avons supposé que celui qui a abattu Greg Victor avait paniqué. Et si tout cela était prémédité ?

— Annette a dit qu'elle n'avait reçu aucune demande de rançon.

— Et si ce n'était pas à propos d'un enlèvement ? Et si celui qui a pris Alice n'avait aucune intention de la rendre ?

Les yeux de Barnes s'assombrirent.

— Tu veux dire—

Kay fit un geste vers la voiture.

— Appelle la salle des opérations pendant que je nous ramène là-bas. Demande-leur de repasser en revue le registre des délinquants sexuels pour voir qui est le plus proche de cet endroit ou de la maison des Victor à Tonbridge pour commencer. Après ça, contacte Hazel. Découvre quels comptes de réseaux sociaux Annette et son mari ont, et s'ils ont déjà posté des photos d'Alice en dehors de leur cercle d'amis.

Son inspecteur avait déjà son téléphone à l'oreille au moment où elle passait la première et franchissait la surface accidentée du parking derrière l'école.

Tout en l'écoutant parler, elle se remémora une autre conversation et rétrograda.

La voiture bondit en avant alors qu'elle doublait un camping-car qui roulait lentement, le pied au plancher.

La conversation à côté d'elle se termina, et elle serra la mâchoire.

— Kay ? Qu'est-ce qui ne va pas ? demanda Barnes.

— Et si Gavin avait raison, Ian ? Et si celui qui a enlevé Alice s'était échappé avec elle en bateau ?

Barnes passa une main sur ses yeux avant de répondre.

— Elle pourrait être n'importe où, chef. Ils auraient pu l'emmener hors du pays maintenant.

CHAPITRE 15

Quatre heures plus tard, Kay rassembla les notes qu'elle avait étalées sur son bureau tandis que Sharp franchissait la porte de la salle des opérations, et elle repoussa sa chaise.

— Tout le monde devant, dit-elle. Commençons le briefing. Je sais que certains d'entre vous sont là depuis un moment aujourd'hui, donc plus vite nous aurons terminé, plus vite vous pourrez rentrer chez vous et vous reposer.

— Comment ça va ? murmura Sharp en la rejoignant à l'avant de la salle.

Kay passa une main sur ses yeux fatigués et réprima un bâillement.

— Ça va, vu les circonstances. Nous avons reçu beaucoup d'informations suite à la conférence de presse d'hier. Debbie et son équipe ont commencé à entrer les déclarations et autres détails des perquisitions et des enquêtes de porte-à-porte dans HOLMES2.

Elle tourna son attention vers l'équipe d'agents de police qui s'était rassemblée au bout de la salle, près du tableau blanc. Elle ne cessait d'être étonnée par le nombre de personnes impliquées dans une enquête majeure, et elle constata que beaucoup de ses collègues devaient rester debout – toutes les chaises et les espaces de bureau disponibles étaient occupés.

— Il va nous falloir une plus grande salle, dit-elle à Sharp.

— J'ai parlé à la commissaire en venant ici, dit-il. Nous allons déplacer l'enquête dans la salle d'à côté au quartier général pour que vous puissiez utiliser cet espace également. J'aurais préféré vous déplacer tous au QG, mais elle pense que vous êtes plus centralisés ici, donc si des membres du public veulent passer pour donner des informations, ils le peuvent. Vous êtes un peu plus accessibles depuis le centre-ville pour ceux qui ne conduisent pas.

— D'accord, merci, chef.

Elle s'éclaircit la gorge, puis se tourna vers Barnes.

— Ian, peux-tu commencer par nous faire un point sur tes conversations avec Hazel cet après-midi ?

L'inspecteur desserra sa cravate et feuilleta les pages de son carnet.

— Annette Victor confirme qu'elle n'a jamais posté de photos d'Alice sur les réseaux sociaux. Annette n'a que quelques comptes et ne les utilise pas beaucoup. Elle dit qu'elle n'a pas le temps et que ce n'est pas son truc. Elle ne pense pas que son mari, Robert, ait déjà eu un compte sur les réseaux sociaux.

Kay fronça les sourcils.

— Et Greg Victor ?

— Nous avons eu un peu plus de chance de ce côté-là,

dit Barnes. Il a un compte sur les réseaux sociaux, mais n'a rien posté sur son fil d'actualité depuis qu'il a quitté Nottingham. Pas que ce qu'il y a dessus soit très utile de toute façon, ce sont surtout des blagues repostées, des vidéos, ce genre de choses. Pas de photos d'Alice, et aucune mention de son déménagement par ici. Ses informations personnelles indiquent toujours qu'il est à Nottingham.

— Robert Victor a-t-il pris contact ? demanda Sharp.

— Personne n'a eu de ses nouvelles, chef.

— Il ne devait pas rentrer hier soir ? dit Kay.

Barnes haussa les épaules.

— Annette a dit à Hazel que parfois il était retardé, ou qu'une autre réunion était ajoutée à la fin de son voyage à la dernière minute. Elle n'a pas non plus de numéro de téléphone alternatif pour lui.

— Et la voiture de location qu'il conduisait ? Peux-tu obtenir ces détails auprès de son bureau également ? Ils ont dû la réserver pour lui avant qu'il ne s'envole, donc nous pourrions peut-être le retrouver de cette façon.

— J'ai noté de le faire.

— Merci, Ian. Bon, qui s'occupe du registre des délinquants sexuels et des condamnations antérieures pour agression en rapport avec les noms locaux ? demanda Kay.

— Moi, chef.

Debbie West leva la main, puis s'avança à l'avant de la salle pour que tout le monde puisse la voir. Agente de police avec une expérience considérable et une façon étonnante de manier la base de données HOLMES2, elle était toujours quelqu'un sur qui Kay pouvait compter.

— Alors, dit-elle, il y avait quinze noms sur le registre

des délinquants sexuels, et nous nous sommes coordonnés avec un agent pour les interroger au cours de cet après-midi. Nous avons également parlé à toute personne ayant des condamnations antérieures pour agression ainsi qu'à celles sous mandat et en attente de condamnation. Pour faire court, aucun d'entre eux n'a été en contact avec la famille Victor, ni n'a été près de cette partie de la rivière Medway. Deux des hommes sous mandat sont absents de chez eux en ce moment, l'un rend visite à sa mère à Cardiff, et l'autre est chez son frère à Penzance. Les forces locales leur ont parlé et confirment qu'ils n'ont pas été dans la région du Kent ces deux dernières semaines.

— Impasse, donc, dit Barnes d'une voix morne.

Kay ne savait pas si elle devait se sentir soulagée ou frustrée.

— Merci, Debbie. Bon travail. Qui s'occupait du côté de Tonbridge ?

— Par ici.

L'agent Phillip Parker leva la main.

— J'ai parlé à la directrice du jardin d'enfants où Alice continue d'aller deux fois par semaine jusqu'à ce qu'elle commence l'école le mois prochain. C'est un endroit assez exclusif, avec un nombre limité d'enfants pendant les vacances d'été. Elle ne se souvient pas que son personnel ait signalé quelqu'un rôdant à l'extérieur des grilles ou agissant de manière suspecte ces dernières semaines. Il n'y a eu aucun incident ou problème parmi les parents ou les enfants, et elle n'a connaissance d'aucune menace envers Alice ou les autres enfants. Nous avons examiné la liste des amis et connaissances que Hazel a obtenue d'Annette, et nous n'avons rien trouvé d'anormal de ce côté. J'ai commencé à ajouter les déclarations de leurs voisins dans HOLMES2, et je terminerai avant de partir ce soir.

— Merci, Phillip, dit Sharp.

Il leva le menton lorsque la porte s'ouvrit et qu'Alistair se fraya un chemin à travers les officiers rassemblés.

— Des nouvelles ?

Le conseiller secoua la tête, le front plissé.

— Le dernier groupe des équipes de recherche est revenu il y a vingt minutes et ils sont en train d'être débriefés par Harry dans la zone de loisirs, dit-il, mais nous n'avons rien. Il n'y a eu aucun signalement d'Alice. Les résidents du coin ont été fantastiques, ils ont parcouru à nouveau leurs remises et accroché des affiches, mais…

Il s'interrompit avec un haussement d'épaules impuissant.

Kay se tourna vers Gavin.

— Piper, contacte cette société de location de bateaux à Allington dès demain matin. Nous devons recentrer notre recherche sur la possibilité qu'Alice ait été enlevée et emmenée quelque part en bateau maintenant que les recherches terrestres n'ont rien donné de concluant.

— Je m'en occupe, chef.

— Quelqu'un a-t-il des nouvelles de Harriet ? demanda Kay. Quelles sont les dernières informations de l'équipe à East Farleigh ?

— Les plongeurs ont terminé leur recherche de la rivière et de l'écluse, répondit Debbie. Aucune trace d'une arme abandonnée. Ils ont travaillé sur la voiture de Greg Victor cet après-midi. L'assistant de Harriet, Patrick, a parlé avec la société de location de bateaux à Tonbridge et ils ont confirmé que personne n'est revenu essayer de récupérer la voiture depuis qu'il l'a laissée vendredi matin. Le rapport de Patrick sera envoyé par e-mail demain matin à la première heure, mais il confirme qu'ils ont trouvé des cheveux blonds sur le tissu recouvrant un siège pour enfant, et il y avait des jouets sur le plancher.

— Les plongeurs ou l'équipe de Harriet ont-ils trouvé quelque chose suggérant ce qui aurait pu arriver à Alice ? dit Kay.

— Rien, répondit Debbie. Rien du tout.

CHAPITRE 16

Carys tendit le bras par-dessus le bureau pour saisir la tasse en porcelaine ornée du logo d'une franchise de films d'animation, puis elle plissa le nez de dégoût après avoir pris une gorgée.

Le thé était glacé.

Tournant la page de la déposition qu'elle avait imprimée avec quatre autres, elle passa son doigt sur le texte et cligna des yeux à travers ses paupières lourdes.

À côté d'elle, les doigts de l'agente Laura Hanway picoraient sur un clavier d'ordinateur tandis qu'elle examinait une autre série d'images de vidéosurveillance reçues de l'unité de criminalistique numérique du quartier général, les lèvres pincées.

Trois heures du matin – plus de quarante-huit heures depuis la disparition d'Alice – et toujours pas de réponses.

Carys leva les bras au-dessus de sa tête et s'étira, puis elle jeta un regard noir à sa montre.

— Mon Dieu, j'ai besoin d'une pause, dit Laura. Vous voulez une autre tasse ?

— S'il te plaît.

Carys lui tendit la tasse à moitié vide.

— Merci, et ne t'inquiète pas pour les formalités ici. Carys et « tu » suffisent amplement.

— Pas de problème, merci.

— Comment se fait-il que tu aies le service de nuit ?

— Je, euh, je me suis portée volontaire.

Laura se tenait debout à côté de sa chaise, les yeux baissés un instant.

— Je voulais aider.

— Tu as postulé pour devenir enquêteuse, n'est-ce pas ? Tu veux travailler dans les crimes majeurs quand tu auras terminé tes examens ?

— J'adorerais ça.

La voix de Laura vacilla.

— Mais je sais à quel point je dois travailler dur. Et je ne fais pas ça juste pour faire bonne impression auprès de l'inspectrice principale. Je veux retrouver Alice.

Carys sourit et pointa du doigt les deux tasses en porcelaine.

— Va chercher le thé, alors. On va avoir besoin de plus de caféine.

— D'accord.

Carys soupira et se retourna vers les papiers qu'elle avait étalés sur son bureau. Elle s'était engagée à examiner les déclarations des enquêtes de porte-à-porte de la veille le long du chemin de halage et d'autres sentiers et chemins qui menaient de la rivière.

Des agents avaient travaillé avec Alistair Matthews pour s'assurer que chaque propriété avait été prise en compte, mais c'était maintenant sa responsabilité de tout vérifier une seconde fois et de découvrir s'il y avait des anomalies ou des indices qui pourraient mener à une percée.

Elle fit tourner un crayon émoussé entre ses doigts en étudiant attentivement les informations, prenant des notes sur tout ce qu'elle voulait vérifier au fur et à mesure, et déterminée à trouver quelque chose à donner à Kay et Barnes quand ils franchiraient la porte à sept heures.

Elle avait vu la tension sous laquelle ses deux collègues se trouvaient depuis qu'ils s'étaient rendus sur la scène de crime la veille, malgré leurs efforts pour garder leurs émotions pour eux-mêmes.

Tous deux avaient connu la douleur et le traumatisme dans leur vie, et elle savait que Barnes en particulier serait hanté par l'enlèvement d'Alice et celui de sa propre fille il y a seulement quelques années.

— Voilà. Du thé.

La voix de Laura la tira de ses pensées.

— Merci. Comment ça se passe avec les images de vidéosurveillance ?

L'agente de police s'effondra dans sa chaise.

— Lentement, mais j'ai réussi à écarter tout ce qui vient des rues autour de Tovil et de ce côté de la rivière. Il me reste juste les dernières séquences des résidents privés et des propriétaires d'entreprises à examiner maintenant. Il n'y a aucun signe d'elle, Carys. Rien du tout.

Carys se mordit la lèvre, le désespoir de l'autre femme la transperçant.

— Continue. Même si nous ne trouvons rien sur les caméras, nous devons tout évaluer. C'est toujours un travail important, d'accord ?

Laura hocha la tête et se retourna vers son écran d'ordinateur avec une détermination renouvelée dans les yeux.

Triant les dernières dépositions des témoins, Carys les empila et tendit la main vers son bac pour prendre le lot suivant. Elle remarqua que celles-ci avaient été prises auprès des employés de l'entreprise de négoce en vins pour laquelle travaillait Robert Victor.

Tous avaient été choqués par la nouvelle de la disparition de sa fille, et il devint évident, à mesure que Carys lisait les notes, qu'Alice était une visiteuse régulière des bureaux de Sevenoaks.

La plupart des entretiens avaient été menés par téléphone, deux nécessitant des visites à domicile par des agents plus tôt dans la journée lorsque les employés n'avaient pas répondu au téléphone. Le dernier entretien avait été mené à dix-sept heures le samedi après-midi, quelques heures seulement avant que Carys ne commence son service actuel.

Une nouvelle vague d'épuisement menaçait, mais elle redressa les épaules et se força à se concentrer.

Elle atteignit la troisième déclaration de la pile, nota le nom de l'officier en haut du questionnaire personnalisé qui avait été créé aux fins de l'enquête sur la base des connaissances acquises à ce jour, et elle parcourut du regard le schéma désormais familier.

Fronçant les sourcils, elle relut la réponse à l'avant-dernière question, puis saisit la deuxième et la quatrième déclaration.

— C'est bizarre.

— Hmm ?

La chaise de Laura grinça alors qu'elle déplaçait son poids.

Carys ne répondit pas et se leva plutôt de son bureau pour se précipiter à travers la salle des opérations vers le bureau de Sharp.

Elle s'arrêta en l'entendant parler à voix basse et frappa deux fois à la porte entrouverte.

— Chef ?

Sharp leva les yeux de l'écran de son téléphone et lui fit signe d'entrer.

— Comment allez-vous, Carys ? Vous tenez le coup ?

— J'ai connu mieux.

Elle resta sur le seuil.

— Vous avez une minute ?

— Bien sûr. Entrez. Qu'est-ce que vous avez trouvé ?

En réponse, Carys brandit la déposition de Melissa Lampton.

— L'assistante personnelle de Robert Victor a dit à l'agent en uniforme qu'il avait atterri à l'aéroport Charles de Gaulle à Paris lundi matin. Elle a dit qu'elle lui avait parlé jeudi pour confirmer quelques détails de dernière minute.

Sharp fronça les sourcils.

— Et ?

— Annette Victor a dit à Kay et Barnes qu'elle n'avait pas eu de nouvelles de son mari depuis qu'il avait quitté le pays, dit Carys. Quel genre d'homme parle à son assistante personnelle, mais pas à sa femme ? Je veux dire, même s'il était occupé avec des réunions et tout, ne voudrait-il pas quand même parler à sa femme et à sa fille ? Barnes a dit qu'il y avait des photos d'Alice partout dans le bureau de

Robert à la maison. Il l'adore manifestement, alors pourquoi n'a-t-il pas pris contact ?

Sharp tapota son stylo à bille sur le bureau et se pencha en arrière dans son fauteuil, les vieux ressorts protestant alors qu'il déplaçait son poids. Il finit par répondre.

— Je suis d'accord, cela mérite une enquête plus approfondie, dit-il. Est-ce que d'autres déclarations d'employés vous donnent matière à inquiétude ?

— Non, mais ça ne me dérangerait pas de parler à Melissa Lampton, dit Carys. Ce n'est peut-être rien—

— Mais ça vaut la peine de s'en assurer.

Sharp jeta le stylo sur le bureau et joignit ses mains.

— Je suis d'accord, ça vaut le coup de creuser.

— Je vais emmener Laura avec moi et nous irons là-bas avant de terminer notre service ce matin, dit Carys. Avec un peu de chance, ils seront ouverts tôt, et nous obtiendrons des informations à transmettre à l'équipe de jour pour qu'elle puisse travailler dessus.

— Si quelqu'un peut trouver une piste, c'est bien vous, Miles.

Sharp réussit à sourire.

— Je ne peux pas imaginer de meilleure mentor pour notre nouvelle recrue.

Carys déglutit et sentit une bouffée de chaleur lui monter aux joues.

— Merci, chef.

CHAPITRE 17

Kay fourra ses clés de voiture dans la poche latérale de son sac à main, puis ramassa une pile de messages sur son bureau.

Tandis que ses yeux parcouraient les notes, elle les réorganisa selon leur priorité et ce qui pouvait attendre.

Elle fronça les sourcils en apercevant le fin manteau de sa collègue suspendu au dossier de la chaise d'en face.

— Carys est encore là ? demanda Kay.

— Elle est partie avec Laura chez Wilkinson's Wine Merchants juste avant ton arrivée, répondit Sharp en sortant de son bureau. Elle a lu les déclarations des employés hier soir et a découvert que l'assistante personnelle de Robert Victor lui avait parlé jeudi. Annette Victor t'a bien dit qu'elle n'avait pas eu de nouvelles de son mari depuis son départ en voyage, n'est-ce pas ?

— Oui.

Kay fronça les sourcils.

— C'est étrange, non ?

— Carys le pensait aussi. Elle a dit qu'elle voulait creuser ça en premier ce matin avant de partir, alors j'ai donné mon accord.

Il esquissa un sourire contrit.

— Tu sais comment elle est quand elle a une idée en tête. Mieux vaut la laisser faire que de se mettre en travers de son chemin.

— C'est vrai. Ce sera intéressant d'entendre ce qu'elle va découvrir.

Sharp attendit que Barnes se précipite vers son bureau et fit un signe de tête aux deux officiers supérieurs.

— L'un de vous a-t-il eu l'impression que le mariage battait de l'aile quand vous étiez là-bas samedi ?

— Je n'ai rien remarqué, dit Barnes. J'ai jeté un coup d'œil rapide à l'étage après avoir fini dans la chambre d'amis, mais tout semblait normal. Ils partagent au moins une chambre.

— Et il y avait des photos de famille partout, ajouta Kay. L'attitude d'Annette était certainement celle d'une épouse et d'une mère inquiète quand nous l'avons interrogée. Je n'ai pas eu l'impression qu'elle s'impliquait dans les affaires, cependant.

— Il y avait des prospectus et des brochures pour la salle de sport locale et un groupe de badminton féminin sur la table de la cuisine, dit Barnes. Ainsi qu'une lettre ouverte d'une école privée locale. J'imagine qu'Alice aurait dû y commencer dans quelques semaines.

Un silence tomba sur la pièce à ses mots, et il baissa les yeux.

Sharp s'éclaircit la gorge.

— Comme vous le dîtes, Ian, tout indique une vie de

famille normale pour le moment. On verra ce que Carys rapportera plus tard dans la matinée et si cela a une incidence sur la situation, tenez-moi au courant.

— Entendu, chef, répondit Kay.

Elle prit la liasse de papiers qu'il lui tendait et parcourut rapidement les lignes de texte.

L'équipe de nuit n'avait fait aucun progrès ni eu d'incident dans l'affaire, et elle serra la mâchoire à l'idée qu'Alice passait une troisième nuit sans sa mère.

— Je vais y aller, mais appelez-moi si vous avez besoin de moi, dit Sharp.

Il tapota le bras de Kay.

— Quelqu'un quelque part sait où elle est. Ne perds pas espoir.

Il leva la main pour saluer Gavin, qui tenait un téléphone à l'oreille, absorbé par une conversation.

Kay regarda le commandant divisionnaire partir, puis elle reporta son attention sur son équipe.

— Bien, dit-elle, alors que Gavin terminait son appel et s'approchait, puisque Carys et Laura suivent leur piste avec Melissa Lampton, nous allons rester concentrés sur la rivière. Barnes, pourrais-tu appeler les postes locaux de Gillingham et Sheerness pour savoir s'il y a eu des signalements d'Alice près de l'estuaire ? L'alerte dans tous les ports est active depuis samedi matin, mais ces choses ne sont jamais faciles à contrôler avec autant de côtes à surveiller.

— Je m'en occupe.

— Gavin, quelles sont les dernières nouvelles de ton côté ?

L'enquêteur vérifia sa montre.

— Le chantier naval d'Allington rouvre à huit heures trente, alors je vais les appeler. Ils auraient dû être de retour de leur escapade du week-end hier soir, mais je n'ai rien entendu.

— Tiens-moi au courant, dit Kay. Je suppose qu'ils n'emportent pas leurs téléphones professionnels quand ils partent.

Gavin haussa un sourcil.

— Ça expliquerait pourquoi leur entreprise semble sur le point de couler.

Kay passa en revue le reste des tâches qu'elle devait déléguer, puis elle congédia l'équipe et se tourna pour allumer son ordinateur.

En tant qu'adjointe de Sharp en tant qu'inspectrice principale, elle jonglait avec un nombre précaire de tâches de gestion en plus de diriger l'enquête avec lui. Elle contempla la liste des e-mails qui s'étaient multipliés depuis qu'elle avait quitté la salle des opérations la veille au soir, et elle essaya de se concentrer sur ce qu'elle devait faire d'un point de vue politique aussi bien que pour faire avancer l'enquête.

Cela ne lui servirait à rien si elle provoquait accidentellement des frictions parmi d'autres détectives chevronnés en cherchant des ressources supplémentaires auprès d'un service ou d'une équipe déjà surchargés.

Un téléphone sonna en arrière-plan, et son subconscient reconnut la voix de Gavin en train de parler à voix basse pour répondre. Tout autour d'elle, le bruit des doigts sur les claviers, des conversations urgentes et des appels auxquels on répondait emplissait l'air d'un bourdonnement constant d'activité.

— Chef !

Elle se retourna alors que l'enquêteur se frayait un chemin entre deux chaises abandonnées et se précipitait vers elle.

— Qu'est-ce qu'il y a ?

— C'était le chantier naval d'Allington, ils n'ont aucune trace de location de bateau au nom de Greg Victor—

— Bon sang—

— Mais ils en ont un loué au nom de *Robert* Victor.

— Quoi ?

— Il a fait la réservation il y a une semaine, mais il ne s'est pas présenté pour le récupérer vendredi soir.

Kay fronça les sourcils et passa la main dans ses cheveux.

— Pourquoi diable Greg Victor louerait-il un bateau à son nom et un autre au nom de son frère ?

— L'écluse d'Allington doit être actionnée par un éclusier, dit Gavin. Si Greg ne savait pas à quelle heure il arriverait samedi, il n'aurait peut-être pas pu téléphoner à l'avance pour faire ouvrir l'écluse. Robert aurait pu louer le deuxième bateau, étant donné qu'il était censé être de retour samedi. Peut-être voulait-il faire une surprise à sa fille. On pourra lui demander quand on lui parlera.

— La société de location de bateaux d'Allington a-t-elle confirmé le numéro de téléphone utilisé pour faire la réservation, ou les détails de la carte bancaire ? demanda Barnes, en grattant la fine barbe sur sa mâchoire.

— Oui. Exactement les mêmes que ceux utilisés pour louer le premier bateau. Dans les deux cas, c'étaient ceux de Greg.

— S'il utilisait son propre numéro de téléphone et les détails de sa carte, alors pourquoi diable réserver au nom de son frère ?

Kay passa une main dans ses cheveux.

— On tourne en rond, bordel.

CHAPITRE 18

Carys plissa les yeux en regardant la façade géorgienne de la maison de marchand revêtue de pierre, et elle claqua la portière de la voiture.

Une plaque bleue sur le mur indiquait que le bâtiment avait autrefois abrité un écrivain semi-célèbre pendant sept jours en tout, et elle vérifia automatiquement par-dessus son épaule. Il n'y avait pas de touristes – pas encore – et elle se détendit un peu, sachant que leur visite au lieu de travail de Robert Victor passerait inaperçue.

Laura attacha ses cheveux en une queue de cheval basse. En civil, l'agente de police portait un tailleur-pantalon noir élégant similaire à celui que portait Carys, et elle dégageait un nouveau niveau de confiance aux côtés de l'enquêteuse.

— Qu'est-ce que tu veux que je fasse ? demanda-t-elle.

— On va entrer et se présenter, dit Carys, et elle regarda sa montre. Il est plus de neuf heures, donc tout le monde devrait être arrivé maintenant. Je veux me concentrer sur Melissa Lampton ce matin, cependant, aucune des autres déclarations n'a soulevé de drapeau rouge. Si tu prends les notes, je mènerai les questions, mais si on arrive à la fin de l'entretien et que tu penses que j'ai oublié quelque chose, n'hésite pas à intervenir. Je ne suis pas du genre à me soucier de mon ego, et on doit toujours retrouver une petite fille de cinq ans disparue. Prête ?

Laura hocha la tête et verrouilla la voiture.

Carys grimpa rapidement les trois marches en pierre et poussa l'une des deux doubles portes en bois peintes de couleur vive. Elle entra dans un large espace d'accueil, le sol recouvert d'une moquette bordeaux qui étouffait le bruit de ses pas.

Sur sa gauche, un long comptoir de réception s'incurvait sous une rampe en chêne. De grandes photographies étaient accrochées aux murs, chacune représentant une vue panoramique sur un vignoble au crépuscule ou tôt le matin, avec de la brume s'accrochant aux structures fantomatiques en bois et en fil de fer.

— Je peux vous aider ?

Carys traversa la moquette vers la réceptionniste, qui s'était levée de sa chaise et se tenait prête, un stylo à la main, le front plissé.

— Vous êtes la police, n'est-ce pas ?

— C'est exact.

Elle tendit sa carte de police et présenta Laura.

— Désolée, vous êtes ?

— Sharon Eastman.

Carys se rappela le nom des déclarations prises au cours du week-end.

— Nous aimerions parler à Melissa Lampton, s'il vous plaît.

— Est-ce que vous avez un rendez-vous ?

— Non, mais étant donné la nature de la situation, je suis sûre que ce ne sera pas nécessaire.

— Bien sûr.

Sharon baissa les yeux et décrocha un téléphone.

— Asseyez-vous, je suis sûre qu'elle ne va pas tarder.

Laura se dirigea vers une paire de canapés de l'autre côté de l'espace d'accueil qui avaient été placés de part et d'autre d'une cheminée ornée.

Un vase contenant des fleurs séchées avait été disposé dans l'âtre, et Carys se demanda à quoi le bâtiment aurait ressemblé quand il était autrefois une maison familiale.

Elle saisit l'un des magazines professionnels qui avaient été laissés sur une table à côté d'un des canapés et le feuilleta, pour essayer de tempérer son impatience.

Quinze minutes plus tard, elle arpentait la moquette tandis que Laura regardait par la fenêtre la rue au-delà, tout en grignotant un ongle et en observant le trafic qui passait.

— Je suis vraiment désolée de vous avoir fait attendre.

Carys se retourna à cette voix pour voir une femme en chemisier bleu et jupe marine descendre précipitamment l'escalier vers elles, ses cheveux bruns coupés en un carré sévère qui effleurait ses joues.

La femme tendit la main en s'approchant.

— Melissa Lampton.

Plus âgée qu'elle ne l'avait prévu, Melissa dégageait une aura d'efficacité qui vit bientôt les deux policières emmenées à l'étage et conduites dans une salle de réunion à l'arrière du bâtiment.

Tout bruit provenant de la rue fut bloqué lorsque l'assistante personnelle de Robert Victor ferma la porte et fit un geste vers la table ovale au milieu de la pièce.

— Asseyez-vous. Vous voulez du thé, du café, de l'eau, peut-être ?

— Non, merci.

— Bien.

Melissa tordit la bague à sa main droite.

— Pour quelle raison est-ce que vous vouliez me voir ?

— S'il vous plaît, asseyez-vous.

Carys attendit que la femme se soit perchée sur une chaise à sa gauche, et s'assura que Laura était prête à prendre des notes.

— Avez-vous eu des nouvelles de Robert Victor depuis que vous lui avez parlé jeudi ?

Melissa secoua la tête.

— Pas un mot. Remarquez, la réception n'est pas géniale dans cette région.

Elle sourit.

— Ils font peut-être du vin fabuleux, mais leur signal mobile laisse beaucoup à désirer.

— Je crois que nous attendons une copie de son itinéraire.

L'assistante personnelle leva les mains.

— Je sais, et j'en suis vraiment désolée, quand nous sommes arrivés ce matin, il s'est avéré que notre intranet était en panne. Nous ne pouvons accéder à aucun de nos travaux pour le moment. Les téléphones n'ont été reconnectés que depuis une demi-heure.

— Avez-vous une copie imprimée disponible ?

— Non, je suis désolée, nous avons une politique ici selon laquelle rien n'est imprimé à moins que ce ne soit absolument essentiel.

La bouche de Melissa se tordit.

— Je sais qu'ils nous disent que c'est pour la planète, mais je ne peux pas m'empêcher de penser parfois que c'est juste une mesure d'économie.

— Ce n'est pas grave, pouvez-vous vous rappeler quels étaient les arrangements de location de voiture pour son voyage ?

— Euh... Je sais qu'il voulait quelque chose de spécial pour pouvoir voyager confortablement. Il conduisait lui-même cette fois. Occasionnellement, nous lui réservons aussi un chauffeur, surtout s'il prévoit de visiter plusieurs vignobles sur une vaste zone et de faire des dégustations. Cette fois, il était seul, cependant.

— Où a-t-il atterri ?

— Paris. Il aurait récupéré la voiture là-bas aussi.

— Avez-vous le nom de la société de location, et peut-être quelques coordonnées téléphoniques ?

— J'ai une de leurs cartes de visite collée sur mon écran d'ordinateur. Attendez, je vais vous la chercher.

Carys expira lorsque la porte se referma derrière Melissa, et elle leva les yeux au ciel.

— Bon sang. C'est un travail difficile.

Laura se mordait la lèvre, les yeux amusés.

— Certaines personnes n'ont aucun sens de l'urgence, n'est-ce pas ?

— Il y a de quoi se poser des questions.

La porte s'ouvrit, et Melissa se précipita dans la pièce. Elle tendit une carte de visite écornée à Carys.

— C'est eux. On les utilise depuis deux ans.

— Des problèmes ?

— Non. C'est l'une des meilleures agences.

Carys passa la carte à Laura et reporta son attention sur Melissa.

— À quelle heure avez-vous parlé à Robert jeudi ?

La femme fronça les sourcils.

— Vers quatre heures et demie, il me semble.

— De quoi avez-vous parlé ?

— Il voulait que je lui envoie par e-mail des informations spécifiques pour les partager avec un client potentiel cet après-midi-là.

Melissa haussa les épaules.

— Nous avons nos brochures commerciales standard et Robert les emporte toujours avec lui quand il voyage, mais s'il entend parler d'une opportunité qui n'est pas couverte par celles-ci, nous pouvons lui envoyer les informations. La plupart de nos collaborateurs qui voyagent emportent des tablettes pour pouvoir montrer aux clients ce dont nous sommes capables sans avoir à transporter beaucoup de documentation.

— Encore des économies ? dit Carys.

Des taches rouges apparurent sur les joues de Melissa.

— Je suppose que oui.

— Lui avez-vous parlé depuis jeudi ?

Melissa secoua la tête.

— Non, il n'y avait pas besoin. Il était censé être de retour ici ce matin. Nous avons une réunion avec un fournisseur à quatorze heures.

— Que voulez-vous dire ? Vous ne l'avez pas vu ?

— Non. Personne ne l'a vu. Nous essayons de l'appeler depuis que les lignes ont été rétablies, dit-elle, la confusion se lisant sur son visage. Il ne répond pas sur son portable, ça bascule directement sur sa messagerie vocale.

CHAPITRE 19

Kay vérifia ses notes, puis griffonna une mise à jour sur le tableau blanc en grandes lettres majuscules lisibles à distance, soulignant les mots pour les mettre en évidence là où c'était nécessaire.

Elle reboucha le marqueur et fit un pas en arrière pour observer les points et les pistes d'enquête qui commençaient à ressembler à une toile d'araignée d'informations.

Au centre du tableau, une photo d'Alice servait de rappel de ce qui était en jeu.

Et tout le monde voulait être de service quand la petite fille serait retrouvée saine et sauve.

Kay déglutit. Elle n'envisagerait pas l'alternative – pas tant qu'elle n'en serait pas certaine.

Elle fit une pause alors que le fracas d'un hélicoptère au-dessus faisait trembler les fenêtres, un rappel que ses collègues aériens faisaient tout leur possible pour localiser Alice.

Elle parcourut les papiers qu'elle avait en main, lisant

les derniers rapports des équipes cynophiles, de Harry Davis dans son rôle de responsable, et d'autres policiers en uniforme qui coordonnaient les zones de recherche plus larges et faisaient le lien avec les membres du public enthousiastes nécessitant une supervision attentive.

Elle se mordit la lèvre. Si elle se laissait submerger, elle ne pourrait pas diriger son équipe.

Ses épaules s'affaissèrent à la vue des deux femmes qui marchaient vers elle.

Un service de quatorze heures et le stress de la disparition d'Alice avaient eu raison de Carys et Laura, qui semblaient toutes deux épuisées.

Carys frotta ses yeux fatigués en approchant, mais parvint à esquisser un petit sourire.

— Bonjour, chef.

— Bonjour. Comment ça s'est passé ?

— Melissa Lampton a confirmé qu'elle n'a pas parlé à Robert Victor depuis jeudi après-midi, comme dans sa déclaration initiale. Mais nous avons obtenu ceci.

Elle brandit la carte de visite de la société de location de voitures.

— Je vais les appeler ce matin, Melissa a dit que Robert avait loué un modèle de luxe, donc il devait être équipé d'un traceur GPS pour des raisons de sécurité. Avec un peu de chance, nous pourrons le localiser et le contacter.

— Tu sais quoi, dit Kay. Donne-moi ça et je vais demander à quelqu'un d'autre de passer l'appel. Vous deux, vous avez l'air épuisées, et vous avez besoin de vous reposer.

— Mais, chef... dit Laura.

— C'est mon dernier mot.

Kay sourit pour adoucir l'ordre.

— Vous ne me servez à rien si vous êtes fatiguées, et vous devez encore rentrer chez vous en sécurité. Ça fait quoi, seize heures que vous n'avez pas dormi ?

Carys marmonna une réponse, puis haussa les épaules.

— Vous avez obtenu autre chose de l'assistante de Robert ? demanda Kay.

— Seulement que leur intranet et leurs lignes téléphoniques ont été en panne tout le week-end apparemment, répondit l'agente de police. Ce qui explique pourquoi nous n'avons pas reçu de copie de son itinéraire.

— Qu'en pensez-vous ? Vous croyez qu'il a été retardé quelque part ?

— Peut-être qu'il a une liaison, suggéra Laura.

Elle haussa les épaules, puis rougit sous le regard scrutateur de Kay.

— Je veux dire, il ne serait pas très enclin à nous contacter si cela signifiait briser son mariage.

— Bon point, dit Carys. Mais il devrait avoir vu les informations ? La photo d'Alice est passée à la télé dans tout le pays depuis hier matin, et les stations de radio diffusent l'histoire de sa disparition depuis samedi soir.

L'effroi fit s'accélérer le rythme cardiaque de Kay alors qu'une idée commençait à se former.

Elle se dirigea vers le tableau blanc, coupant court à la conversation de ses collègues d'un léger hochement de tête, et se tint devant les tourbillons d'écriture – la sienne, celle de Sharp, celle de Barnes – qui avaient été ajoutés au fur et à mesure que leur enquête avançait et se ramifiait en différentes pistes.

Un homme mort.

Une fillette de cinq ans enlevée.

Et, sous-tendant tout cela, était la pensée qu'elle n'avait ni suspect, ni mobile.

— Chef !

La voix de Barnes trancha à travers le bruit blanc et le bourdonnement des conversations tout autour d'elle.

— C'est qui ?

— Harriet. Les résultats des empreintes digitales sont arrivés.

— Demande-lui de nous les envoyer et on va demander à quelqu'un de les passer dans le système pour corroborer qu'il s'agit bien de Greg Victor.

— Ce n'est pas ça, chef, ils ont déjà fait faire ça par quelqu'un.

— Quel est le problème, alors ?

— Notre victime n'est pas Greg Victor, dit Barnes. C'est son frère. C'est Robert Victor.

CHAPITRE 20

Kay arracha le téléphone des mains de Barnes.

— Harriet ? Dans quelle mesure en es-tu sûre ?

— Nous avons parlé avec Lucas, et je suis convaincue que nous sommes à quatre-vingt-dix pour cent de précision, répondit la chef de la police scientifique. Nous avons obtenu une empreinte complète sur le cadre de la porte menant à la cabine du bateau, et une partielle sous la fenêtre à côté de la porte. Nous venons de faire passer nos résultats dans le système et le nom de Robert est apparu comme correspondance.

— Merci, Harriet.

Kay rendit le téléphone à Barnes, qui murmura une réponse à la chef de la police scientifique avant de raccrocher.

— Pourquoi Robert Victor est-il dans notre base de données ?

— Il a eu une condamnation antérieure pour conduite en état d'ivresse il y a dix ans, dit Barnes, ses yeux parcourant l'écran. Il a reçu une amende et s'est vu interdire de conduire pendant un certain temps, mais pas de peine de prison.

— Bureau de Sharp. Maintenant. Carys, prends Gavin et rejoignez-nous là-bas. Laura, rédige ton rapport et tes notes de la conversation de ce matin avec Melissa Lampton s'il te plaît, et demande à Debbie d'appeler la société de location de voitures. Après ça, rentre chez toi et on se revoit ici à dix-neuf heures ce soir.

— Oui, madame.

Kay saisit son téléphone portable sur son bureau en passant, puis tint la porte du bureau de Sharp ouverte pour Barnes.

— Quelles sont tes premières impressions, Ian ?

— Peut-être que les deux frères se sont disputés, dit-il, en s'asseyant sur le rebord de la fenêtre, les bras croisés sur la poitrine.

— Sacrée dispute, dit Gavin en les rejoignant et en s'enfonçant dans l'un des fauteuils pour visiteurs en face du bureau de Sharp.

Il fit un geste vers le moins miteux des deux sièges et attendit que Carys se soit installée à côté de lui.

— Et ça n'explique toujours pas pourquoi Robert est revenu au Royaume-Uni sans le dire à ses collègues de travail ou à sa femme.

Kay arpentait la moquette, consciente que le brouhaha de la salle des opérations s'était calmé alors que le reste de l'équipe assimilait les nouvelles de Harriet.

— A-t-on localisé l'endroit où travaillait Greg Victor ? demanda-t-elle.

— Oui, Harris and Sons. C'est un abattoir juste à l'extérieur de Kegworth, dit Barnes. J'ai parlé au type qui était son superviseur tôt ce matin. Il a dit qu'il n'y avait aucun problème avec le travail de Greg.

— Alors, pourquoi est-il parti ?

— Son patron a dit que Greg avait mentionné avoir des problèmes familiaux à régler, et qu'il devait déménager dans le sud pendant un moment.

— Rien de la part de nos collègues de Nottingham qui dirait le contraire ?

— Absolument rien. Son casier est vierge.

— Bon sang.

Kay arrêta de faire les cent pas et fixa la moquette élimée. Elle regarda sa montre.

— Bon, voici ce que nous allons faire. Barnes, je veux que tu ailles chez Annette Victor pour lui annoncer la nouvelle. Vois ce que tu peux glaner sur Greg auprès d'elle. La dernière fois que nous lui avons parlé, elle a laissé entendre que tout n'allait pas bien avec Greg sous son toit, quelque chose à propos du fait qu'elle ne s'attendait à ce que son séjour ne dure que quelques semaines. Découvre auprès d'elle qui il aurait pu rencontrer ces dernières semaines, et si quelqu'un est passé à chez eux pour lui. S'il était proche d'Alice, découvre où d'autre il aurait pu l'emmener.

Elle s'interrompit alors que l'hélicoptère passait à nouveau au-dessus de la ville et elle leva les yeux vers le plafond.

— Il se cache quelque part avec Alice, probablement effrayé. Il ne semble pas que la mort de Robert ait été planifiée, donc il a dû partir en cavale sans provisions ni moyen de camper.

— Je demanderai aussi à Annette si elle a remarqué

des choses disparues de la maison ou des dépendances, dit Barnes. Il aurait pu faire demi-tour pour récupérer des affaires avant de repartir.

— Bonne idée. Gavin, j'ai besoin que tu fasses la liaison avec Alistair et Harry et que tu sois prêt à élargir la zone de recherche en fonction de ce que Barnes nous rapportera après avoir parlé à Annette.

— Oui, chef.

— Je vais appeler Sharp pour lui dire que nous devons organiser une conférence de presse urgente pour informer les médias des derniers développements, dit Kay. Avec un peu de chance, nous la diffuserons à temps pour les informations radio de l'heure de pointe, et ensuite pour le journal télévisé de dix-huit heures.

Elle se tourna vers Carys, qui cligna des yeux et se redressa sous le regard scrutateur de Kay.

— Miles ?

— Chef ?

— Il est temps pour toi de rentrer chez toi.

— Mais...

— Pas de discussion. Tu as fait du bon travail ce matin, mais j'ai besoin que tu sois reposée et prête à repartir ce soir.

— D'accord.

Carys bâilla et se leva de son siège.

Kay posa ses mains sur ses hanches en observant ses collègues.

— Merde. Ça change tout, n'est-ce pas ?

Gavin fronça les sourcils.

— Qu'est-ce que tu veux dire ?

— Ce qu'elle veut dire, dit Barnes, c'est que pour

l'instant, Greg Victor est notre suspect numéro un dans le meurtre de son frère, Robert, et l'enlèvement de sa nièce. Et quoi qu'il arrive, la presse va se faire un plaisir avec Annette Victor.

Carys ricana en se tournant vers Kay.

— Eh bien. Je préfère que ce soit toi plutôt que moi qui participes à cette conférence de presse.

Kay leva les yeux au ciel.

— Merci beaucoup.

CHAPITRE 21

— C'est scandaleux.

Annette Victor se tenait dans le couloir de sa maison, le menton relevé, tandis qu'un agent de police passait en hâte avec un ordinateur portable sous le bras et un épais agenda en cuir.

— Vous ne pouvez pas faire ça.

Barnes posa sa main sur son bras et fit un geste vers le salon.

— Madame Victor, si nous nous asseyions ? Je suis désolé, je comprends que c'est un choc terrible pour vous, mais nous devons chercher tout ce qui pourrait avoir un rapport avec la mort de votre mari et l'endroit où nous pourrions trouver son frère.

La femme tamponna son nez avec un mouchoir en papier froissé, ses épaules s'affaissant.

— Oh, c'est terrible. Je ne sais pas quoi faire. C'était toujours Robert qui était doué pour organiser les choses. C'était lui qui...

Elle s'interrompit alors que de nouvelles larmes coulaient sur ses joues et elle laissa Barnes la conduire à travers la porte jusqu'à un fauteuil éloigné de la fenêtre.

Déjà, une douzaine de journalistes s'agglutinaient au petit mur de briques qui séparait la maison de l'avenue, les flashs des appareils photo se reflétant sur les murs de la pièce tandis que les hommes et les femmes se bousculaient pour obtenir la photo parfaite de l'épouse et mère endeuillée.

— Salauds, marmonna Barnes entre ses dents, avant de tirer les rideaux devant la fenêtre. Hazel, peux-tu dire à l'un des nôtres d'éloigner ces journalistes ? Établis un cordon ou quelque chose.

— Oui, inspecteur.

L'agente de liaison avec les familles se précipita dans le couloir, fermant la porte derrière elle.

Une lumière tamisée brillait à travers les portes-fenêtres au fond du salon, dissipant la pénombre créée par les rideaux fermés à l'avant, et pendant un instant, Barnes laissa son regard errer sur la terrasse et le jardin au-delà.

Une balançoire pour enfant avait été placée au centre d'une pelouse impeccable bordée de parterres de fleurs bien entretenus, un érable feuillu offrant de l'ombre vers le fond de la propriété.

— Elle adore jouer dehors.

La voix d'Annette tremblait.

— Elle suppliait Greg de la pousser sur la balançoire quand il revenait l'après-midi.

Barnes s'assit à l'extrémité du canapé en cuir la plus proche d'elle.

— Quand il revenait d'où ?

— Pardon ?

— Vous avez dit « quand il revenait l'après-midi ».

— Oh.

Elle agita la main devant son visage.

— C'est juste une façon de parler.

— Votre beau-frère sortait-il beaucoup ?

Annette fronça le nez.

— Non, pas vraiment. Je veux dire, il sortait de temps en temps pendant la journée, pour des entretiens d'embauche, je suppose. Mais même ceux-ci se sont taris ces dernières semaines.

— Est-ce qu'il s'était inscrit au chômage ?

— Je ne crois pas. Il avait quelques économies, le travail était peut-être atroce, mais l'abattoir payait bien. Je pense qu'il espérait trouver quelque chose sans avoir à demander de l'aide.

Un sourire crispé passa sur ses lèvres.

— Robert était pareil. Il voulait toujours faire les choses à sa manière. Mais une fois qu'Alice est arrivée, il a décidé d'accepter toutes les offres d'emploi qui se présenteraient.

— Et vous, madame Victor ? Vous travaillez ?

— Pas pour le moment, j'étais assistante administrative avant la naissance d'Alice, mais nous avons décidé que j'attendrais qu'elle ait bien démarré l'école à temps plein avant de reprendre. Ça nous évite des frais de garde d'enfants.

— Le propriétaire du commerce de vins, Kenneth Archerton. Comment votre mari s'entendait-il avec lui ?

Annette haussa les épaules.

— Bien, je suppose. Je pense qu'ils avaient des désaccords de temps en temps, mais c'est le cas de tout le monde, non ? Robert était bien traité là-bas, inspecteur. Tout le personnel l'est.

Barnes baissa les yeux sur ses mains.

— Je suis désolé, madame Victor, mais je dois vous poser cette question. Comment les choses se sont-elles passées ici à la maison ces dernières semaines ?

Elle s'enfonça dans le fauteuil, tortillant le mouchoir en papier entre ses doigts.

— Comme je vous l'ai dit samedi, c'était tendu avec Greg ici. Je pensais vraiment qu'il ne resterait que quelques semaines. Robert et moi...

Elle renifla.

— Eh bien, nous nous sommes disputés dernièrement, je suppose.

— À quel sujet ?

— Des bêtises. L'argent. Son travail. On lui avait proposé une promotion, elles ne se présentent pas souvent. Après la fête d'été en juin, on a demandé à Robert d'assumer un nouveau rôle. Ça aurait signifié plus d'argent pour commencer.

Elle essuya de nouvelles larmes.

— Nous... je voulais commencer à économiser pour l'avenir d'Alice. Les frais de scolarité des écoles privées dans le coin explosent, et puis bien sûr il y a l'université à envisager plus tard.

— Votre mari n'a pas accepté la promotion ?

— Non, et il a refusé de changer d'avis. Il ne voulait pas en entendre parler.

— Est-ce qu'il s'inquiétait de l'effet que les horaires plus longs pourraient avoir sur Alice ? demanda Barnes.

— Je ne sais pas.

Annette se leva du fauteuil et traversa la pièce jusqu'à la fenêtre, pour regarder à travers une fente dans les rideaux.

— Mon Dieu, regardez-les. On entend parler de ce genre de choses aux informations, n'est-ce pas ? On ne s'attend jamais à être la personne qui passe *aux* informations.

— Avez-vous eu des nouvelles de Greg depuis vendredi ?

Annette laissa retomber le rideau.

— Aucune.

— Une idée d'où il pourrait être ? demanda Barnes. Est-ce que vous savez s'il avait un endroit où il pouvait aller s'il voulait un peu de paix et de tranquillité ?

— Loin des disputes, vous voulez dire ?

Les lèvres d'Annette se tordirent.

— Non. Il adorait la rivière. Il aimait pêcher. Je crois qu'il était un peu ornithologue dans sa jeunesse. J'ai vu des livres à l'étage, des guides, ce genre de choses.

Comme sur un signal, le bruit de pas dans l'escalier parvint à Barnes.

— Ils prennent tout ? demanda Annette.

— Seulement ce qui concerne notre enquête, répondit-il.

Il vérifia ses notes, puis se leva.

— Madame Victor, ma collègue l'inspectrice principale Hunter et notre commandant divisionnaire organisent une autre conférence de presse cet après-midi pour fournir des mises à jour concernant la disparition d'Alice. Je dois vous prévenir qu'ils vont annoncer que votre mari a été assassiné et que votre beau-frère est désormais recherché en lien avec sa mort et l'enlèvement de votre fille.

— Oh, mon Dieu.

— Y a-t-il quelque chose qui pourrait nous aider à les retrouver ? Y avait-il des endroits préférés où Greg emmenait Alice quand il la gardait pour vous ?

— J'ai déjà donné toutes ces informations à Hazel, dit Annette. Je ne peux penser à aucun autre endroit.

— Greg a-t-il reçu des appels téléphoniques ou quelqu'un est-il venu le voir pendant son séjour chez vous ? Quelqu'un qui vous aurait inquiétée ?

— Non, pas que je sache, en tout cas. Il n'a certainement reçu personne ici, et s'il a passé un appel, c'était sur son portable. Soit il montait dans sa chambre, soit il allait dehors.

Elle se tourna vers les portes-fenêtres.

— Je le voyais parfois faire les cent pas avec le téléphone à l'oreille pendant la journée. Quand Robert rentrait et que je lui en parlais, il me disait de ne pas m'en inquiéter. Il disait que c'était probablement juste de la frustration due au manque de travail, ce genre de choses.

Barnes se pencha en avant.

— Madame Victor, une dernière question. Pendant tout le temps où Greg était ici, avez-vous eu le moindre soupçon qu'il pourrait faire quelque chose comme ça ? Y avait-il une quelconque indication qu'il nourrissait une rancune contre vous ou votre mari ?

— Non. Pas du tout. C'est ce qui rend tout cela si

difficile. Je n'ai rien remarqué de tel, dit Annette, son corps frêle tremblant. Nous l'aidions à se remettre sur pied, et voilà comment il nous remercie. Je n'aurais jamais dû lui faire confiance. Je n'aurais jamais dû le laisser entrer dans ma maison.

CHAPITRE 22

Kay mit une main devant ses yeux lorsqu'un flash d'appareil photo se déclencha trop près de son visage, et elle grimaça quand quatre journalistes lui mirent des smartphones sous le nez.

— Inspectrice principale Hunter, pourquoi n'avez-vous pas encore retrouvé Alice ?

— Le beau-frère est-il connu des services de police ?

— Que ressent madame Victor en ce moment ?

Elle lança un regard noir à la femme qui avait posé la dernière question, puis la bouscula et monta les marches d'un pas vif jusqu'à l'endroit où Sharp se tenait devant un pupitre en bois.

Un tissu portant l'insigne de la police du Kent avait été drapé sur le pupitre, et le commandant divisionnaire ajusta le microphone à son approche.

Plutôt que d'organiser la conférence de presse dans la même salle que celle utilisée samedi, Sharp avait suivi les conseils de leur responsable de la communication et avait choisi de s'adresser à la presse à l'extérieur du commissariat.

— Cela donnera l'impression que vous êtes trop occupés à essayer de retrouver Alice pour leur parler, mais que vous avez besoin de leur aide, avait dit Joanne Fletcher en parcourant les notes qu'elle avait préparées pour eux.

C'est le cas, et nous en avons besoin, pensa Kay.

Sharp portait un costume gris anthracite parfaitement coupé à sa silhouette, et son regard sévère était clair tandis qu'il observait la foule au pied des marches.

Ils se tournèrent vers la masse de journalistes alors qu'une forêt de caméras, de microphones sur perches et de mains tendues tenant des téléphones se dressait en anticipation.

— Merci d'être venus à si court préavis, commença Sharp. Nous aimerions profiter de cette occasion pour vous informer d'une série de développements dans la recherche d'Alice Victor.

Un silence tomba sur la foule sur le trottoir, et Kay écouta Sharp exposer les actions qui avaient été entreprises jusqu'à présent pour retrouver l'enfant disparue. Elle s'efforça de ne pas serrer les poings, enfouissant la peur et la frustration qui menaçaient, et elle garda plutôt un œil vigilant sur les journalistes tandis que Sharp menait à la percée la plus récente de l'enquête.

— Nous pouvons confirmer que le corps du père d'Alice, Robert Victor, a été retrouvé près du lieu de son enlèvement, dit Sharp, et nous recherchons activement son frère, Greg Victor, en lien avec sa mort et l'enlèvement d'Alice.

Une cacophonie de bruit frappa les sens de Kay.

D'un seul coup, la foule se précipita en avant, une rafale de questions criées rendant difficile de comprendre qui parlait.

Sharp leva une main, refusant de parler jusqu'à ce que le bruit se soit apaisé.

— Comme je le disais, reprit-il en lançant un regard sévère à un journaliste qui ouvrait la bouche pour parler et qui baissa ensuite la tête, penaud, nous avons des photographies disponibles des deux hommes, et nous vous demandons de partager l'image de Greg Victor de toute urgence. Étant donné la nature de la mort de Robert, nous avertissons le public de ne pas l'approcher, mais d'appeler notre ligne d'enquête dédiée, ou Crimestoppers si vous souhaitez rester anonyme. Bien, des questions ?

— Pourquoi n'avons-nous pas été informés du meurtre samedi ?

Kay fit un pas en avant.

— En raison de la nature des blessures subies par la victime, il nous a fallu jusqu'à maintenant pour obtenir une identification définitive. Comme vous pouvez l'imaginer, jusqu'à ce que nous ayons toutes les informations à notre disposition, nous n'étions pas en mesure de rendre cela public.

— Pensez-vous que les deux frères se sont disputés avant que Robert ne soit tué ?

— Nous n'allons pas spéculer sur les circonstances pendant une enquête en cours, dit Kay. Suivant.

— Comment Robert Victor est-il mort ?

— Cette information ne sera pas rendue publique tant que nos enquêtes ne seront pas terminées, répondit Sharp.

— Greg Victor a-t-il des antécédents de violence ?

— Pas à notre connaissance, dit Kay. Encore une fois, notre enquête est en cours à cet égard.

Alors que les questions fusaient dans l'air et que Kay répondait à chacune aux côtés de Sharp, elle commença à remarquer une diminution du nombre de mains levées.

Sharp éleva la voix.

— C'est tout ce que nous avons pour vous pour le moment. Je rappelle que Greg Victor ne doit pas être approché par des membres du public et que, si vous le voyez, vous devez appeler notre ligne d'enquête dédiée ou Crimestoppers. Nous travaillons sur la base qu'Alice est avec lui et qu'elle pourrait être en grand danger. Nous faisons tout ce qui est en notre pouvoir pour ramener cette petite fille à sa mère. Quand nous aurons une autre mise à jour pour vous, nous vous le ferons savoir. Merci.

Il tourna le dos et mena le chemin à travers les portes du commissariat, adoptant un rythme rapide devant le bureau d'accueil.

Passant sa carte de sécurité sur le clavier, il tint la porte ouverte pour Kay puis s'arrêta au bas de l'escalier.

— Qu'en penses-tu ?

Kay croisa les bras et s'appuya contre le mur.

— Je pense que maintenant que le visage de Greg Victor est public, nous allons bientôt entendre quelque chose. Il n'est dans la région que depuis quatre tombis, il est sans emploi depuis, et n'a pas d'amis proches qu'Annette connaisse. Cela signifie qu'il ne peut pas raisonnablement cacher un enfant disparu, pas maintenant. Même s'il a réussi à se terrer quelque part avec Alice, il est exposé désormais.

— Tu as eu des nouvelles de Hazel ? Est-ce qu'Annette a fait des commentaires sur ce qui aurait pu motiver Greg à tuer Robert ?

— Rien du tout. Barnes a dit qu'elle semblait abasourdie par la nouvelle quand il est allé la voir plus tôt aujourd'hui, et elle ne pouvait certainement pas offrir de réponses quant à la raison pour laquelle c'est arrivé.

Sharp commença à monter les escaliers.

— Nous avons besoin d'une percée, Kay. Et bientôt.

— Chef ?

Kay se détacha du mur alors qu'il s'arrêtait.

— Quoi ?

— Et si Greg panique ? S'il découvre que nous avons diffusé sa photo, que nous savons ce qu'il a fait ?

— Alors il fera une erreur, dit Sharp. Et s'il fait ça, il va sortir de sa cachette, et avec un peu de chance, quelqu'un le repérera.

— Ce n'est pas ce que je voulais dire, dit Kay. Et s'il décide qu'Alice est un trop grand risque ? S'il l'abandonne, ou...

— Nous allons la retrouver, Kay.

Sharp recommença à marcher, les épaules rigides.

— Nous allons la retrouver.

CHAPITRE 23

Kay enleva ses chaussures à côté du tabouret de bar au comptoir de la cuisine, puis parcourut du regard les e-mails sur son téléphone.

— Du nouveau ? demanda Adam en entrant du jardin, une paire de ciseaux à la main qu'il lava sous le robinet avant de la ranger dans un tiroir.

Il s'essuya les mains sur l'arrière de son jean et se plaça derrière elle pour lui masser les épaules.

— Tu vas avoir besoin qu'on s'occupe de ton dos après tout ça. Tes muscles sont trop tendus.

— Je sais, dit Kay en fermant les yeux et en essayant de se détendre sous son toucher. Et non, pas de nouvelles.

Elle était restée au poste de police pour regarder les informations de dix-huit heures avec le reste de l'équipe, puis avait convenu avec Sharp de rentrer chez elle pour quelques heures de repos. Il avait suivi son propre conseil, chargeant Barnes de superviser l'équipe pendant quatre heures supplémentaires afin qu'il puisse dormir un peu avant de revenir gérer l'équipe de nuit avec Carys.

Les pouces d'Adam se déplacèrent vers le bas de son dos, et elle gémit.

— Je te l'avais dit, fit-il. Il te faut des séances de kiné dès que possible.

Il lui tapota les bras, puis l'embrassa sur les cheveux avant de se diriger vers la porte de derrière.

— Comment vont les poules ? demanda-t-elle en se tournant sur son siège.

— Mieux, sourit-il. Avec un peu de chance, d'ici une semaine ou deux, elles seront plus en forme. Elles doivent se refaire des plumes avant l'arrivée du temps plus frais.

Il prit le sac de maïs qu'il avait ouvert et disparut. Quelques instants plus tard, Kay l'entendit parler aux poules tandis qu'il jetait quelques poignées de nourriture dans l'enclos grillagé avant de les enfermer pour la nuit, à l'abri du danger.

Elle sourit quand il revint.

— Tu leur as donné des noms ?

— C'est possible, dit-il, une expression penaude traversant son visage avant qu'il ne se mette à sourire lui aussi. Bon, d'accord, je l'ai fait. Je me sentais un peu désolé pour elles de ne pas avoir de noms. Ça donne l'impression qu'elles sont nos animaux de compagnie maintenant.

— Tu ne vas pas les donner en adoption à ce rythme-là.

Adam lui fit un clin d'œil et remplit une carafe d'eau avant de retourner dehors.

Kay prit son téléphone, s'assura qu'il n'y avait pas de nouveaux messages, puis le poussa sur le côté et se leva de son siège. Elle s'occupa à trier le courrier qui avait été livré ce matin-là, jeta toutes les publicités dans la boîte de recyclage sous l'évier, puis tira un carnet vers elle et nota un rappel pour les courses au supermarché plus tard dans la semaine.

Au moment où Adam avait terminé dehors, elle avait l'impression d'avoir au moins organisé un aspect de sa vie, même si son lieu de travail ressemblait à une zone sinistrée.

Adam verrouilla la porte de derrière, puis se tourna vers elle avec un froncement de sourcils.

— J'ai oublié de te dire, désolé, tes parents ont téléphoné.

— Tout va bien ?

Kay entendit la peur dans sa voix et se mordit la lèvre.

— Rien d'inquiétant. Ils ont juste appelé pour me dire à quelle heure ils prévoyaient d'arriver demain après-midi.

— Merde, j'avais oublié ça.

Kay retourna à son tabouret de bar et fit tourner son verre de vin dans une flaque de condensation. Des mois auparavant, son père avait été transporté d'urgence à l'hôpital et on lui avait posé un stimulateur cardiaque.

Il avait subi une série de rendez-vous avec des spécialistes au cours du printemps et du début de l'été avant de recevoir l'autorisation de son consultant de ne pas revenir pour d'autres contrôles avant six mois. Il avait été extatique, réservant immédiatement des vacances de deux semaines en France, même s'il avait dû accepter que la mère de Kay prenne une partie des responsabilités de conduite.

Kay avait été terrifiée quand son état avait été diagnostiqué pour la première fois, mais son rétablissement régulier lui avait fait réaliser qu'il allait profiter de la nouvelle vie qui lui avait été offerte.

Son état avait également servi à rapprocher Kay et sa mère.

Sa mère n'avait jamais été satisfaite de son choix de carrière, et après avoir appris qu'une enquête injustifiée des normes professionnelles avait conduit Kay à faire une fausse couche qui signifiait qu'elle ne pouvait plus avoir d'enfants, elle avait été inconsolable. Elles avaient été en froid pendant près de deux ans avant que le père de Kay ne frôle la mort.

— Kay ? Ça va ?

Elle secoua la tête pour chasser ses pensées.

— Désolée. Oui. Je réfléchissais juste.

Adam sourit, puis tourna son attention vers la porte ouverte du réfrigérateur.

— Tu penses que tu pourrais manger quelque chose d'un peu plus consistant ce soir ? J'ai des steaks de thon ici qui doivent être consommés. Je pourrais les faire avec une salade et des pommes de terre nouvelles.

— Ce serait parfait, merci.

Elle étouffa un bâillement.

— Je t'ai entendue.

— Tu crois que je suis mal en point, tu aurais dû entendre Gavin cet après-midi. Je pense que Barnes lui a interdit de boire du café. Ça n'avance pas bien.

— Je n'imagine pas ce que ça doit être dans cette salle des opérations en ce moment, dit Adam en assaisonnant les steaks et en faisant chauffer de l'huile d'olive dans une poêle.

— Tu as raison, ce n'est pas bon. Surtout avec la réalisation que c'était le père d'Alice qui était la victime.

Kay frissonna.

— Quel genre de personne tue son frère ?

— Tu penses qu'il l'a fait ?

— Je ne sais pas. Il est sans aucun doute notre principal suspect jusqu'à ce que nous puissions commencer à rassembler toutes les informations que nous avons sur eux deux.

— Tu commences tôt demain ?

— Oui. Je pensais mettre le réveil et y aller une heure avant l'heure prévue, juste pour pouvoir lire certains des nouveaux rapports avant la réunion du matin et recevoir un compte rendu de Sharp.

— N'oublie pas qu'on doit emmener tes parents sur la tombe d'Elizabeth demain après-midi. Ils veulent y déposer des fleurs.

Elle croisa les bras sur le plan de travail et fronça les sourcils.

— Je devrais appeler Maman. Annuler. Ils rentreront plus vite de toute façon s'ils ne font pas de détour ici d'abord, et ça leur évitera la dépense du motel. La chambre d'amis est un vrai bazar en ce moment, j'ai trié toutes ces boîtes de livres et d'affaires que je voulais donner.

— Tu ne feras que l'inquiéter. Elle veut passer du temps avec toi. Elle sera encore plus déterminée à venir ici si tu essaies de la dissuader.

Kay soupira.

— Je déteste quand tu as raison.

CHAPITRE 24

Carys gémit lorsqu'un voyant d'avertissement rouge se mit à clignoter sur l'imprimante et que la machine s'arrêta brusquement.

Elle jeta les documents qu'elle tenait dans le bac de sortie, puis traversa le bureau jusqu'au bureau de Debbie et localisa les clés de l'armoire à fournitures. Dans le couloir, elle prit deux rames de papier avant de rendre les clés et de griffonner une note à l'attention de l'agente de police pour l'informer de ce qui avait été pris.

Debbie West avait la réputation de garder les fournitures de bureau mieux que la réserve fédérale de Fort Knox, et Carys ne voulait pas tomber dans ses mauvaises grâces.

Elle fourra du papier dans le bac de l'imprimante, puis recula tandis que la machine se remettait en marche et elle continua à lire le rapport pendant que les pages restantes sortaient.

Avant de partir pour la nuit, Kay avait demandé à Carys d'examiner de plus près les employeurs de Robert

Victor. Peu impressionnée par l'attitude désinvolte de l'entreprise en matière de partage d'informations, l'enquêteuse avait décidé qu'un audit des registres financiers publics et des activités quotidiennes de l'entreprise devrait être ajouté aux pistes d'enquête poursuivies par l'équipe.

Reconnaissante d'avoir une certaine expérience de travail avec un enquêteur judiciaire dans une affaire précédente, Carys se rendit compte qu'elle appréciait en fait la lecture de ces informations.

En retournant à son bureau, les yeux rivés sur la page, elle tira sa chaise et s'y laissa tomber tout en finissant le rapport.

L'entreprise avait célébré sa première décennie d'activité l'année précédente, et Carys trouva une série de communiqués de presse sur son site web qui vantaient ses succès.

Initialement créé dans la cuisine du domicile de son propriétaire, le négociant en vins avait obtenu des contrats favorables avec certains des meilleurs vignobles artisanaux du continent en peu de temps.

Une photographie du propriétaire montrait Kenneth Archerton comme un homme d'une soixantaine d'années au teint bronzé, la peau plissée autour des yeux alors qu'il posait pour l'appareil photo avec un verre de vin rouge à la main.

Vêtu d'une chemise en chambray ouverte au col et d'un jean bleu foncé, il s'appuyait nonchalamment contre un tonneau de chêne vertical à côté de vignes luxuriantes et vertes.

Une légère brise avait attrapé ses cheveux lorsque la

photographie avait été prise au coucher du soleil, l'effet lui donnant un air désinvolte.

— C'est le propriétaire ? demanda Laura en passant derrière la chaise de Carys.

— Oui. Kenneth Archerton.

— Il a l'air satisfait de lui-même.

— Il gagne probablement une petite fortune.

— C'est agréable de voir quelqu'un réussir. Ce n'est pas facile de diriger une entreprise de nos jours, n'est-ce pas ?

— C'est vrai.

Carys baissa à nouveau les yeux sur son travail. En tapant le nom de l'entreprise sur le site web du registre du commerce, elle localisa le bilan récent soumis pour l'entreprise et prit note des actifs et passifs actuels.

Le commentaire en passant de Laura n'était pas loin de la vérité – Kenneth Archerton réussissait extrêmement bien.

Elle parcourut les rapports disponibles sur le site web et prit note de la progression de l'entreprise. Archerton avait eu un début difficile, créant le négoce de vins quelques mois après la crise financière qui avait frappé les entreprises au niveau mondial. Il avait cependant été économe, veillant toujours à ce que ses dettes soient gérées. Puis, il y a cinq ans, son entreprise avait fait un bond en avant.

Carys ferma les détails du registre du commerce et retourna sur la page web du négociant en vins.

Elle continua à faire défiler le bref historique de l'entreprise exposé à côté de la photographie de Kenneth, notant qu'il avait transformé son amour pour le vin en une entreprise après avoir été licencié de son poste au sein d'une société de courtage en assurance financière.

« C'était l'idée de ma femme », disait il dans ce paragraphe. « Elle m'a dit que si je voulais continuer à boire les millésimes que j'appréciais, je ferais mieux de trouver un nouveau travail ».

Carys sourit à cette stratégie de marque intelligente. Intégrer sa femme et un peu d'humour dans la biographie officielle donnait une approche plus douce à une proposition commerciale autrement sèche pour les fournisseurs et les clients.

Aucun de ses employés n'était mentionné sur le site web – une simple page de contact fournissait un formulaire qui pouvait être rempli à la place d'une adresse e-mail, ainsi qu'un numéro de téléphone principal. L'adresse physique du bureau avait été remplacée par un numéro de boîte postale, et Carys supposa que ce n'était pas le genre d'entreprise qui encourageait ses clients à passer.

Kenneth Archerton l'intriguait cependant, et après avoir mis les rapports de côté, elle tapa son nom dans un moteur de recherche.

Une liste de résultats s'afficha en quelques secondes, et elle fit défiler jusqu'à ce qu'elle trouve des articles de sites de journaux locaux.

Les deux premiers liens sur lesquels elle cliqua étaient des articles basés sur des communiqués de presse concernant de nouveaux contrats qu'Archerton avait obtenus pour l'entreprise. Le langage utilisé était sec, plein de jargon d'entreprise, et accompagné de la même photographie posée avec confiance utilisée sur son site web.

Carys ferma les onglets et fit défiler davantage les résultats de recherche.

Elle ignora les liens relatifs aux pages de médias sociaux de l'entreprise, mais s'arrêta lorsqu'elle repéra un article publié par le *Kentish Times* le Noël précédent.

Les négociants en vins célèbrent une autre année réussie avec style.

Carys parcourut rapidement le texte, un article élogieux sur le succès continu de Kenneth, son soutien aux associations caritatives locales et une liste croissante de clients et de contrats lucratifs.

Elle bâilla, déplaça la souris pour fermer la page, puis s'arrêta lorsque ses yeux tombèrent sur la photographie d'Archerton avec certains de ses employés, tous en train de lever leurs verres vers l'appareil photo. Chacun de leurs noms avait été imprimé sous l'image.

Un visage familier la fixait depuis l'écran.

— Qu'est-ce que c'est que ça ?

Laura leva les yeux de son travail.

— Qu'est-ce qui se passe ?

Carys pointa du doigt son écran d'ordinateur, le cœur battant.

— Le patron de Robert Victor, Kenneth Archerton, est son beau-père. Pourquoi est-ce qu'Annette ne nous l'a pas dit ?

CHAPITRE 25

Carys frappa à la porte avec ses jointures, puis appuya sur la sonnette pour faire bonne mesure.

Des pas résonnèrent de l'autre côté avant que Hazel n'ouvre brusquement, le visage inquiet.

— Tout va bien ?

— Où est Annette ? demanda Carys en franchissant le seuil d'un pas lourd. J'ai besoin de lui parler.

— Attends.

Hazel ferma la porte.

— Tu ne peux pas lui parler dans l'état où tu es. Qu'est-ce qui se passe ?

Carys prit une profonde inspiration, puis expira lentement. Elle fouilla dans son sac et en sortit une copie de l'article de journal qu'elle tendit à l'agente de liaison familiale.

— Ça.

— Merde.

Les yeux de Hazel s'écarquillèrent.

— C'est ce que j'ai pensé. Elle t'a dit quoi que ce soit à propos de son père ?

— Rien du tout. Elle lui a parlé plus tôt aujourd'hui après le départ de l'inspectrice principale Hunter, mais elle n'a rien mentionné sur le fait que Robert travaillait pour lui.

— Une idée de la raison ?

— Non, pas du tout. Peut-être qu'elle pensait qu'on le savait ?

Carys plissa le nez.

— C'est un peu tiré par les cheveux. Et sa mère, elle en a parlé ?

— Décédée il y a quelques années, a-t-elle dit. Tu vas mieux maintenant ? Un peu calmée ?

— Oui. Désolée.

Hazel sourit.

— J'aurais été énervée aussi, ne t'inquiète pas. Elle est dans le jardin, sur la terrasse. Je viens de me faire une tasse de thé. Tu en veux une ?

— Non merci, ça va.

Carys traversa la cuisine et ouvrit la porte de derrière.

Elle se retrouva sur une large terrasse carrelée qui s'enroulait autour de l'arrière de la maison, protégée de tous côtés par des arbustes qui offraient de l'intimité vis-à-vis des propriétés voisines.

Un crépuscule bleu-violet enveloppait le ciel du soir, le soleil déchirant les nuages en teintes roses et jaunes à l'horizon, et Carys leva le menton pour regarder un avion de ligne solitaire tracer une traînée de vapeur au-dessus de la maison. Dans un autre jardin au-delà de celui des Victor, un père appelait sa famille à rentrer, le désespoir palpable dans sa voix.

Elle se demanda combien d'autres parents gardaient un œil attentif sur leurs enfants ce soir, vérifiant peut-être deux fois les verrous sur les portes avant d'aller se coucher eux-mêmes.

La disparition d'Alice avait ouvert une brèche béante dans la communauté, et elle se demandait s'ils s'en remettraient – ou s'ils resteraient paranoïaques pour toujours.

Annette était assise dos à elle, et Carys détecta une odeur de nicotine avant de remarquer le filet de fumée révélateur au-dessus de la tête de la femme.

— Excusez-moi, madame Victor ?

Annette se retourna brusquement sur son siège, la bouche ouverte.

— Mon Dieu, vous m'avez fait peur.

— Je suis désolée.

Carys sortit sa carte professionnelle et se présenta.

— Je peux me joindre à vous ? J'ai quelques questions à vous poser dans le cadre de notre enquête en cours sur la disparition d'Alice.

— Installez-vous.

Annette fit un geste vers une chaise en osier assortie à côté d'elle avant de prendre un verre de vin rouge et d'en boire une gorgée. Elle grimaça, puis tira une autre bouffée sur la cigarette avant de tousser.

— Je ne fume pas d'habitude. Ce sont… c'étaient celles de Robert. Il pensait que je ne savais pas qu'il fumait. Je les ai trouvées fourrées au fond du tiroir de son bureau tout à l'heure. Je pensais que ça pourrait calmer mes nerfs. Il me disait toujours qu'il ne fumait que parce que ça l'aidait à se détendre.

Carys posa son sac sur les dalles en s'installant dans son siège, puis elle prit un moment pour l'observer.

La femme semblait rapetissée dans ses vêtements, une silhouette minuscule noyée dans les plis d'un fin pull en cachemire et d'un jean. Un vernis à ongles écaillé tachait les orteils qui dépassaient de sandales en cuir marron, et elle avait attaché ses cheveux en une queue de cheval lâche qui laissait échapper des mèches éparses autour de son visage et de ses oreilles.

Annette se tourna vers elle avec des yeux rougis légèrement dans le vague.

— Que vouliez-vous me demander ?

— J'aimerais en savoir plus sur le travail de Robert. Depuis combien de temps était-il chez le marchand de vins ?

— Six ans.

Carys fronça les sourcils, mais avant qu'elle ne puisse faire le calcul dans sa tête, Annette reprit la parole.

— Je l'ai rencontré là-bas. Je lui suis rentrée dedans, littéralement.

— Oh ?

Annette se tortilla sur son siège, porta la cigarette à ses lèvres et inhala.

— Je donnais un coup de main pendant quelques semaines, des tâches administratives et autres pendant que l'une des assistantes personnelles était en vacances. Robert m'est rentré dedans alors que je portais une pile de nouvelles brochures qui venaient d'arriver. Elles se sont éparpillées partout. Il m'a proposé de m'offrir un verre après le travail pour s'excuser.

— Vous n'avez pas pris un poste permanent là-bas ?

La femme laissa échapper un rire amer et la fumée s'envola d'entre ses lèvres.

— Mon Dieu, non. Ce n'était pas mon truc.

Elle contempla ses ongles de pied, la bouche tournée vers le bas.

— Non, je voulais faire quelque chose de différent. Et puis je suis tombée enceinte d'Alice quelques mois plus tard. Robert a été son charmant lui-même à ce sujet et m'a immédiatement demandée en mariage.

Carys fouilla dans son sac et en sortit la coupure de journal photocopiée.

— Pourquoi ne nous avez-vous pas dit que votre père était le patron de Robert ?

Annette parcourut la photographie des yeux, mais elle ne tendit pas la main pour la prendre.

Une larme solitaire coula sur sa joue tandis qu'elle tamponnait son nez avec le mouchoir en papier.

— Je suis désolée, je n'ai pas réfléchi. J'étais tellement bouleversée par Alice, et puis par Robert, que ça ne m'est pas venu à l'esprit.

Carys réprima la réponse qui lui venait à l'esprit et attendit que la femme reprenne contenance avant de poursuivre son interrogatoire.

— Votre père et Robert s'entendaient-ils bien ?

— Oui, je pense. Je ne les ai jamais entendus se disputer. Papa adore Alice.

Elle se redressa.

— Il dit qu'il veut qu'elle reprenne l'entreprise un

jour. Il met déjà de l'argent de côté pour qu'elle aille à l'université.

Annette cligna des yeux, puis détourna son attention de la photographie.

Carys la replia.

— Quel degré d'implication votre père a-t-il dans l'entreprise ? demanda-t-elle en fermant la fermeture éclair de son sac à main.

— Pas tellement ces derniers temps. Il y va probablement quelques matinées par semaine. Il a tendance à travailler de chez lui.

Elle secoua la cendre du bout de sa cigarette avant de tirer une nouvelle bouffée.

— Sa santé n'est pas très bonne.

— Je suis désolée de l'apprendre.

Annette haussa les épaules, puis écrasa la cigarette sur la semelle de sa chaussure et posa le mégot à côté de son verre de vin.

— Son état s'est dégradé plus tôt cette année. Il a fallu des semaines pour avoir un diagnostic parce qu'il refusait d'aller voir un médecin. Typique des hommes, n'est-ce pas ?

Carys ne répondit pas.

— Bref, il est revenu d'un rendez-vous chez son médecin fin mars, et nous a annoncé qu'il avait une SEP, une sclérose en plaques. Il consulte un spécialiste à Manchester, une sorte de nouveau traitement proposé par une clinique qu'il a trouvée. Je ne pense pas qu'il ait beaucoup confiance en ce que les médecins d'ici lui disent. Certains jours sont pires que d'autres, donc je pense que c'est pour ça qu'il préfère travailler de chez lui.

Elle secoua la tête, de la tristesse dans les yeux.

— Papa voit ça comme une faiblesse. Il pense que si son personnel le voit comme ça, ils s'inquiéteront de l'avenir de l'entreprise et partiront. Il ne veut pas les perdre, il a de bons employés qui travaillent pour lui.

— Est-ce que des concurrents se renseignent ?

— Pas à ma connaissance. Pour être honnête, je ne m'implique pas beaucoup dans les affaires de l'entreprise.

Elle tira les manches de son cardigan sur ses poignets et frissonna.

— Je pense que c'est pour ça que Papa place tous ses espoirs en Alice. Peut-être qu'il aura plus de chance avec la prochaine génération.

— Avez-vous une idée de pourquoi Kenneth n'a pas mentionné sa relation avec Robert lors de son entretien ce week-end ?

— Je ne sais pas, désolée. Je peux seulement imaginer que, comme moi, il est tellement absorbé par l'enlèvement d'Alice que ça ne lui est pas venu à l'esprit de le mentionner. Il est absolument désemparé.

La main d'Annette tremblait alors qu'elle sortait une autre cigarette du paquet et l'allumait.

— Très bien, dit Carys en se levant. Merci pour votre temps, madame Victor. Je vais trouver la sortie.

CHAPITRE 26

Après une autre nuit blanche, Gavin bâilla avant de se frotter les mains et de jeter un coup d'œil à l'ensemble des objets étalés sur la table devant lui.

C'était à lui qu'incombait la tâche de trier tout ce qui avait été collecté et mis sous scellés dans la maison de Robert Victor, y compris les effets personnels appartenant à son frère, Greg.

Gavin poussa de côté l'ordinateur portable de Robert et se tourna vers Andy Grey, l'expert en criminalistique numérique.

— Je ne sais pas si tu vas avoir beaucoup de chance avec ça, dit-il. On présume qu'il a emporté son ordinateur de travail principal, et l'équipe de Harriet ne l'a trouvé ni sur le bateau ni dans la rivière.

— Ne t'inquiète pas, répondit Grey. On pourrait avoir de la chance, il a peut-être sauvegardé tout son travail dans le cloud, ou utilisé celui-ci comme une sorte de sauvegarde. Je te contacterai dès que j'aurai du nouveau.

Il pointa du doigt le téléphone portable qui avait été placé dans un sac plastique de preuves.

— C'est celui de la femme ?

— Oui. On l'a déjà cloné pour pouvoir examiner les informations, dit Gavin. Je comptais le lui rapporter cet après-midi.

— Si tu manques de temps ou si tu ne trouves personne pour éplucher les relevés téléphoniques, appelle-moi.

— Merci.

Alors que Grey quittait la pièce, Gavin reporta son attention sur la myriade de documents qu'il avait disposés à droite de la table.

La plupart des documents avaient été récupérés dans le bureau de Robert Victor et il avait passé la matinée à les organiser en différentes piles.

Le choc de la découverte de Carys que Robert Victor avait été employé par le père d'Annette donnait un nouvel élan à l'enquête, et Kay avait conclu le briefing du matin avec des instructions claires : elle voulait plus d'informations sur leurs arrangements commerciaux d'ici la fin de la journée.

Les relevés bancaires et les détails des comptes d'épargne avaient été séparés des factures de services publics et autres articles ménagers quotidiens, tandis qu'une troisième pile de documents contenait les cartes de membre des clubs de gym ou clubs sociaux auxquels appartenaient les Victor. Les lettres et autres correspondances, tant personnelles que liées au travail de Robert, formaient le dernier groupe.

Gavin se gratta le lobe de l'oreille, se demandant par où commencer.

— Les relevés bancaires, dit une voix derrière lui.

Il jeta un coup d'œil par-dessus son épaule pour voir Debbie s'avancer vers la table.

Elle prit la première pile et commença à en examiner le contenu.

— Qu'est-ce qui te fait dire ça ? demanda Gavin.

— L'expérience, dit-elle en lui faisant un clin d'œil. Sérieusement, cette partie prendra le plus de temps, mais au moins on pourra voir s'il y a eu des transactions inhabituelles sur leurs comptes personnels.

— D'accord, eh bien commençons alors ?

Gavin prit la moitié des relevés, tira une chaise au bout de la table et la fit pivoter jusqu'à ce qu'il puisse poser ses pieds sur le radiateur sous la fenêtre, puis il s'installa pour lire.

Il raya les éléments faciles à identifier – remboursements hypothécaires, frais de téléphone portable, factures de services publics, visites régulières au supermarché – et il se fit progressivement une idée des dépenses quotidiennes normales. En plus de cela, il nota les versements réguliers du salaire que Robert recevait.

Au bout du compte, il avait rayé la plupart des entrées sur les relevés qui représentaient les revenus et les dépenses du ménage.

Il regarda sa montre et constata avec stupeur que deux heures s'étaient écoulées.

— Comment ça avance ? demanda-t-il en repoussant sa chaise et en étirant ses bras au-dessus de sa tête.

Debbie leva la tête de son travail et fit un geste vers les documents devant elle.

— J'ai examiné toutes les cartes de fidélité. Je ne vois

aucun problème à signaler, chacune est intégralement remboursée au début du mois pour éviter les frais d'intérêts. Je pense qu'ils les ont juste pour obtenir des réductions et des récompenses. Et toi ?

— Je viens de finir d'examiner toutes les dépenses quotidiennes. Il ne reste pas grand-chose à faire.

— On se donne encore une heure, et puis on sort prendre un sandwich ou quelque chose ? suggéra Debbie. J'aurai probablement besoin d'un peu d'air frais d'ici là, je commence à loucher à force de regarder tout ça.

— Ça me va.

Gavin rapprocha sa chaise de la table, trouvant un espace pour étaler les relevés bancaires restants.

— On sait quand est l'anniversaire d'Alice ? demanda-t-il.

— Le vingt-trois juin, répondit Debbie.

— Ok, merci. Au moins ça explique ce groupe de paiements sortants.

Il siffla doucement.

— Mes parents n'ont certainement jamais dépensé autant pour moi quand j'étais gamin.

— J'ai l'impression, d'après Hazel, que c'était son père qui avait tendance à la gâter. Je crois qu'Annette a dit en passant qu'elle pensait qu'Alice avait trop de jouets, mais comme Robert était toujours absent pour le travail, je suppose qu'il se sentait coupable, peut-être que la gâter était sa façon de compenser.

Gavin grogna dans sa barbe et reporta son attention sur les documents, déterminé à terminer la tâche avant de prendre une pause déjeuner. Il préférait de loin être dehors à parler avec les gens ou à suivre des pistes. Être assis dans une salle de réunion à examiner les antécédents financiers de quelqu'un d'autre ne lui donnait pas l'impression de contribuer à localiser Alice ou le meurtrier de son père.

Il prit son crayon et commença à travailler sur les entrées restantes.

Tournant la page, il passa en revue les lignes rayées et se concentra sur la recherche des lacunes dans les informations dont ils disposaient.

Il fronça les sourcils en remarquant un paiement à quatre chiffres qui avait été versé sur le compte joint plus tôt dans l'année. Les détails de référence de la banque pour la transaction étaient dans un jargon incompréhensible pour lui.

Gavin tendit la main vers le relevé du mois précédent, mais ne trouva aucune transaction correspondante. Frustré, il essaya le mois suivant – et trouva un montant identique qui était arrivé à la mi-avril.

Chaque mois suivant, un montant similaire avait été versé sur le compte joint des Victor.

— Debbie ? Qu'est-ce que tu en penses ?

Gavin lui tendit trois des relevés et pointa les transactions.

— Tu as une idée de ce que signifient ces numéros de référence ?

Le front de l'agente de police se plissa tandis qu'elle examinait les relevés.

— Je ne suis pas sûre. C'est clairement un paiement électronique effectué sur le compte, mais chacune des références est différente. Ça pourrait être un paiement provenant de l'étranger peut-être ?

— Et si...

Gavin s'interrompit lorsque son téléphone se mit à sonner.

— Allô ? Enquêteur Piper.

— Enquêteur, c'est Alan Evershall.

Gavin fronça les sourcils en essayant de se rappeler le nom, avant que l'interlocuteur ne reprenne la parole.

— Nous nous sommes rencontrés dimanche matin à Allington, je suis le propriétaire du *Daisy Lee*.

— Ah, monsieur Evershall. Oui, je me souviens. Que puis-je faire pour vous ?

— En fait, j'ai peut-être quelque chose pour vous.

Gavin se pencha en avant et poussa les relevés bancaires pour rapprocher son carnet.

— Oh ? Que s'est-il passé ?

— Je ne suis pas sûr que ce soit important, mais j'ai pensé que je devais vous le dire.

— Continuez.

— Eh bien, je revenais à vélo le long du chemin de halage depuis Allington ce matin, j'ai l'habitude de faire mes courses dans un petit supermarché sur l'A20 et de rentrer chez moi en passant par le château pour varier le trajet. Ça me garde en forme, voyez-vous ?

— Oui.

Gavin retint un soupir et souhaita qu'Evershall continue plutôt que de lui faire un compte rendu détaillé de son expédition de courses.

— Vous avez vu quelque chose ?

— Je pense que oui. Je suis arrivé sur le chemin de halage juste après le domaine du château, il n'y a pas beaucoup de bateaux amarrés là en ce moment. Je crois qu'il y a une équipe de tournage cette semaine et les propriétaires doivent garder les amarrages privés libres. J'ai entendu quelqu'un ici au garage en parler la semaine dernière parce que tous les propriétaires de bateaux ont dû s'amarrer par ici pendant un moment. Ça ne ferait pas bien d'encombrer le paysage, n'est-ce pas ?

Gavin gloussa et leva les yeux au ciel en direction de Debbie.

— Pas du tout, monsieur Evershall.

— Bien, bien. Donc à environ deux cents mètres en descendant le chemin de halage, en allant vers l'écluse, il y a un canoë de style canadien abandonné.

— Un canoë ?

— Oui. On en voit quelques-uns dans le coin, ils ne sont vraiment pas chers à louer et beaucoup de jeunes du coin les utilisent pendant l'été.

— Qu'est-ce qui vous a fait penser que celui-ci était suspect ?

— Il avait été sabordé et poussé dans les roseaux. Ils deviennent assez hauts à cette période de l'année jusqu'à ce que le conseil vienne nettoyer le chemin de halage. Le truc, c'est qu'il y avait une peluche qui flottait dans l'eau à l'intérieur, coincée sous le banc. Vous savez, la poutre qui traverse le milieu du canoë pour renforcer les côtés.

Evershall fit une pause, comme s'il rassemblait ses pensées.

— Bien sûr, ce n'est peut-être rien, mais—

Gavin commença à faire les cent pas sur la moquette.

— Où êtes-vous en ce moment ?

— De retour sur le *Daisy Lee*.

— Et le canoë est-il toujours dans l'eau près du château ?

— Eh bien, oui, je suppose. Je ne suis rentré que depuis vingt minutes. Je vous aurais appelé plus tôt, mais j'ai dû mettre les foies de poulet au réfrigérateur sinon ils se seraient gâtés avec cette chaleur. Je—

— Est-ce que vous avez touché à quelque chose dans le canoë, ou est-ce que vous avez retiré la peluche ?

— Non, ne vous inquiétez pas, j'ai vu assez d'émissions policières à la télévision.

— Très bien, parfait. Monsieur Evershall, pourriez-vous retourner là où vous avez vu le canoë et vous assurer que personne d'autre ne s'en approche ? Nous vous y retrouverons dès que possible.

— Bien sûr, pas de problème du tout.

— Merci.

Il mit fin à l'appel et se tourna vers Debbie.

— Est-ce que tu as trouvé des investissements étrangers dans ces papiers ?

— Pas encore. Je vais continuer à chercher.

— Et les comptes épargne ? Robert avait-il d'autres comptes, je veux dire, des comptes qui ne sont pas au nom des deux époux ? Un endroit d'où l'argent aurait pu provenir ?

— Ils n'en ont pas trouvé dans son bureau, mais tu sais aussi bien que moi que ça ne veut pas dire qu'il n'en avait pas quelque part.

— C'est ce que je pense. Écoute. Peux-tu continuer avec ça, et je te retrouverai plus tard ? Je dois parler de cette piste à Kay et Barnes, dit Gavin, et il se précipita hors de la pièce.

CHAPITRE 27

Barnes plissa les yeux face au soleil de l'après-midi et lança un regard noir à la rangée de véhicules de traiteurs, de grands camions articulés et de voitures diverses qui bordaient l'étroite route passant devant le château.

Il secoua la tête.

— Pas étonnant qu'ils n'arrêtent pas de nous dire à quel point les films coûtent cher à réaliser de nos jours, dit-il. Regarde-moi tout ça.

Gavin sourit.

— Ce n'est que pour une publicité télévisée.

— Ah bon ? Nom de Dieu.

Le portable du jeune enquêteur émit un éclat de musique, et Barnes attendit pendant qu'il prenait l'appel.

À sa droite, deux acteurs posaient à côté d'une nouvelle voiture de sport, sa carrosserie cirée et étincelante sous les projecteurs qui l'entouraient.

— Merci, Hazel.

Gavin s'approcha de l'endroit où il se tenait et rangea son téléphone.

— L'équipe de Harriet a trouvé un lapin en peluche coincé dans la coque du canoë pendant que nous étions en route, et ils ont pris une photo. Annette Victor a confirmé qu'il ressemble à celui qu'Alice avait pris avec elle le matin de la sortie en bateau. Apparemment, ils avaient passé la soirée chez Kenneth pour dîner et avaient pris le petit-déjeuner là-bas vendredi avant que Greg ne vienne chercher Alice pour l'emmener à Tonbridge. Annette a dit qu'Alice était tombée amoureuse du lapin dès qu'elle l'avait vu ce matin-là et avait insisté pour que Greg le mette dans son sac pour l'emmener avec eux.

— Merde.

— Détectives ?

Barnes regarda à travers une vaste étendue d'herbe luxuriante en direction d'un agent en uniforme qui lui faisait signe depuis le chemin de halage délimité par des rubans, et il donna un coup de coude à Gavin.

— Allez, viens. On dirait que Harriet est d'accord pour qu'on jette un coup d'œil maintenant. Où est ce type, Evershall, qui t'a téléphoné ? Je croyais que tu lui avais dit de nous retrouver ici ?

— Les agents ont bouclé le chemin à l'autre bout, après le canoë, alors il nous attend là-bas. Je me suis dit qu'on pourrait d'abord examiner le canoë et ensuite lui parler une fois qu'on aura pris nos repères.

Barnes prit le bloc-notes que l'agent lui tendait, signa son nom pour enregistrer son accès à la scène de crime potentielle, puis passa sous le ruban.

Bien que plusieurs membres du public aient utilisé le chemin de halage pendant le week-end, il était impératif que l'équipe sécurise toute preuve qui pourrait subsister jusqu'à ce qu'elle puisse être récupérée et enregistrée.

Ses chaussures soulevèrent de la poussière et des cailloux tandis que Gavin et lui se hâtaient le long du chemin vers un groupe de spécialistes en criminalistique vêtus de combinaisons blanches.

— Quand j'ai appelé Harriet sur le chemin, elle m'a dit qu'ils avaient fait une vérification initiale de cette partie du chemin, mais qu'ils n'ont rien trouvé d'autre, dit Gavin.

Barnes jura dans sa barbe alors qu'il faillit se tordre la cheville sur le terrain inégal.

— Je ne me souviens pas avoir reçu de rapports concernant un canoë volé, pas toi ? Je croyais que tout ce genre de choses devait être signalé à la cellule d'enquête.

— Non. Peut-être que le propriétaire est absent en ce moment.

— Note qu'il faut que quelqu'un passe en revue les déclarations que les agents ont recueillies auprès des propriétaires entre East Farleigh et Tovil, au cas où.

— D'accord.

Barnes s'arrêta à quelques mètres de l'endroit où Harriet et son équipe s'étaient rassemblés, puis il pivota et regarda en direction du château, ses pensées s'entrechoquant.

— Qu'est-ce qui ne va pas ? demanda Gavin.

— Je me demandais, peut-être que Greg n'a pas volé le canoë. Peut-être que c'était son plan depuis le début de l'utiliser.

— Ça aurait du sens. Après tout, le deuxième bateau a été loué au nom de Robert.

Gavin recommença à marcher.

— Donc, il faudrait qu'on découvre où il l'avait caché, ou à qui il avait demandé de le lui prêter.

— Ian, Gavin.

Harriet Baker se détourna de son collègue alors qu'ils s'approchaient, puis elle leur fit signe de venir plus près.

— Nous avons traité la berge ici, donc vous pouvez y jeter un coup d'œil de plus près.

— Merci, dit Barnes.

— J'ai laissé le canoë et tout le reste in situ en vous attendant. Je me suis dit que vous voudriez voir la scène telle que monsieur Evershall l'a trouvée.

— Parfait, dit Gavin. Tu l'as rencontré ?

— Brièvement, il est là-bas près de l'autre cordon.

— D'accord, on va prendre nos repères ici et lui parler ensuite.

Barnes suivit Harriet jusqu'au bord de l'eau où deux agents de la Crim' commençaient à ranger leurs mallettes d'équipement.

Patrick, le photographe, s'écarta pour le laisser passer.

— Je vais télécharger certaines de ces images dès que je serai de retour au laboratoire pour que vous ayez quelque chose à montrer au reste de votre équipe, dit-il. C'est probablement plus facile que d'essayer de prendre des photos et de faire tomber votre téléphone dans la rivière.

— C'est apprécié, merci.

Barnes regarda vers la rive opposée. Une demi-douzaine d'agents s'agitaient sur le chemin de halage pour tenir les badauds à distance.

— Les médias ont eu vent de quelque chose ?

— Non, nous avons eu de la chance, répondit Harriet. Nous prévoyons de déplacer le canoë une fois que vous l'aurez examiné et nous le couvrirons d'une bâche en plastique avant de le transporter jusqu'à la remorque que nous avons en attente.

— Jetons-y un coup d'œil, alors.

Harriet fit un geste vers les roseaux au bord de l'eau.

— Il faudra faire attention, la berge est assez glissante par endroits.

Barnes tint compte de son avertissement. Il n'avait pas envie de retourner à la salle des opérations dans un costume mouillé.

Pour commencer, il n'en finirait plus d'entendre Gavin le charrier.

Il tendit le bras et écarta une touffe de roseaux, et il aperçut le canoë coulé près de l'endroit où il se tenait.

La coque rouge vif dépassait de l'eau peu profonde de quelques centimètres, et il semblait que toute tentative de le couler n'avait pas pris en compte la pente du lit de la rivière.

Il se pencha un peu plus alors que l'eau dans le canoë tourbillonnait, et un lapin en peluche bleu clair tournoya dans le léger mouvement.

Barnes déglutit, recula et fit un signe du pouce par-dessus son épaule.

— Tu veux jeter un coup d'œil avant qu'ils ne le déplacent, Piper ?

— Volontiers.

Barnes attendit sur le chemin de halage et fixa du regard la silhouette du canoë.

Sous cet angle, il pouvait voir comment il avait attiré l'attention d'Evershall.

— Il a fait ça à la va-vite, n'est-ce pas ? dit Gavin. On aurait pensé qu'il l'aurait poussé dans des eaux plus profondes.

— Il a probablement pensé qu'il n'avait pas le temps, dit Barnes. Merci, Harriet, on va aller parler à Evershall et on reviendra ici quand on aura fini, mais je pense que vous pouvez commencer à le sortir de l'eau. Notre chance avec les médias ne va pas durer beaucoup plus longtemps.

Il pointa du doigt deux cyclistes debout sur le chemin de halage opposé à quelques mètres du deuxième cordon, qui tenaient tous deux leurs téléphones portables en l'air.

— Bon sang, dit Harriet.

Barnes fit signe à Gavin de le suivre alors que la responsable de la police scientifique commençait à donner des instructions à son équipe, et ils se dirigèrent vers Alan Evershall.

— Je vais te laisser mener cet interrogatoire, dit-il alors qu'ils s'approchaient, et il sortit son carnet.

— Monsieur Evershall, merci d'avoir attendu, commença Gavin. Est-ce que vous voulez bien vous avancer pour que nous puissions parler par ici ?

Il lança un regard noir à un groupe de badauds qui s'attardaient au niveau du cordon de sécurité, leurs expressions avides se transformant en déception tandis que lui et Barnes emmenaient Evershall à quelques mètres le long du chemin de halage.

— Est-ce que j'avais raison ? demanda Evershall. C'est en rapport avec la disparition de la fillette ?

— Nous en sommes encore aux enquêtes préliminaires,

mais vous avez bien fait de m'appeler. Pouvez-vous nous raconter ce qui s'est passé ce matin ? Vous avez dit que vous étiez sorti faire des courses ?

— Oui, c'est exact. J'aurais pu utiliser le petit supermarché sur Chatham Road. C'est plus proche, mais je préfère celui d'Allington. Il y a plus de choix, et ça change un peu le paysage à vélo.

Gavin hocha la tête sans rien dire. Evershall fixait un point par-dessus son épaule en se remémorant les détails de la découverte du canoë, et il ne voulait pas interrompre son train de pensée. Il valait mieux laisser l'homme se rappeler ce qui s'était passé à son rythme plutôt que de risquer de manquer une information vitale.

— Bref, poursuivit-il, je suis repassé à vélo devant le château, en pensant jeter un œil à ce qu'ils étaient en train de filmer. J'avais entendu quelqu'un en parler dans le magasin. Le chemin de halage n'était pas très fréquenté, on ne voit pas grand monde par ici avant l'heure du déjeuner, quand le pub ouvre près de l'écluse.

Il fronça les sourcils.

— Je suppose que j'étais perdu dans mes pensées, à réfléchir à ce que je devais faire sur le bateau à mon retour. J'ai vu un éclair rouge entre les roseaux en approchant de l'endroit où vous avez vu le canoë. Ça semblait tellement déplacé que je me suis arrêté pour regarder de plus près. J'aurais de toute façon signalé cela au gardien de l'écluse ; on ne peut pas laisser un bateau heurter quelque chose comme ça, ça causerait toutes sortes de dégâts ; mais quand j'ai vu le lapin en peluche, j'ai pensé qu'il valait mieux vous appeler.

— Avez-vous reconnu le canoë comme appartenant à quelqu'un d'ici ?

— Non, je ne l'avais jamais vu auparavant.

— Est-ce que vous avez entendu parler de vols sur ce tronçon au cours de la semaine dernière ?

— Non, et ce genre de chose nous aurait tous mis en alerte. Les nouvelles circulent vite par ici, surtout après ce qui s'est passé. Tous les résidents de longue date sur la rivière gardent un œil ouvert pour cette petite fille. C'est le sujet de conversation de tout le monde.

— Très bien, merci, monsieur Evershall, dit Gavin. Vous savez où me trouver si vous voyez ou entendez quoi que ce soit d'autre.

— Ok, retournons au poste.

Barnes ferma son carnet alors qu'Evershall retournait vers le cordon de sécurité.

— Une grande partie de tout cela va dépendre de la chance, n'est-ce pas, Piper ?

— Je sais. Je déteste ça. S'il n'était pas sorti faire des courses, s'il n'avait pas pris cette route particulière pour rentrer...

Barnes ralentit en s'approchant de l'équipe de la police scientifique, qui sortait soigneusement le canoë de la rivière, chaque étape du processus étant photographiée par Patrick pendant qu'ils travaillaient.

L'eau s'écoulait d'un grand trou dans la coque, et Barnes observa les derniers vestiges de preuves être collectés et mis sous scellés.

— Harriet, dès que tu auras fini d'analyser le jouet, tu peux faire en sorte qu'il me soit envoyé ?

— Pas de problème.

— Merci.

— Pourquoi est-ce que tu veux le lapin, Ian ? demanda Gavin alors qu'ils retournaient à la voiture.

— Si Alice l'a perdu quand Greg Victor la déplaçait d'ici vers l'endroit où il l'a emmenée, il lui manque probablement, dit-il. Je veux m'assurer qu'elle le récupère quand nous la retrouverons.

CHAPITRE 28

Kay se pencha en avant sur le volant tandis qu'elle ralentissait la voiture, et elle plissa les yeux pour distinguer les numéros en laiton fixés sur un pilier de brique du côté droit de la route.

Satisfaite d'avoir trouvé la bonne adresse, elle s'engagea dans l'allée en gravier, baissa la vitre de la voiture et tendit le bras pour appuyer sur le bouton d'appel de l'interphone sous les numéros. En attendant une réponse, elle observa les grilles en fer forgé et la maison de style Tudor qui se trouvait derrière.

Des poutres en bois foncé s'entrecroisaient sur la façade du bâtiment, contrastant vivement avec le crépi blanc du niveau supérieur et la brique rouge du rez-de-chaussée qui s'accordait avec les piliers du portail à côté d'elle. Deux cheminées s'élevaient dans le ciel au-dessus d'un toit en tuiles, et elle pouvait voir des sapins le long des côtés du bâtiment qui offraient de l'intimité depuis l'allée et protégeaient des regards indiscrets depuis la route.

— Allô ?

Une voix de femme résonna à travers l'interphone, et Kay se tourna pour être entendue clairement.

— Inspectrice principale Kay Hunter. J'aimerais parler à monsieur Archerton, s'il vous plaît.

— Vous avez un rendez-vous ?

— C'est au sujet de sa petite-fille disparue. J'espérais ne pas en avoir besoin dans ces circonstances.

Un bruissement parvint à ses oreilles, et elle reporta son regard vers la maison. Elle ne doutait pas qu'elle était observée, et comme pour confirmer ses soupçons, un rideau d'une des fenêtres de devant retomba à sa place.

— Avancez, dit finalement la femme. Garez-vous sur la gauche. Il y a une porte de ce côté de la maison que vous pouvez utiliser.

La ligne fut coupée avant que Kay ne puisse accuser réception des instructions, puis les grilles s'ouvrirent vers l'intérieur.

Elle accéléra dès qu'il y eut suffisamment d'espace pour passer, se gara où on le lui avait indiqué et traversa le gravier jusqu'à la maison.

S'arrêtant un moment pour s'orienter, elle estima que la propriété comptait au moins cinq chambres et deux salons. Le jardin de devant avait été paysagé à l'extrême et elle se demanda combien coûtait son entretien.

Kay se retourna au son de la porte qui s'ouvrait et elle vit une femme aux cheveux gris mi-longs lui faire signe.

— Par ici.

Kay s'essuya les pieds sur le paillasson, puis entra.

— Merci. Désolée, vous êtes ?

— Patricia Wells. Je suis l'aide-soignante et la gouvernante de monsieur Archerton.

La femme verrouilla la porte et fit signe à Kay de la suivre à travers une arche de poutres sombres similaires à celles de l'extérieur de la maison.

— Faites attention à votre tête. Monsieur Archerton est dans son bureau ce matin.

Kay la suivit dans un large couloir et traversa une épaisse moquette jusqu'à une porte lambrissée qui restait résolument fermée. Elle regarda à sa droite et vit la porte d'entrée verrouillée et un morceau de tissu épinglé à la fente de la fenêtre à sa gauche.

— Les journalistes, expliqua Patricia, la lèvre retroussée. C'est pour ça que je vous ai demandé d'utiliser la porte latérale.

— Est-ce qu'ils ont causé des problèmes ?

— Pas encore. Mais j'ai entendu ce qui s'est passé chez Annette.

Elle leva la main vers la porte, puis se tourna vers Kay et baissa la voix.

— Monsieur Archerton a de bons et de mauvais jours. Aujourd'hui, c'est un bon jour, mais je vous demanderai de ne pas trop le fatiguer. Il est déjà assez stressé en ce moment, et il ne faudrait pas grand-chose pour déclencher une rechute.

— J'en tiendrai compte.

Patricia frappa, et une voix de baryton répondit.

— Entrez.

La première impression de Kay fut que si elle avait l'argent, elle aurait un bureau chez elle exactement comme celui-ci.

Des bibliothèques du sol au plafond tapissaient le mur à sa droite tandis que devant elle, une paire de portes-fenêtres s'ouvrait sur une vaste pelouse, les rideaux ondulant dans une douce brise. À sa gauche, un grand bureau en chêne avait été placé devant une cheminée, l'âtre vide rempli de pommes de pin.

— Monsieur Archerton, voici l'inspectrice Kay Hunter, dit Patricia.

Kay s'approcha du bureau tandis que Kenneth Archerton se hissait d'un fauteuil en cuir bordeaux à l'aide de cannes pour l'examiner de ses yeux bleus perçants.

Mis à part sa difficulté évidente à marcher, son menton se dressait avec défi tandis qu'il rassemblait ses cannes dans une main et s'appuyait contre le bureau, ses cheveux gris et fins peignés en arrière sur un front haut.

— Avez-vous retrouvé ma petite-fille ?

— Nous poursuivons plusieurs pistes d'enquête, monsieur Archerton. Puis-je vous demander pourquoi vous n'avez pas dit à mes collègues ce week-end que vous étiez le beau-père de Robert Victor ?

Le front de l'homme se plissa un instant, puis ses épaules s'affaissèrent.

— Je ne l'ai pas fait ? Je ne réfléchissais manifestement pas clairement. J'ai répondu à leurs questions aussi vite que possible pour qu'ils puissent se concentrer sur la recherche d'Alice.

Il désigna un siège en face de son bureau et attendit que Kay s'assoie avant de se tourner vers l'aide-soignante.

— Patricia, pourriez-vous nous apporter du café ?

— Bien sûr.

Des pas feutrés précédèrent la fermeture de la porte

derrière la femme, et Archerton se rassit avec précaution dans son fauteuil.

Patricia est une bénédiction. Elle travaille à temps partiel comme ma gouvernante mais c'est aussi une aide-soignante qualifiée. Je suppose que ma fille vous a dit que j'ai une sclérose en plaques précoce ?

— Elle l'a mentionné à l'un de mes collègues, en effet. Je crois comprendre que vous travaillez de chez vous la plupart du temps ?

— Je vais au bureau un jour par semaine pour les réunions du personnel et pour signer les nouveaux contrats. J'étais à temps plein jusqu'à il y a six mois, quand ma santé s'est détériorée, dit Archerton.

Il sourit.

— Je ne voudrais pas que mon personnel pense que je néglige mes responsabilités.

Kay sortit son carnet et son stylo de son sac.

— Quand avez-vous vu Alice pour la dernière fois ?

Archerton se renversa dans son siège comme s'il avait reçu un coup et son sourire s'effaça.

— Jeudi soir. Greg est venu la chercher ici le lendemain pour l'emmener sur le bateau. Il est arrivé tôt, et je n'étais pas levé, donc je n'ai pas pu lui dire au revoir.

— Est-ce qu'elle vient souvent ici ?

Il fit un geste vers les portes ouvertes de la terrasse.

— Elle adore courir sur la pelouse. C'est sûr ici. Elle aime les papillons, ma femme avait planté toutes sortes d'arbustes et de fleurs pour eux quand elle était en vie, et j'ai essayé de maintenir cette tradition. Bien sûr, quelqu'un vient une fois par semaine pour s'occuper de tout ça maintenant.

— Quand avez-vous parlé à Robert pour la dernière fois ?

— Lundi matin, avant qu'il ne prenne son vol. Je voulais lui donner quelques conseils concernant un nouveau client potentiel.

— Semblait-il inquiet de quoi que ce soit ?

— Pas du tout. Les affaires comme d'habitude.

Archerton tapota du bout des doigts sur l'accoudoir de son fauteuil.

— Nous prévoyions de faire un barbecue ce week-end. Dimanche, en fait. Je voulais avoir ma famille autour de moi.

Il s'interrompit.

— Je suis désolé. C'est juste que...

— Je comprends, monsieur Archerton, dit Kay, et je suis désolée si mes questions semblent intrusives. J'essaie simplement de comprendre pourquoi tout cela est arrivé.

Il hocha la tête et lui fit signe de continuer.

Elle attendit que la porte s'ouvre et que Patricia apparaisse avec un plateau.

La gouvernante disposa une cafetière, des tasses, du lait et du sucre avant de se retirer à nouveau, et Kay versa du café pour eux deux.

— Merci, détective, dit Archerton alors qu'elle lui passait le lait. Maintenant, que vouliez-vous me demander d'autre ?

— Quelle est votre relation avec Greg Victor ?

Sa bouche se tordit.

— Nous n'avons pas de relation, répondit-il. Évidemment, il passe ici de temps en temps s'il est avec les autres, mais je ne socialise pas avec lui. Ce n'est pas vraiment mon genre de personne.

— Vous a-t-il déjà approché pour du travail ?

— Non. Et Robert n'a jamais mentionné qu'il cherchait un emploi.

— Annette a dit qu'il vivait avec eux depuis quatre mois maintenant, et qu'elle s'était attendue à ce qu'il ne reste que quelques semaines.

— Oui, et elle n'en était pas trop contente non plus. Annette aime son intimité, tout comme moi. Je peux imaginer que les choses étaient un peu tendues.

— Robert semblait-il inquiet de quoi que ce soit avant de partir ?

Archerton but une gorgée de café, puis secoua la tête.

— Je ne crois pas. S'il l'était, il ne m'en a rien dit. Pensez-vous que lui et Greg se sont disputés ou quelque chose comme ça ?

— Ce n'est pas à moi de le dire, monsieur Archerton. Avez-vous reçu des demandes de rançon ?

Il cligna des yeux.

— Non. Non, je n'en ai pas reçu.

— Et avez-vous une idée de la raison pour laquelle Greg aurait enlevé Alice ?

— Non.

Archerton posa sa tasse dans la soucoupe avec un bruit sec.

— Mais si je découvre qu'il a fait du mal à Alice de quelque manière que ce soit, inspectrice Hunter, je le lui ferai payer.

CHAPITRE 29

— Comment diable personne ne l'a-t-il vu ?

Barnes fusillait son écran d'ordinateur du regard. Dans sa main gauche, il tenait une impression contenant une liste des points d'amarrage le long de la rivière Medway qu'il agitait en l'air.

Kay leva le menton pour voir par-dessus son écran là où il était assis.

— J'en déduis que tu n'as pas eu de chance ?

— Rien. Zéro. Nada.

Il jeta les papiers sur le côté, sa lèvre se retroussant de dégoût.

— Il n'y a aucun moyen que Greg ait pu pagayer avec ce canoë à travers tout Maidstone sans être vu. Un vendredi soir ? Tu sais comment c'est près de la rivière à cette période de l'année.

— Bondé, répondit Parker en distribuant des copies du dernier ordre du jour du briefing. Je le sais, j'étais en patrouille.

— Près de la rivière ?

— Oui. Je n'ai pas vu passer un homme et un enfant en canoë, cependant. Il y avait les yachts et les péniches habituels qui se bousculaient pour trouver une place avant le coucher du soleil, mais je ne me souviens pas avoir vu qui que ce soit qui aurait pu être Greg Victor et Alice.

— Et vers minuit ? Il aurait pu pagayer sans être remarqué.

Parker secoua la tête.

— C'était encore animé le long de la rivière avec le trafic piétonnier. Nous avons étendu notre patrouille au-delà du palais de l'archevêque et puis sur le pont jusqu'au centre de loisirs à plusieurs reprises à cause de groupes bruyants qui faisaient les idiots. Je suis presque certain qu'un canoë passant par là serait resté dans les mémoires, simplement parce que ça aurait été dangereux à cette heure de la nuit. C'est bien pour ça qu'ils insistent pour que les bateaux soient amarrés avant la tombée de la nuit, non ?

Kay rapprocha son clavier et tapa dans un moteur de recherche.

— Y avait-il des événements spéciaux ?

— Non, dit Parker. C'était juste la foule habituelle du week-end. Les gens profitaient des dernières longues soirées, je suppose. On a eu un peu de grabuge dans un des pubs près de Fairmeadow, mais c'est à peu près tout. Dans l'ensemble, c'était un service tranquille.

— Tant pis pour cette idée, alors, dit Kay, et elle repoussa à nouveau son clavier alors que Sharp apparaissait à la porte. Allez tous au fond de la salle et on va commencer le briefing. Je veux des mises à jour de chacun d'entre vous, alors assurez-vous d'être prêts.

Elle rassembla ses notes et se dirigea vers le tableau blanc.

Sharp la rejoignit alors qu'elle passait en revue les tâches principales qui avaient été listées, et il desserra sa cravate.

— On ne coche pas beaucoup de cases sur cette liste, n'est-ce pas ? Comment est le moral ?

— Tout le monde commence à être frustré, dit-elle, et elle se tourna vers la salle alors que l'équipe commençait à se rassembler autour d'eux. Ils sont toujours à cent pour cent concentrés cependant, et totalement engagés pour retrouver Alice.

— Je savais qu'ils le seraient. Très bien, je vais m'asseoir et te laisser diriger. Passe à mon bureau avant de rentrer chez toi, je te donnerai une mise à jour sur les effectifs pour la semaine prochaine.

— Merci.

Kay attendit un moment que les derniers membres du groupe s'installent sur des sièges ou s'appuient contre un mur à proximité, puis elle s'assura que l'équipe de nuit était arrivée et avait reçu une copie de l'ordre du jour, et elle commença. Après avoir résumé la conversation avec Barnes et Parker, elle pointa du doigt la carte de la rivière, indiquant le centre-ville.

— Avant de passer à autre chose, quelqu'un a-t-il des réflexions à ce sujet ?

Gavin leva la main.

— Chef, depuis notre retour, j'ai passé en revue les déclarations que nous avons obtenues des résidents le long de la rivière entre East Farleigh et Tovil, ainsi que les journaux d'appels de vendredi soir. Nous n'avons eu aucun signalement de canoë volé parmi ces personnes. Je pensais, cependant, étant donné à quel point nous savons que cette partie du chemin de halage est fréquentée un vendredi soir, Greg aurait pu porter Alice le long du chemin, et personne n'aurait sourcillé. Ce n'est pas comme s'il était un parfait étranger qui l'avait kidnappée, elle le connaissait.

— Rien n'est apparu sur les caméras de surveillance, dit Debbie, donc peut-être qu'il a quitté le chemin de halage avant d'arriver au palais de l'archevêque et qu'il a coupé par les rues secondaires jusqu'à ce qu'il puisse rejoindre la rivière à nouveau.

— Exactement, dit Gavin. Et puis il aurait pu voir le canoë amarré quelque part et le voler. À ce moment-là, lui et Alice auraient été fatigués. Si elle avait fait une crise de colère ou quelque chose du genre à cause de l'épuisement, ça aurait attiré l'attention des gens.

Kay hocha la tête quand Gavin eut fini de parler.

— Je pense que tu tiens quelque chose. Je veux que tu coordonnes avec les agents pour étendre leurs enquêtes aux propriétés entre Maidstone et Allington, et s'ils découvrent que quelqu'un est en vacances, qu'ils fassent tout leur possible pour les retrouver et leur demander s'ils ont un canoë canadien comme celui qui a été trouvé.

— Compris, chef.

— En attendant, dit Kay, où diable est cet itinéraire de Robert qu'on attend ? Je croyais que Melissa Lampton devait nous l'envoyer par e-mail hier soir ?

— J'ai laissé un message pour elle avant de partir ce matin et j'ai demandé qu'elle appelle la salle des opérations quand elle arriverait, dit Carys. Elle ne l'a toujours pas envoyé ?

— Nous n'avons pas eu de nouvelles d'elle, dit Debbie en levant les yeux de son ordinateur. Personne n'a enregistré de conversation avec elle dans HOLMES2 aujourd'hui.

— Merde, dit Barnes.

Il traversa la pièce jusqu'à son bureau et saisit son téléphone portable et ses clés de voiture.

— J'y vais et je le récupère moi-même.

CHAPITRE 30

Kay lissa ses cheveux d'un geste rapide en passant devant la voiture garée de travers dans son allée.

Malgré l'insistance de son père qui affirmait que son médecin lui avait dit qu'il pouvait conduire sans problème, la mère de Kay avait pris sur elle de le véhiculer d'un endroit à l'autre.

Un sourire effleura les lèvres de Kay en imaginant les conversations entre eux pendant que son père était conduit çà et là.

Le 4x4 d'Adam était garé devant le garage, et l'odeur familière de barbecue flottait depuis le jardin lorsqu'elle tourna la clé dans la serrure.

— Je suis rentrée !

— On est par ici, répondit la voix de sa mère depuis la cuisine.

— D'accord, je vais me changer d'abord.

Elle monta les marches deux par deux, jeta ses vêtements de travail dans le panier à linge et enfila son jean préféré et un fin t-shirt noir à manches longues avant d'attacher ses cheveux en queue de cheval.

En entrant dans la petite salle de bain attenante, elle vérifia son apparence dans le miroir.

Heureusement, elle n'avait pas l'air trop fatiguée.

Sa mère et elle avaient timidement commencé à reconstruire leurs ponts plus tôt dans l'année, sa mère réalisant qu'aucune remarque désobligeante ou commentaire moqueur ne ferait renoncer Kay à son poste au sein de la police du Kent, et elle avait admis que sa colère avait été une façon de gérer sa peur de perdre Kay pour toujours.

Kay n'était toujours pas sûre que sa mère lui ait pardonné d'avoir gardé sa fausse couche secrète si longtemps, mais elles faisaient des progrès lents, et aujourd'hui était la troisième fois qu'ils se réunissaient pour un repas de famille au cours de l'été.

Abby, la sœur cadette de Kay, était encore déconcertée par ce revirement, mais elle exprimait ouvertement son soulagement de voir la rupture entre sa mère et Kay se réparer. Elles avaient eu de nombreuses conversations téléphoniques au cours de l'été pour suivre les progrès.

Kay tapota un peu d'anticernes sous ses yeux pour estomper les cernes qui s'étaient formés depuis qu'elle avait quitté la maison ce matin-là, puis elle descendit.

Elle posa son téléphone portable sur le plan de travail et elle serra sa mère dans ses bras.

— Quand êtes-vous arrivés ?

— Il y a quelques heures. Adam venait tout juste de rentrer du travail, alors nous sommes allés rapidement au supermarché pour chercher ce dont il avait besoin pour le barbecue.

Elle tint Kay à bout de bras pour l'examiner du regard.

— Comment tu tiens le coup ? Nous avons entendu les nouvelles pendant que nous étions absents.

Kay se mordit la lèvre.

— Ça va. Je veux juste la retrouver.

Sa mère hocha la tête, mais ne dit rien. À ce moment-là, son père franchit la porte qui reliait la cuisine au garage, le visage rayonnant alors qu'il s'avançait vers elle.

— Voilà ma fille, dit-il.

Kay sentit l'air s'échapper de ses poumons lorsqu'il l'enveloppa dans une étreinte d'ours.

— Doucement, Papa.

Il sourit et desserra son étreinte.

— Tu as l'air en pleine forme, dit Kay. Bonnes vacances ?

— Parfaites, répondit-il. Exactement ce dont nous avions besoin après l'année que nous avons eue.

Ils se retournèrent en entendant un gloussement bruyant venant de la porte de derrière, pour voir une poule de couleur sable qui passait la tête par l'encadrement.

— Qu'est-ce que tu veux, Mabel ? demanda le père de Kay.

— Mabel ?

Kay regarda tour à tour son père et sa mère.

— J'avais dit à Adam qu'il regretterait de leur donner des noms, sinon elles ne seront jamais replacées, vous savez comment il est. On va finir par les garder.

Sa mère haussa les épaules.

— Ton père a décidé qu'elle ressemblait à une Mabel, et Adam avait déjà nommé les deux autres. La brune là-bas s'appelle Gretchen, et la blanche, enfin, elle sera blanche quand elle aura plus de plumes, c'est Snowball.

— J'ai besoin d'un verre.

En riant, sa mère prit un saladier et se dirigea vers le jardin.

Kay se retourna lorsque son téléphone portable vibra sur le plan de travail, et elle s'en empara en voyant le nom affiché.

— Ian ?

— Désolé de te déranger. J'ai enfin obtenu une copie de l'itinéraire de Robert Victor.

— Bon boulot. Où es-tu en ce moment ?

— Je rentre tout juste de ses bureaux.

— Est-ce qu'il y a quelque chose dans l'itinéraire qui pourrait nous aider ?

Elle leva les yeux lorsque sa mère revint et se dirigea vers le réfrigérateur avant d'en sortir une bouteille de Sauvignon blanc et de hausser un sourcil.

Kay leva le pouce.

— Ça va demander du travail, dit Barnes, sa voix couvrant le bruit du moteur de sa voiture. Le début de la semaine devrait être facile, car il y a des hôtels et des clients potentiels listés. Il semble qu'il conduisait le matin et rencontrait ensuite différents vignobles ou individus au cours des après-midis. Il y a moins d'informations sur la seconde moitié de la semaine, et aucun hôtel n'est mentionné. Seules deux localités sont notées, Le Mans et Laval. J'ai jeté un coup d'œil à une carte de la région sur mon téléphone avant de quitter leurs bureaux.

— Tu peux me rendre un service avant de rentrer chez toi ? Laisse un message à Carys pour qu'elle appelle tous les vignobles entre Le Mans et Laval afin de savoir si Robert avait pris rendez-vous pour leur rendre visite, et si c'est le cas, qu'elle organise des entretiens dès que possible, soit par téléphone, soit par visioconférence.

— Je m'en occupe.

— Très bien, Ian, merci. Rentre chez toi une fois que tu auras déposé l'itinéraire et on se voit demain matin.

Elle mit fin à l'appel et glissa le téléphone dans son sac. Quand elle se retourna, sa mère se tenait dans l'encadrement de la porte avec un verre de vin dans chaque main et une expression interrogative sur le visage.

— Désolée, Maman. Je devais prendre cet appel.

— C'était à propos de la fille disparue ?

— Oui. Merci.

Elle prit le verre que sa mère lui tendait.

— Tu penses qu'elle a été emmenée en France, alors ?

— Quoi ? Oh, non. Barnes a mis la main sur l'itinéraire de la victime. Il voyageait pour son travail la semaine dernière. On essaie de retracer ses déplacements.

— Il était marchand de vin, n'est-ce pas ?

Sa mère rougit.

— Je l'ai entendu aux informations.

Kay sourit, reconnaissant l'intérêt timide de sa mère pour son travail.

— C'est exact, oui.

— C'est prêt ! lança la voix d'Adam depuis le jardin.

— Allez, viens. Allons manger.

Sa mère retourna dans le jardin, faisant un pas de côté lorsqu'une poule traversa tranquillement le seuil de la porte en gloussant doucement avant d'enfoncer son bec dans un pot d'origan à côté d'un tuyau de descente.

— Eh bien, on dirait qu'elles s'installent, n'est-ce pas ?

Kay sourit.

— Comme tu peux le voir, elles prennent leurs aises. C'est une bonne chose qu'il les enferme dans le poulailler la nuit, sinon je pense qu'elles prendraient le contrôle de la maison.

— Je les imagine bien assises sur le canapé à regarder un film avec lui.

Son père tendit à Kay une assiette chargée de saucisses et de steak tandis qu'elle s'asseyait sur une chaise à côté de lui, puis il se retourna vers le barbecue et aida Adam à servir le reste.

Kay ajouta une portion de salade et une noisette de sauce sur le côté de son assiette, et elle ferma les yeux lorsque la première bouchée atteignit ses papilles.

— Oh mon Dieu, c'est délicieux.

Elle ouvrit les yeux pour découvrir sa famille qui lui souriait, leurs propres assiettes bien remplies.

— Quoi ? J'ai faim, c'est tout.

Adam rit.

— C'est une bonne chose que j'aie préparé plus que prévu.

Elle mangea pendant que la conversation tournait autour des vacances de ses parents, Adam ajoutant une note sur son téléphone à propos d'un gîte que le père de Kay recommandait pour une future référence.

— Kay ?

— Oui ?

Elle se tourna vers sa mère.

— Je n'ai pas pu m'empêcher d'entendre ta conversation. Au téléphone.

Kay avala sa dernière bouchée et posa ses couverts avant de se pencher en arrière sur sa chaise avec un soupir.

— Barnes a enquêté sur les derniers déplacements de notre victime, c'est tout.

Les lèvres de sa mère se pincèrent.

— Écoute, je ne veux pas être indiscrète, et ce ne sont pas mes affaires, je sais, mais je t'ai entendue mentionner un négociant en vin, et un endroit appelé Laval.

— Notre victime y était pour trouver de nouveaux clients qui veulent exporter leur vin ici.

— C'est justement ça le problème.

— Quoi donc ?

— Cette région que tu as mentionnée. Il n'y a pas de vignobles là-bas.

— Où ça ?

Le père de Kay interrompit sa conversation avec Adam.

— Laval, dit la mère de Kay. Je disais à Kay qu'il n'y a pas de vignobles commerciaux, n'est-ce pas ?

— Non. Aucun dont je me souvienne, en tout cas. Nous n'y sommes pas allés cette fois-ci, mais nous y étions il y a deux ans. Nous avons dépassé Le Mans et nous sommes allés jusqu'à Rennes. Je ne me souviens pas avoir vu de panneaux indiquant des vignobles.

Il fit un clin d'œil.

— Ta mère aurait insisté pour qu'on s'arrête sinon.

Adam et ses parents rirent tandis que la mère de Kay

donna une tape joueuse sur le bras de son mari, mais Kay fronça les sourcils.

Pourquoi Robert Victor visiterait-il une région sans vignobles ?

Kay repoussa sa chaise.

— Désolée, je dois passer un coup de fil.

CHAPITRE 31

Carys écarta sa frange de ses yeux, souffla sur une mèche rebelle et essaya de se concentrer sur l'itinéraire que Barnes avait obtenu de Melissa Lampton.

Il lui semblait que les collègues de Victor étaient au mieux désorganisés, et elle ne pouvait qu'imaginer ce que Barnes avait dit en apprenant que l'information était disponible vingt-quatre heures auparavant.

Cela contrastait avec l'image professionnelle véhiculée sur le site web qu'elle avait consulté la veille, et elle se demandait si les standards avaient baissé depuis que Kenneth Archerton était tombé malade.

Sur l'écran devant elle se trouvait une carte qu'elle avait trouvée de la région où Robert Victor avait voyagé en France. Après avoir reçu un appel de Kay qui lui avait dit qu'il n'y avait pas de vignobles dans la zone où Robert s'était rendu à la fin de la semaine, elle en avait imprimé une copie et avait utilisé un surligneur pour marquer les principales villes le long de l'itinéraire. Elle commença à rassembler des informations sur chacune d'entre elles, suivant la demande de l'inspectrice principale d'enquêter sur les activités extraprofessionnelles que Robert aurait pu poursuivre, notamment étant donné la suggestion de Laura qu'il aurait pu avoir une liaison.

Elle déplaça sa souris sur l'écran et sélectionna l'option pour voir la carte en image satellite, et elle zooma.

La plupart des bâtiments qui bordaient la route principale de l'itinéraire semblaient être de nature industrielle plutôt que résidentielle. De temps en temps, des cafés routiers se disputaient l'espace avec des garages délabrés et des fournisseurs de pièces détachées automobiles.

Elle plissa le nez.

Définitivement pas de vignobles non plus.

Alors pourquoi aller là-bas ?

Elle jeta un coup d'œil par-dessus son épaule au bruit de pas pour voir Sharp approcher.

— Je n'ai aucune idée de ce qu'il faisait, chef. Mais Kay a raison, il n'y a pas de vignobles par ici.

Le commandant divisionnaire s'appuya sur le bureau et fit un geste vers son écran.

— Est-ce qu'il a visité des vignobles ou pas du tout ?

— Au début de son voyage, oui.

Carys prit l'itinéraire et tourna la page en arrière.

— Il y en a un ici à Orléans, qu'il a visité lundi après avoir récupéré la voiture. Il est resté dans un motel à proximité, puis il a conduit jusqu'à un autre mardi matin. C'est après ça que les choses semblent un peu étranges.

— De quelle manière ?

— Eh bien, au début de ce voyage, il avance à un rythme assez rapide. Laura a réussi à obtenir les informations GPS de la société de location et elle pense que la seule façon pour lui d'avoir parcouru cette distance est s'il roulait à grande vitesse. C'est presque comme s'il essayait de se débarrasser de ses engagements professionnels avant ces activités extraprofessionnelles.

— Pouvez-vous déterminer des adresses à partir des données GPS ?

— Seulement les rues, pas le bâtiment exact où il aurait pu se rendre. Il n'y avait rien de programmé dans le GPS non plus. Où qu'il soit allé, qui qu'il ait rencontré, il savait comment y arriver. Nous n'avons que ces informations parce que la société de location équipe tous leurs véhicules haut de gamme d'un traceur GPS au cas où ils seraient volés.

— Que dit l'itinéraire de Robert pour le reste de la semaine ?

Carys tourna la page.

— Pas grand-chose. Il semble que Melissa ait réservé l'hébergement pour les deux premières nuits mais, à part ça, je n'ai rien.

— D'accord, eh bien, je suggère que demain vous demandiez à un agent en uniforme d'aller au bureau et de prendre une déclaration officielle de Melissa Lampton.

Carys tourna sa chaise pour faire face à Sharp.

— Vous pensez que j'avais raison, alors ? Vous pensez que quelqu'un d'autre aurait pu être impliqué dans la mort de Robert ?

— Peut-être. Quoi qu'il en soit, nous devons découvrir s'il y a une corrélation entre ce que vous tenez dans votre main et où Robert est réellement allé pendant qu'il était en

France. Si nécessaire, contactez nos collègues à Coquelles et voyez ce qu'ils peuvent vous dire sur ces zones.

— D'accord.

Carys ravala sa déception. Le seul problème avec le travail de nuit était de manquer les progrès que le reste de l'équipe faisait pendant la journée.

Elle savait que ce qu'elle faisait contribuait à l'enquête, mais elle enviait Gavin pour sa position dans l'équipe de jour – et les progrès qu'il avait réalisés ces deux derniers jours en son absence.

Ses yeux se tournèrent vers la fenêtre alors qu'un des agents en civil ouvrait les stores, et elle vit avec surprise que le soleil était déjà levé. Elle regarda sa montre.

— Le temps passe plus vite qu'on ne le pense, dit Sharp. C'est le problème, n'est-ce pas ?

Il se redressa, puis fit un geste vers l'écran de l'ordinateur alors que le téléphone de son bureau commençait à sonner.

— C'est du bon travail que vous faites, Carys. Continuez comme ça.

— Merci, chef.

Son téléphone se mit à sonner alors qu'il s'éloignait, et elle décrocha, incapable de cacher la fatigue dans sa voix.

— Enquêteuse Miles.

— Madame, c'est le sergent Tasker de Snodland, nous avons un rapport d'une possible observation d'Alice Victor.

CHAPITRE 32

Kay tendit aveuglément la main vers son téléphone portable tandis que les premières mesures d'une chanson d'Aerosmith la réveillaient brutalement.

À côté d'elle, Adam grogna et se retourna avant de repousser les draps et de se diriger d'un pas chancelant vers la salle de bain attenante.

— Carys. Tu l'as trouvée ?

— Bonjour, chef. Pas sûre, nous venons de recevoir un appel concernant une possible observation près de Wouldham Common. J'ai pensé que tu voudrais peut-être nous rejoindre.

— Je serai prête dans dix minutes.

— D'accord, je vais demander à quelqu'un de te prendre en passant.

— Merci.

Elle mit fin à l'appel au moment où Adam tirait la chasse d'eau et revenait dans la chambre.

— De bonnes nouvelles ?

— Il y a eu une possible observation d'Alice, dit-elle en sortant des sous-vêtements propres d'un tiroir et en les jetant sur le lit.

Elle retira son débardeur, le jeta dans le panier à linge et se précipita dans la salle de bain.

— Carys va demander à quelqu'un de venir me chercher dans dix minutes.

— Je vais te faire du café à emporter. Tu as faim ?

— Non, ne t'inquiète pas, je prendrai quelque chose plus tard. Merci.

Elle se plaça sous les jets d'eau chaude, prit une douche rapide et s'habilla.

Huit minutes plus tard, elle se tenait dans la ruelle devant la maison, un gobelet de café à emporter à la main, lorsqu'un véhicule rouge à quatre portes déboucha à toute allure au coin de la rue et s'arrêta en dérapant.

— Bonjour, chef, dit Laura.

— Bonjour. Qui a téléphoné ?

Kay posa son sac à main à ses pieds et attacha sa ceinture de sécurité tandis que l'agente de police tournait à gauche au rond-point et lançait la voiture à travers le lotissement en direction de la route principale.

— Un homme du nom de David Sykes. C'est apparemment un ornithologue passionné. Il est monté sur le Common dans l'espoir d'apercevoir je ne sais quoi à l'aube, et il pense avoir vu un homme avec une petite fille. Bien sûr, de là-haut, il a une vue sur tout le village et à travers les marais jusqu'à la rivière Medway. On peut voir à des kilomètres.

— Vous connaissez bien l'endroit ?

— J'avais de la famille à Meopham, chef. J'ai passé mes vacances scolaires à traîner dans le coin.

— Bien. Restez avec moi ce matin, je sais que vous venez de faire un service complet, mais je vais avoir besoin de quelqu'un qui connaît bien la région pour cette affaire.

— Merci, chef.

Kay remarqua que Laura se redressait sur son siège en rétrogradant et en dirigeant la voiture devant le terrain de golf sur leur gauche, et elle se souvint des commentaires de Sharp sur l'intégration de l'agente de police dans l'équipe d'enquête.

— Dans combien de temps aurez-vous une réponse concernant votre candidature pour devenir détective ?

— Six semaines, chef.

— Vous avez pensé à une spécialisation que vous aimeriez avoir une fois que vous aurez réussi vos examens ?

Laura lui adressa un sourire.

— Celle-ci, chef. Les crimes majeurs.

Kay but une gorgée de café et regarda le paysage défiler par la fenêtre.

Laura ralentit la voiture en approchant de l'embranchement pour Rochester Road, puis elle la dirigea habilement le long d'une route sinueuse à travers le village de Burham. Elle prit un virage à droite quelques kilomètres plus loin, et la voiture commença à grimper.

— Il y a déjà une équipe qui s'installe par ici, expliqua-t-elle. Sykes, l'homme qui a appelé, dit qu'il les a vus marcher le long du périmètre d'un champ près des terrains de jeux. Le commandant divisionnaire Sharp a deux autres équipes en civil dans le village.

Kay fronça les sourcils.

— Je me demande si Greg a manqué de nourriture ou d'eau ? Il prend un risque en s'approchant autant du village. Y a-t-il eu des appels téléphoniques à Annette Victor ?

— Hazel ne lui a rien signalé, dit Laura. Sharp lui a dit de ne rien dire à Annette pour l'instant, pas avant qu'on soit sûrs, en tout cas.

Kay enfonça ses ongles dans ses paumes. Une possible observation impliquant à la fois Greg Victor et Alice était une bonne nouvelle, surtout si la petite fille avait l'air en bonne santé, mais ils ne pouvaient pas se permettre que l'homme panique lorsqu'on l'approcherait. Malgré tout le travail que l'équipe avait entrepris depuis la découverte du corps de Robert, ils n'avaient toujours pas compris le mobile des actes de son frère, ni établi si son frère était responsable du meurtre.

Elle espérait avoir bientôt les réponses qu'elle cherchait, et elle insisterait pour être présente lors de l'interrogatoire de Greg Victor.

Elle expira et se força à se concentrer sur la tâche à accomplir.

Ils devaient d'abord le trouver.

Laura gara la voiture à côté d'une ambulance stationnée près d'une table de pique-nique, et Kay descendit.

Apercevant Carys en train de parler à un groupe d'agents en uniforme, elle s'approcha pour la rejoindre et lui fit signe de continuer son briefing.

L'enquêteuse tendit une carte au groupe, luttant contre une brise pour la maintenir à plat tout en indiquant la zone de recherche.

— David Sykes dit avoir aperçu un homme et une fille correspondant à la description de Greg et Alice ici, dit-elle en montrant un bosquet d'arbres à la lisière des marais. C'est assez loin de la rivière, mais ça évite la nouvelle promenade le long de la rivière et les franges les plus urbanisées du village. Sykes dit qu'il y a quelques maisons par là, et il se pourrait que Greg ait manqué de nourriture ou d'eau. Il pourrait essayer de trouver un endroit où s'introduire pour voler quelques provisions.

— S'il est là-bas, chef, pourquoi sommes-nous ici en haut ? demanda un jeune agent.

— Nous avons deux équipes en bas dans le village, mais Greg sera attentif à toute tentative d'approche, expliqua Carys. S'il s'enfuit, notre position ici nous donne deux avantages. Premièrement, nous pouvons observer où il s'enfuit, et deuxièmement, s'il se dirige par ici, nous pouvons l'appréhender.

— Une chose que tout le monde doit garder à l'esprit est qu'Alice va être une petite fille très fatiguée et effrayée, ajouta Kay, donc acculer Greg dans un espace où il se sent menacé est quelque chose que nous devons éviter. S'il s'enfuit, laissez-le faire, il sera épuisé d'être resté caché ces cinq derniers jours et ne tiendra pas longtemps ici. Nous pourrons le suivre une fois qu'il sera à découvert.

Elle se retourna lorsqu'une camionnette s'arrêta à côté, d'où provenaient de forts aboiements.

— Et je ne veux pas que les chiens soient utilisés

jusqu'à ce que ce soit absolument nécessaire. Je ne veux pas que cette pauvre enfant soit terrifiée, c'est compris ?

— Oui, chef.

Le chœur de voix s'éteignit, et Kay fit signe à Carys.

— Tu peux continuer ? Tu n'es pas trop fatiguée ?

L'enquêteuse secoua la tête.

— Je ne voudrais être nulle part ailleurs en ce moment, chef.

CHAPITRE 33

Gavin fusilla son téléphone portable du regard et jura entre ses dents.

— Des nouvelles ? demanda Barnes.

— Rien.

— Allez, viens. Plus vite on aura fait ça, plus vite tu pourras retourner vérifier ton téléphone.

En arrivant dans la salle des opérations ce matin-là, Sharp avait informé les deux hommes d'une possible observation de Greg Victor et Alice.

Impatient de se joindre aux recherches, Gavin avait été déçu lorsque le commandant divisionnaire les avait chargés d'interroger les chefs d'entreprise avec lesquels Greg avait eu des entretiens d'embauche depuis son arrivée dans le Kent quatre mois auparavant.

— Nous devons savoir quelle impression il leur a faite, avait expliqué Sharp. Les déclarations recueillies par les agents en uniforme ne font que confirmer qu'il a eu des entretiens avec eux. Je veux savoir ce qu'il leur a dit. Plus nous aurons d'informations avant de l'interroger, mieux ce sera.

Gavin ne pouvait contester la logique du commandant divisionnaire, mais il dut réprimer sa frustration à l'idée que, malgré quatre nuits de travail consécutives, Carys dirigeait maintenant les recherches pour retrouver Alice.

Il s'entendait bien avec sa collègue, mais il y avait toujours eu une certaine rivalité sous-jacente dans leur relation professionnelle. Un an auparavant, il était convaincu qu'elle allait postuler pour le poste d'inspectrice qui avait été proposé au sein de l'équipe de Maidstone, et il avait été surpris lorsqu'elle avait admis ne pas se sentir prête pour une telle tâche.

— Hé, Piper.

La voix de Barnes le tira de ses pensées. L'inspecteur tenait ouverte la porte du magasin de moquettes, un sourcil levé.

— Tu viens ou quoi ?

— Désolé.

Gavin se dépêcha de le suivre et cligna des yeux pour s'habituer à la lumière artificielle à l'intérieur du magasin.

Une odeur écrasante de composés chimiques assaillit ses sens, l'air chargé de l'effluve de moquettes et de tapis neufs. À sa gauche, des rouleaux d'échantillons de moquettes étaient empilés le long du mur, offrant une pléthore de choix aux clients du magasin, des tons vibrants aux imitations d'antiquités en passant par les teintes plus sobres. Des piles de tapis de différentes formes et tailles étaient disposées sur le sol du magasin à sa droite.

Au fond du magasin, deux hommes en chemise à manches courtes et cravate interrompirent leur conversation et observèrent Gavin et Barnes qui s'approchaient.

Barnes sortit sa carte de police.

— Qui est le responsable ici ?

Le plus petit des deux, un homme d'une quarantaine d'années avec une calvitie naissante et des lunettes à monture métallique, faillit lever la main avant de changer d'avis au dernier moment et de pointer son torse du doigt.

— Moi. De quoi s'agit-il ?

— Excusez-moi, votre nom est ? demanda Barnes.

— Clive Morton.

— Y a-t-il un endroit où nous pourrions parler en privé ?

Morton se tourna vers son collègue.

— Charlie, tu peux m'appeler si ça devient chargé ?

L'autre homme hocha sèchement la tête, la bouche pincée.

— Bien sûr.

Morton fit signe à Gavin et Barnes de le suivre, puis passa devant un comptoir en L chargé de catalogues et d'un ordinateur d'un autre âge, avant de passer une carte de sécurité sur un panneau à côté d'une porte à l'arrière du magasin et de la leur tenir ouverte.

— Il y a une kitchenette près de la sortie de secours sur la gauche, dit-il. Nous pouvons parler là-bas.

Gavin entra dans l'espace exigu, plissa le nez devant les tasses sales empilées sur l'égouttoir et la porte du micro-ondes couverte de taches, puis il se retourna vers Morton et sortit son carnet.

— De quoi s'agit-il ? demanda Morton.

Il croisa les bras sur sa poitrine et s'appuya contre le

chambranle de la porte, son regard passant d'un détective à l'autre.

— Greg Victor, dit Barnes. Nous avons cru comprendre que vous l'aviez interviewé pour un poste ici. Pouvez-vous confirmer quand c'était ?

Morton se gratta le menton.

— Je pensais bien que ce nom me disait quelque chose. C'est le type qui s'est enfui avec cette petite fille, n'est-ce pas ? Je me doutais bien qu'il y avait quelque chose de louche chez lui.

— Quand l'avez-vous interviewé ?

— Ça devait être il y a huit ou neuf semaines. Charlie, là-bas, est le candidat qui a été retenu et il a commencé il y a environ un mois, donc oui, huit ou neuf semaines.

— Quelle impression vous a-t-il faite ?

Morton fronça les sourcils.

— Je ne m'en souviens pas vraiment.

— Vous venez de dire que vous « vous doutiez qu'il y avait quelque chose de louche chez lui », fit remarquer Gavin.

Le visage de l'homme rougit.

— C'était juste une façon de parler. Je me souviens qu'il était en avance pour l'entretien. J'étais en retard, je revenais de notre siège social à Ashford, et il se promenait dans le magasin quand je suis arrivé. Megan, qui travaillait ici cet après-midi-là, a dit qu'il n'avait pas beaucoup parlé une fois qu'il s'était présenté.

— Que vous a-t-il dit sur son emploi précédent ? demanda Barnes.

— Pas grand-chose, à part ce qui était déjà sur son CV. Je veux dire, allez, il tuait des animaux pour gagner sa vie, non ? Il n'avait pas l'air très enthousiaste à ce sujet, c'est sûr.

Il frissonna.

— À sa place, j'aurais aussi cherché un nouveau travail.

— Avez-vous encore une copie de son CV dans vos dossiers ?

Gavin regarda autour de la kitchenette exiguë, mais il ne vit pas d'armoire de classement.

— Probablement pas, dit Morton. Le siège social s'occupe de tout ça. Les seuls CV que je garde sont ceux des personnes que je finis par embaucher.

— Nous aurons besoin d'un nom et d'un numéro pour contacter quelqu'un là-bas, dit Barnes. Pourquoi ne lui avez-vous pas donné le poste ?

— Parce que j'avais deux autres candidats mieux qualifiés, répondit Morton. J'avais l'embarras du choix.

Une fois l'entretien terminé, Barnes ouvrit la marche jusqu'à la voiture et s'arrêta à côté de la portière du conducteur, passant ses clés d'une main à l'autre.

— Eh bien, malgré l'affirmation de Kay selon laquelle ces entretiens vont nous aider à dresser un portrait de Greg, je ne peux m'empêcher de penser qu'il est un peu... terne. Ce n'est pas vraiment monsieur Personnalité, d'après ce qu'on entend, n'est-ce pas ?

— Ce n'était qu'un entretien d'embauche, dit Gavin. Combien de personnes as-tu interviewées au fil des années dont tu te souviens, malgré notre formation ?

Barnes grimaça.

— Qui est le suivant sur la liste ?

Gavin consulta ses notes.

— Il y a un magasin de matériaux de construction à environ un kilomètre d'ici en direction de Tonbridge. D'après les documents que nous avons trouvés dans sa chambre chez Robert et Annette, Greg a eu un entretien là-bas début août.

— C'était il y a seulement quelques semaines.

Barnes ouvrit brusquement la portière de la voiture.

— Espérons qu'ils se souviennent mieux de lui.

Gavin ne dit rien, rangea son carnet et sortit son téléphone portable de sa poche. Il n'y avait pas de nouveaux messages, pas d'appels manqués.

La vitre côté passager descendit.

— Crois-moi, dit Barnes, s'ils trouvent Alice, Carys te le fera savoir. Allez, viens.

Gavin fronça les sourcils et monta dans la voiture.

CHAPITRE 34

Barnes pressa ses doigts autour du volant, serra les dents et supplia mentalement les feux de circulation de passer au vert.

À côté de lui, Piper faisait défiler les applications sur l'écran de son téléphone en marmonnant. Le jeune enquêteur tourna son attention vers la route alors que Barnes accélérait à nouveau.

— Sur quelle route se trouve ce magasin de matériaux ?

— Juste à côté de London Road, répondit Barnes, avant de retomber dans le silence.

C'était tout ce qu'il pouvait faire pour ne pas s'arrêter et consulter son propre téléphone.

L'idée qu'Alice Victor soit emmenée à travers les marais par son oncle ravivait de douloureux souvenirs de l'enlèvement et de la quasi-noyade de sa propre fille.

Seule la rapidité d'esprit d'un agent de police et d'un sergent avait sauvé la vie d'Emma. Barnes ne savait pas ce qu'il aurait fait s'il l'avait perdue – ni ce qu'il aurait fait à l'homme qui l'avait enlevée.

Il essaya de combattre la nausée qui lui nouait l'estomac et se promit d'appeler sa fille ce soir-là après son service. Maintenant qu'elle était à l'université, leurs conversations étaient devenues bien trop brèves à son goût. Il soupçonnait qu'elle le trouvait parfois étouffant, mais qu'elle avait la gentillesse de comprendre ce qui motivait ses craintes.

— Quoi ?

La voix de son collègue le tira de ses pensées.

— Désolé, je n'ai pas entendu. Qu'est-ce que tu as dit ?

Piper pointa du doigt à travers le pare-brise.

— C'est cette route qui part sur la gauche, juste là.

— Ok.

Le magasin de matériaux occupait un grand terrain à l'angle du carrefour, l'entrée sur une route et la sortie sur l'autre. Une poussière couleur sable recouvrait le sol en béton, et Barnes réprima un gémissement en voyant un homme en train de manier une meuleuse d'angle pour couper des dalles de béton d'un côté de la cour près du parking.

— Cette voiture va avoir l'air d'avoir traversé le foutu Sahara quand on partira d'ici, dit-il.

Piper ricana.

— Eh bien, c'est toi le conducteur, donc c'est à ton tour de la nettoyer.

Barnes leva les yeux au ciel, coupa le moteur et sortit. Il cligna des yeux alors que la brise soufflait un nouveau nuage de poussière vers eux, éternua, puis verrouilla la voiture et se dépêcha d'aller vers le bâtiment de la taille d'un entrepôt.

Il épousseta une fine poudre de ses épaules tandis que Piper le suivait entre une paire de comptoirs de service inoccupés, et il ignora la musique pop joyeuse qui résonnait depuis les haut-parleurs dans les hauteurs des poutres d'acier qui s'élevaient au-dessus de sa tête.

Huit rangées d'étagères hautes couraient d'un côté à l'autre du magasin, et des panneaux suspendus aux poutres indiquaient où trouver les fournitures de plomberie, les accessoires de salle de bain, ou les appareils de cuisine.

— Un cauchemar, dit Piper, alors qu'une famille de quatre personnes menée par un père à l'air harassé le frôlait, leurs voix querelleuses disparaissant au coin d'une allée étiquetée « éclairage ».

— Encore quelques années, et ce sera toi, dit Barnes. Un couple de mioches à tes pieds, une femme qui te harcèle, le tout.

Il sourit en voyant son collègue frissonner, puis repéra un homme en polo jaune vif en train de pousser un chariot chargé de rouleaux de papier peint.

— Excusez-moi ?

L'homme ralentit jusqu'à s'arrêter et dévisagea Barnes, puis Piper.

— Vous êtes de la police ?

— Nous voulions savoir si nous pouvions parler au directeur.

— Stephen ? Il est à l'arrière. Allez par là, puis tournez à gauche. Vous verrez un bureau, il est là-dedans.

— Merci.

L'homme grogna en guise de réponse, puis s'éloigna

avec son chariot, le grincement d'une roue indiquant sa lente progression tandis que Barnes se retournait et marchait dans la direction opposée.

Il repéra un double ensemble de fenêtres à l'arrière du bâtiment semblable à un entrepôt, là où l'employé les avait dirigés, et il frappa à la porte ouverte.

Un jeune homme frêle d'une vingtaine d'années pivota sur lui-même, s'arrachant à l'ordinateur portable qu'il scrutait, et il bondit sur ses pieds.

— Qui êtes-vous ?

Barnes fit les présentations.

— Nous cherchons le directeur.

— C'est moi. Stephen Francis.

— Vraiment ?

Barnes s'éclaircit la gorge pour masquer la surprise dans sa voix, et se demanda quand tout le monde avait commencé à avoir l'air si jeune.

— Quel âge avez-vous ?

— Vingt-neuf ans. Pourquoi ?

— Nous voulions vous parler de Greg Victor. Je crois comprendre que vous l'avez interviewé pour un poste ici il y a environ trois ou quatre semaines.

— Oh. Lui.

Francis se laissa retomber sur son siège et passa une main dans ses cheveux mi-longs.

— Ouais, je suis plutôt content de ne pas l'avoir embauché maintenant. Quel cauchemar ça aurait été.

— Que pouvez-vous nous dire sur lui ?

— Pas grand-chose.

Francis retroussa sa lèvre supérieure.

— Je ne pense pas qu'il avait envie de rendre des

comptes à quelqu'un de plus jeune que lui. Dès qu'il m'a vu, il s'est comme renfermé. Il aurait pu faire le travail, je veux dire, remplir des étagères et utiliser une caisse enregistreuse n'est pas difficile, mais je voyais qu'il allait causer des problèmes. J'ai donné le poste à quelqu'un d'autre.

— Avez-vous encore une copie de son CV ?

— Je pense que oui. Attendez.

Barnes s'écarta tandis que Francis repoussait sa chaise et traversait le minuscule bureau pour atteindre un classeur à quatre tiroirs dans le coin de la pièce.

Le directeur du magasin se pencha pour ouvrir le tiroir du bas et fouilla dans son contenu avant d'en sortir un document de deux pages qu'il tendit à Barnes.

— Voilà.

— Pouvez-vous nous en faire une copie ?

— Vous pouvez garder celui-là. Ce n'est pas comme si j'allais l'embaucher maintenant, n'est-ce pas ?

Barnes ne répondit pas et parcourut plutôt le contenu du CV. Il correspondait exactement à celui qui avait été trouvé chez Annette et Robert Victor, et ne fournissait aucune nouvelle information sur le passé de Greg.

Il résista à l'envie de soupirer.

— D'accord, merci pour votre temps. Nous vous appellerons si nous avons d'autres questions.

— Tu as raison, dit Gavin alors qu'ils quittaient le magasin de matériaux et traversaient le parking poussiéreux.

Il finit de feuilleter le CV puis le plia.

— Rien d'extraordinaire. On se demande pourquoi il a déraillé comme ça.

— N'est-ce pas ? Je veux dire, enlever sa nièce, c'est vraiment extrême.

Barnes s'arrêta de marcher lorsque son téléphone commença à vibrer dans sa poche. Il le sortit et déglutit pour contrer la boule dans sa gorge en lisant le message.

Le téléphone de Gavin vibra une seconde plus tard.

— Ils l'ont trouvée, dit Barnes, la voix rauque. Ils l'ont trouvée, nom de Dieu.

CHAPITRE 35

— Passe-moi ces jumelles.

Kay les arracha de la main tendue du policier à côté d'elle, puis les braqua sur les terres marécageuses plates en contrebas du Common.

— Où ? dit-elle.

— Trouvez les poteaux de but sur le terrain de jeu, dit Laura en se protégeant les yeux du soleil. Puis avancez jusqu'à ce que vous voyiez les limites extérieures du marais. Il y a quelques arbres rabougris au milieu. J'ai vu un éclair bleu parmi eux, puis un homme et une petite fille.

Kay retint son souffle en suivant ses indications, puis laissa échapper un hoquet.

— Bon sang, Hanway, bien vu.

Kay rendit les jumelles et prit la radio que Carys lui tendait.

— J'ai besoin de deux équipes qui se dirigent vers le terrain de récréation maintenant. Nous avons un signalement probable dans les marais, mais je ne veux pas le faire fuir. Nous devons penser à la sécurité d'Alice.

Elle se tourna vers l'agent Morrison.

— Dave, où est la patrouille fluviale ? J'ai besoin d'un bateau près de la promenade au bord de la rivière, au cas où.

— Je m'en occupe, chef.

En rendant la radio, elle croisa le regard de Carys alors que l'enquêteuse baissait son téléphone portable.

— Tu as prévenu Barnes et Piper ?

— Oui.

— D'accord. Dis-leur de retourner à la salle des opérations et de commencer à passer des coups de fil pour obtenir un mandat le plus rapidement possible pour un briefing dès qu'Alice aura été récupérée. Assure-toi qu'ils vérifient aussi les cellules, je ne veux pas que Greg Victor essaie de se faire du mal pendant sa garde à vue. Surveillance vingt-quatre heures sur vingt-quatre, c'est compris ?

— Oui, chef.

Carys s'éloigna et porta son portable à son oreille, ses instructions à ses collègues portées par la légère brise qui faisait bruisser les branches des arbres au-dessus de la tête de Kay.

L'officier chargé d'obtenir le mandat serait la seule personne autorisée à interroger Alice sur ce qui s'était passé sur le bateau et son enlèvement subséquent. Même la mère d'Alice ne serait pas autorisée à être présente, mais un intermédiaire spécialisé pourrait être nommé si Annette le souhaitait.

Kay savait à quel point le témoignage d'Alice serait vital, et à quel point sa gestion du sauvetage de la petite fille et de son retour auprès de sa mère serait analysée par ses supérieurs, le ministère public et l'avocat de la défense de Greg Victor.

— Qui dirige les deux équipes de recherche les plus proches ? demanda-t-elle à une sergente de police à proximité.

— Hughes est en bas, le plus près du terrain de récréation, chef, répondit la femme, et Tasker se dirige vers les marais depuis la partie basse du Common.

Kay leva la main à son front et se protégea les yeux de l'éblouissement du soleil levant sur la rivière. Il battait contre sa nuque, un rappel que l'été n'était pas encore terminé et qu'une petite fille était dehors, exposée aux éléments.

Elle observa l'équipe d'ambulanciers qui attendait à la périphérie des officiers rassemblés, et déglutit en les voyant vérifier leur équipement et leurs fournitures. Ils auraient tout ce dont ils auraient besoin pour soigner Alice si nécessaire, mais elle savait par sa propre expérience que rester occupé était aussi un moyen de contrer la nervosité et la peur que quelque chose puisse mal tourner.

— Chef, regardez.

Son attention se reporta sur les marais en contrebas à la voix de la sergente, juste à temps pour voir un homme guidant un enfant en s'éloignant d'un bosquet d'arbres.

Ses épaules s'affaissaient d'épuisement — pourtant, quand l'enfant trébucha sur le sol inégal, il n'hésita pas et la souleva dans ses bras. Il traîna les pieds vers les maisons qui donnaient sur le terrain de récréation, tout son langage corporel dépeignant un homme vaincu.

— Il abandonne, dit Kay. Faites que cette équipe descende là-bas pour s'étaler, ne l'encerclez pas. Laissez-lui de l'espace au cas où il changerait d'avis. Nous n'avons aucune idée de son motif, et je ne veux pas que quelqu'un l'effraie.

— Compris, chef, dit la sergente, et elle porta sa radio à ses lèvres.

— Que se passe-t-il, chef ?

Carys apparut à son épaule, son téléphone portable toujours serré dans sa main.

— Il bouge ?

— Il est sorti de sa cachette, dit Kay en pointant du doigt la silhouette qui s'approchait d'une haie derrière l'un des poteaux de but. Tu as une carte ?

— Ici.

Carys leva son téléphone, puis zooma sur une image.

— Il y a un sentier dans le coin du terrain qui mène à la route.

— Vous avez entendu ?

Kay se tourna vers la sergente à côté d'elle.

La femme acquiesça et relaya l'information, et Kay regarda un troisième groupe d'officiers se déverser sur la route depuis un fourré épais, coupant tout espoir de fuite.

— Carys, tu as les clés de ta voiture ?

— Oui.

— Très bien, emmène-moi là-bas. Laura, vous venez avec nous.

Carys se précipita vers une berline bleue à quatre portes garée de travers derrière deux voitures de patrouille, et elle démarra dès que Kay eut fermé la porte et que Laura se fut effondrée sur la banquette arrière.

L'enquêteuse lui passa son téléphone portable et accéléra en dépassant un cycliste.

Kay agrippa la poignée de maintien.

— Laura, pouvez-vous maintenir le contact radio avec Hughes pour moi ? Dites-lui que j'arrive.

— Oui, madame.

La campagne défilait à toute vitesse devant la fenêtre tandis que Carys dirigeait la voiture dans un virage serré qui descendait vers les marais.

Les ordres aboyés parmi les équipes en uniforme entre les rafales de statique sur la radio s'ajoutaient à la montée d'adrénaline qui parcourait Kay.

Et si Greg Victor paniquait ?

Et si Alice était malade ? Était-ce pour cela qu'il abandonnait ?

Un éclat bleu attira son attention dans le rétroviseur et elle inclina la tête jusqu'à ce qu'elle puisse voir la voiture de patrouille dans leur sillage.

— Laura ? Faites-leur éteindre ces foutus gyrophares. Pas besoin d'annoncer notre arrivée.

La voix de l'agente de police porta depuis le siège arrière alors qu'elle relayait les instructions de Kay, puis elle se pencha en avant.

— C'est fait. Et Hughes dit qu'ils ont un visuel. Ils sont à environ quatre cents mètres d'eux.

— D'accord.

Kay s'accrocha fermement alors que Carys prenait le dernier virage et fit glisser la voiture jusqu'à l'arrêt derrière deux véhicules de la police du Kent dans une aire de stationnement.

— Le terrain de récréation est juste là-haut sur notre gauche, chef, dit-elle, avant d'arracher les clés du contact.

— Allons-y.

Kay resta sur l'accotement à gauche de la route qui montait vers le village, et elle résista à l'envie de courir.

Elle avait maintenant trois équipes qui encerclaient Greg Victor, et elle ne souhaitait pas effrayer l'homme. La haie à côté d'elle était un enchevêtrement de ronces, d'aubépines et de noisetiers, et, tandis qu'elle se hâtait vers la limite du sentier que Carys avait identifiée sur la carte, elle essaya de scruter à travers la végétation.

C'était inutile – elle ne voyait rien.

— Laura, assurez-vous que le volume de votre radio est baissé, vous voulez bien ? dit-elle par-dessus son épaule.

— Oui, madame. Hughes dit que Victor est maintenant à deux cents mètres de la route. Il est entré sur le sentier et il se dirige par ici.

L'estomac de Kay se noua.

— Alice est toujours avec lui ?

— Oui, il la porte.

Son attention fut attirée vers le sommet de la colline par un remue-ménage.

Un homme apparut à côté d'un panneau indiquant le terrain de jeux au moment même où huit policiers en uniforme surgissaient d'un portail à côté d'une propriété qui bordait la route.

Kay pouvait entendre la voix de Hughes qui portait jusqu'à elle tandis qu'il faisait un geste vers Alice.

Les épaules de Greg s'affaissèrent alors qu'il déposait la petite fille au sol et levait les mains.

Alice se blottit contre son côté et se cacha derrière sa jambe droite tandis qu'il parlait avec la sergente de police et que le reste des officiers l'encerclait, coupant toute possibilité de fuite.

— Elle est terrifiée, dit Kay, et elle courut vers eux.

Alors qu'elle s'approchait, le regard de Greg se détourna de Hughes et il la fixa, ses yeux implorants.

— Ne l'effrayez pas, dit-il. S'il vous plaît. Elle ne comprend pas.

Kay examina la fillette de cinq ans, notant les taches d'herbe sur son jean, la boue autour des ourlets, et les fils arrachés sur le pull vert qu'elle portait.

Des yeux bleu vif brillaient sous une frange blonde, et Kay força un sourire.

Elle s'accroupit devant la petite fille.

— Bonjour, Alice. Je m'appelle Kay.

— Où est ma maman ?

CHAPITRE 36

Ignorant les cris de Greg Victor, Kay souleva Alice dans ses bras et se précipita vers la voiture de Carys.

L'enquêteuse avait déjà démarré le moteur et fait demi-tour avec le véhicule. Pendant que Kay installait Alice sur le siège arrière et calait sa veste à côté d'elle pour combler l'espace de la ceinture de sécurité, Carys lui lança par-dessus son épaule :

— J'ai parlé à Barnes, il se dirige vers la maison de Kenneth Archerton. Gavin a contacté Annette, mais sa maison est toujours assiégée par les journalistes. Elle ne veut pas faire les retrouvailles là-bas, elle veut tenir Alice à l'écart des caméras.

Kay fit le tour jusqu'à la portière du passager et monta.

— D'accord, allons-y. Je ne la blâme pas, ils vont être comme des vautours maintenant.

Les yeux de Carys se portèrent sur le rétroviseur, et elle sourit.

— Tu as assez chaud, Alice ?

Se retournant vers la petite fille, Kay vit qu'elle regardait par la fenêtre, son pouce dans la bouche.

Ses yeux étaient grand ouverts tandis qu'elle observait le paysage défiler, puis elle tourna son regard vers les sièges avant.

— Où est ma maman ?

— Elle t'attend, Alice. Nous t'emmenons la retrouver. Tu as froid ?

— Non.

— D'accord.

Le téléphone portable de Carys se mit à vibrer dans son support sur le tableau de bord, et Kay le prit.

— Gavin ?

— Chef, l'ambulance vous suit jusqu'à la maison de Kenneth Archerton pour qu'ils puissent examiner Alice. Nous avons aussi une spécialiste en route. J'ai demandé à Annette d'apporter des vêtements de rechange pour Alice aussi.

— Merci, Gav. On sera probablement là dans vingt minutes.

— On y sera.

La voiture de Carys ralentit derrière une file de véhicules se dirigeant vers Maidstone, et Kay réprima l'envie de se retourner constamment pour vérifier l'état Alice. Elle ne voulait pas inquiéter l'enfant et ajouter à ce qui devait déjà être une période déroutante pour elle.

Malgré les vêtements sales de la petite fille, elle n'avait remarqué aucun bleu ni aucune égratignure sur son visage ou ses mains, mais ce serait à l'ambulancière qui les suivait de procéder à un examen approfondi pendant qu'elle serait réunie avec sa mère.

Kay serra les dents, incertaine de ce qu'elle ferait s'il s'avérait que Greg Victor avait fait du mal à sa nièce de quelque façon que ce soit.

Quelques instants plus tard, Carys ralentit la voiture alors que les grilles de la maison de Kenneth Archerton apparaissaient, et Kay poussa un soupir de soulagement.

Il n'y avait pas de journalistes qui traînaient dehors, et une voiture de patrouille était garée sur l'accotement à côté de l'allée. Le conducteur leva la main vers Kay et Carys avant qu'elles ne franchissent les grilles.

La porte d'entrée s'ouvrit alors que leur véhicule crissait sur le gravier en direction de la maison, et Barnes apparut. Le détective plus âgé se retourna et fit signe à quelqu'un dans la maison tandis que les grilles se refermaient derrière la voiture.

Annette Victor apparut sur le pas de la porte à côté de lui, la main sur la bouche.

— Maman !

Carys freina brusquement au cri d'Alice, et Kay bondit du siège passager. Elle ouvrit violemment la portière arrière alors qu'Annette trébuchait dans les marches de l'entrée pour venir vers elles, tandis que l'ambulance s'engageait dans l'allée. Détachant la ceinture d'Alice, Kay la posa à terre.

— Elle est là, Alice. Ta maman est là.

Elle fit un pas en arrière alors qu'un sanglot s'échappait des lèvres d'Annette et que la femme s'accroupissait dans l'allée, les bras tendus.

La petite fille tomba dans l'étreinte de sa mère, et Kay cligna des yeux pour chasser une larme tandis qu'Annette se relevait sur des jambes tremblantes et serrait sa fille contre sa poitrine.

Elle lissa les cheveux d'Alice, passa ses doigts sur son visage, puis se tourna vers Kay.

— Merci. Merci.

Sa voix se brisa alors que des larmes coulaient sur son visage.

Kay hocha la tête et prit une profonde inspiration.

— On devrait rentrer ? L'équipe de l'ambulance voudra l'examiner pour s'assurer qu'elle va bien.

Annette se retourna alors que la femme ambulancière traversait l'allée vers elles, un sac en toile à la main.

La petite blonde s'arrêta à quelques pas et attendit le signal de Kay.

Alice se tortilla dans les bras de sa mère, agitant ses pieds, et Annette la posa à terre, mais garda une prise ferme sur sa main.

— Bien sûr, dit-elle. Tout le monde est dans la cuisine, vos détectives, je veux dire. Et une femme qui dit être spécialiste dans ce genre de situation.

— C'est pour s'assurer que nous agissons dans le meilleur intérêt d'Alice, dit Kay. Votre père est là ?

— Il a dû aller au bureau, quelque chose d'urgent s'est présenté. Il est en route pour revenir. Je l'ai appelé dès que j'ai appris la nouvelle.

— D'accord, eh bien avant que Kenneth n'arrive, nous allons avoir besoin que vous changiez les vêtements d'Alice, pour que nous puissions les prendre comme preuves, dit Kay en suivant Annette jusqu'à la cuisine. Après cela, nous devrons organiser un entretien avec Alice demain matin, pendant que ses souvenirs sont encore frais.

— Mais… mais elle ne peut pas. Elle doit rester ici avec moi. Elle a besoin de se remettre.

— Je comprends votre inquiétude, Annette, mais son témoignage est vital pour notre enquête sur les raisons pour lesquelles Greg l'a enlevée, et ce qui s'est passé pendant leur fuite.

Kay croisa le regard de l'officier spécialisée.

— Bethany ici présente va mener l'entretien avec Alice. Elle est très expérimentée dans ce domaine, et votre fille sera entre de bonnes mains.

Alice glissa de l'étreinte de sa mère et s'approcha de la porte de derrière, les mains contre les carreaux de verre alors qu'elle regardait le vaste jardin au-delà.

— Mais je serai avec elle aussi, n'est-ce pas ?

Annette regarda l'officier brune puis Kay, puis de nouveau l'officier.

Bethany s'éloigna du comptoir de cuisine contre lequel elle était appuyée, le visage impassible.

— Nous aurons une suite spécialisée installée pour interroger Alice, et elle sera rendue aussi confortable que possible. Il est essentiel que nous lui parlions seule parce que—

— Mais je veux être avec elle—

— Madame Victor—

— Annette.

— Annette, je sais que c'est difficile pour vous, mais il y a un risque qu'Alice ne nous dise pas tout si vous êtes dans la pièce avec elle, expliqua Bethany.

Ses yeux s'adoucirent.

— Elle pourrait se sentir gênée, ou vouloir vous protéger en ne disant pas certaines choses qu'elle me dirait autrement si vous n'étiez pas présente dans la pièce.

— Il est très important que nous fassions cela correctement, ajouta Kay. Comme l'a dit Bethany, vous ne pouvez pas être dans la pièce avec elle. Nous n'avons le droit de faire cela qu'une seule fois, donc nous devons nous assurer de bien le faire et d'écouter tous les aspects de l'histoire d'Alice.

Annette pâlit.

— Pensez-vous qu'il lui ait fait du mal ?

— Si vous pouvez laisser l'ambulancière ici l'examiner pendant que vous lui enlevez ses vêtements, je vous en serais reconnaissante. Bethany viendra aussi avec vous, au cas où elle aurait besoin de noter quelque chose.

Kay fit un geste vers l'ambulancière qui se tenait sur le seuil, les yeux pleins d'inquiétude pour la fillette de cinq ans qui s'était détournée de la porte de derrière et regardait désormais sa mère, silencieuse.

— Oh.

Annette cligna des yeux, puis secoua légèrement la tête.

— D'accord. On monte, Alice ? On va t'enlever ces vêtements sales ?

Alice fit un petit sourire, puis glissa sa main dans celle de sa mère et la suivit docilement hors de la cuisine.

— Gavin, tu peux aller avec Lucy et Bethany et attendre devant la pièce pour mettre ces vêtements dans des sacs ? dit Kay.

— Oui, chef.

Kay prit une profonde inspiration alors que les voix s'éloignaient dans le couloir et montaient les escaliers.

— Carys, retourne au poste et commence à travailler sur le plan d'entretien formel, s'il te plaît. Demande à Fiona Wilkes de t'aider, on pourrait utiliser son avis sur les aspects psychologiques de cette affaire. Je rentrerai avec Barnes et Piper.

— Compris, chef.

— Rentre chez toi après ça, je veux que tu sois là à sept heures demain matin.

L'enquêteuse hocha la tête, puis sortit en trombe de la pièce, la porte d'entrée claquant derrière elle avant que Kay ne se tourne vers Barnes et expire.

— Ça va ? demanda-t-il.

— Oui, je crois. Et toi ?

La peau au coin de ses yeux se plissa.

— Maintenant oui. C'était un bon résultat, Kay. Où est Greg ?

— En garde à vue au poste à l'heure qu'il est. Sharp y est toujours. En fait, je ne pense pas que quelqu'un soit rentré chez lui ce matin. Une fois qu'on aura mis les vêtements d'Alice dans les preuves, on rentrera. J'interrogerai Greg avec Piper, mais j'aimerais que tu observes avec Carys.

— Tu penses qu'il va parler ?

— Tu ne l'as pas vu dans les marais, Ian. Il a abandonné. Cinq jours en fuite, et puis plus rien.

— Peut-être qu'il ressent un peu de remords ?

— Je ne sais pas. C'est pour ça que je veux l'avis de Fiona. Elle pensera à un angle qu'on pourrait ne pas voir.

La spécialiste des interrogatoires travaillait avec la police du Kent depuis plusieurs années, fournissant des analyses et des conseils sur certains des interrogatoires les plus difficiles qui avaient été menés, et Kay respectait l'éthique de travail de cette femme. Demander son aide n'était pas un signe de défaite – c'était un autre aspect pour s'assurer qu'elle avait les questions les plus soigneusement formulées lorsqu'elle commencerait à parler à Greg Victor.

Elle leva les yeux en entendant de doux pas se diriger vers la cuisine pour voir Alice vêtue d'un jean propre et d'un sweat-shirt blanc, ses cheveux mouillés bouclant autour de ses joues.

Une fraîche odeur de fraises et d'hibiscus emplit l'air alors que la petite fille se dirigeait vers la table de la cuisine et grimpait sur l'une des chaises en pin à côté, les yeux pleins d'espoir.

— Quelqu'un a faim, dit Annette en entrant dans la pièce, un sourire soulagé sur les lèvres.

— C'est super, dit Kay. Avant qu'on parte, je crois que Ian a quelque chose pour toi, Alice.

Barnes sortit le lapin bleu de derrière son dos et mima son sautillement sur la table vers Alice.

Le visage de la petite fille s'illumina, un large sourire laissant apparaître ses dents et creusant ses traits alors qu'elle tendait la main pour le saisir.

— Thomas !

Barnes sourit.

— C'est son nom ?

— Oui.

Alice serra le lapin contre sa poitrine.

— Il s'était échappé.

— Mais maintenant il est de retour avec toi, n'est-ce pas ?

Son visage s'assombrit et elle hocha la tête. Sa lèvre inférieure trembla, et Annette passa son bras autour d'elle pour la serrer contre elle.

— Ça va aller, ma chérie. C'est fini maintenant.

Alice se dégagea de l'étreinte de sa mère et tendit le lapin à Barnes.

— Mon papa m'avait dit de bien garder Thomas, mais je ne l'ai pas fait.

— Ce n'est pas grave. Tu l'as récupéré, non ? dit Barnes, la voix chargée d'émotion.

— C'est toi qui l'as trouvé.

La petite fille poussa le lapin en peluche vers lui.

— Je veux que tu le gardes.

CHAPITRE 37

Le commandant divisionnaire Devon Sharp s'arrêta dans le couloir devant les salles d'interrogatoire et fit signe à Kay d'attendre.

— Je suis là depuis six heures hier soir, alors je vais rentrer me reposer quelques heures. Avant de partir, je voulais te dire à quel point je suis fier de toi. Tu n'occupes ce poste que depuis dix-huit mois, et pourtant tu m'as prouvé, ainsi qu'à d'autres, que tu étais la bonne personne pour le job. Larch n'aurait jamais dû te retenir.

Kay recula d'un pas.

— Merci, chef. J'apprécie.

— Il faut rendre à César ce qui est à César, Kay. Tu as une excellente équipe à l'étage, mais c'est grâce à ta façon de les diriger. Je sais que la commissaire est impressionnée, elle aussi.

Il s'interrompit lorsque Gavin apparut.

— Bon, à demain matin.

L'enquêteur fit un signe de tête au commandant

divisionnaire qui partait, puis tendit l'un des deux dossiers manille à Kay.

— Fiona Wilkes a réfléchi à quelques-unes des questions, dit-il. Il y a un résumé en haut pour toi.

Kay ouvrit le dossier et parcourut du regard les suggestions de la spécialiste des interrogatoires.

— C'est bien. Tout le monde qui travaillait ici hier soir est rentré chez soi ?

— Oui, dit-il. Même Carys.

— Dieu merci, elle avait l'air morte de fatigue chez Archerton.

Gavin pointa du doigt la salle d'interrogatoire.

— Prête, chef ?

— Absolument. Montre le chemin.

Gavin ouvrit la porte de la salle d'interrogatoire numéro trois et s'écarta pour la laisser passer. Il fit signe à un agent en uniforme de quitter l'espace, et Kay observa la silhouette abattue affalée sur l'une des chaises en plastique autour d'une table métallique.

Greg Victor avait été réduit à une créature pathétique. Depuis son arrivée au poste de police, ses vêtements avaient été saisis pour analyse médico-légale et il avait été soumis à une fouille à nu minutieuse avant que des prélèvements d'ADN ne soient effectués.

Maintenant, il était assis dans une combinaison en papier froissée et des surchaussures, ses cheveux mouillés dressés sur sa tête et des cernes sombres sous les yeux.

Il baissa le regard vers ses mains jointes lorsque Kay tira une chaise en face de lui, et elle remarqua que ses ongles avaient été rongés jusqu'au sang.

Tandis que Gavin appuyait sur le bouton

« enregistrer » de la machine à côté de lui et récitait la mise en garde formelle, Greg grimaça et bougea sur son siège.

À côté de lui, son avocat desserra sa cravate, visiblement résigné à une longue journée en perspective.

— Veuillez décliner vos nom et adresse complets pour l'enregistrement, dit Gavin.

Greg Victor bégaya sa réponse, puis essuya le dos de sa main sur sa bouche.

— Depuis combien de temps vivez-vous à cette adresse ?

— Depuis fin mai.

— Et où étiez-vous avant cela ?

Greg prit une profonde inspiration tremblante et confirma l'adresse de son ex-femme à Nottingham.

— Nous nous sommes séparés. Je l'ai surprise en train de me tromper. Ma fille, Sadie, vit avec elle.

— Parlons de ce qui s'est passé vendredi dernier, dit Kay. À quelle heure avez-vous quitté la maison de Kenneth Archerton avec votre nièce, Alice ?

— Vers huit heures.

Greg s'éclaircit la gorge et baissa le regard vers ses mains.

— Oui, huit heures. J'avais loué le bateau pour dix heures, et je savais que la circulation serait lente pour traverser la ville à cette heure-là le matin.

— Pourquoi Alice était-elle chez Kenneth ?

— Elle et sa mère avaient passé la nuit là-bas.

— Pourquoi avez-vous emmené Alice avec vous ?

— Je lui avais promis de l'emmener sur la rivière avant qu'elle ne commence l'école. Elle m'avait entendu en parler lors d'un barbecue il y a quelques semaines et elle n'arrêtait pas d'en parler.

Il releva la tête.

— Annette et Robert étaient d'accord. Je les avais dépannés pour garder Alice de temps en temps depuis que je suis arrivé ici. Elle avait un gilet de sauvetage.

— Où avez-vous loué le bateau ?

— Chez Toppings. J'ai vu leur annonce sur les réseaux sociaux. Ils sont basés à Tonbridge.

— À quelle heure avez-vous quitté Toppings ?

— Il était plus de dix heures quand j'ai terminé la procédure de remise avec eux et que je me suis assuré qu'Alice comprenait les dangers. Nous nous sommes arrêtés pour déjeuner à Yalding.

Il se frotta l'œil du poing, puis baissa la main sur la table, le poing serré.

— Est-ce qu'elle va bien ? J'ai essayé de m'assurer qu'elle reste au chaud, et nous n'avons manqué de nourriture que ce matin. Elle a perdu son lapin. Il est un bleu, vous l'avez trouvé ?

— L'avez-vous touchée d'une quelconque manière ? demanda Gavin.

— Quoi ?

Les yeux de Greg s'écarquillèrent, puis il agrippa le bord de la table et lança un regard mauvais à l'enquêteur.

— Non, bon sang, je n'ai pas fait ça. C'est ma *nièce*. Pour quel genre de monstre me prenez-vous ?

— Le genre de monstre qui kidnappe une petite fille et disparaît pendant cinq jours, laissant sa mère traumatisée.

— Je ne l'ai pas touchée. Je ne lui ai pas fait de mal. J'essayais juste de la protéger.

— Si vous essayiez de la protéger, pourquoi n'êtes-vous pas allé voir la police ? Pourquoi fuir ?

— Écoutez, je sais que c'était stupide. J'aurais dû venir vous voir, mais quand j'ai entendu ce coup de feu, j'ai su que je devais éloigner Alice de là le plus vite possible. Ce n'est que hier que j'ai réalisé que j'avais probablement aggravé les choses.

— Avez-vous tiré sur votre frère ?

— Non !

— De qui essayiez-vous de protéger Alice ? demanda Kay.

— Je ne sais pas, dit-il. Robert est arrivé cette nuit-là et il a dit qu'il y avait un problème. Il m'a dit d'éloigner Alice du bateau.

— Attendez, dit Kay en fronçant les sourcils. Revenons en arrière. Vous avez dit que vous vous étiez arrêtés pour déjeuner à Yalding. Que s'est-il passé après ?

Un triste sourire traversa les traits de Greg.

— C'était un après-midi parfait. Il n'y avait que quelques bateaux sur la rivière entre là et Teston. Alice a vu les balançoires à côté de l'aire de pique-nique avant le pont et elle a voulu aller jouer, alors j'ai amarré là pendant une heure environ. Elle a fini par s'ennuyer, alors nous sommes repartis. Elle est restée à l'intérieur quand nous sommes passés par l'écluse parce que je ne pouvais pas la surveiller et ouvrir et fermer les portes en même temps, mais à part ça, elle était heureuse de se tenir sur le pont avec moi. Elle aime repérer les campagnols amphibies.

— Quand Robert vous a-t-il contacté ?

Le visage de Greg s'assombrit.

— Il m'a appelé juste avant qu'on arrive à Barming.

J'étais surpris, il avait été en France toute la semaine et ne devait rentrer que le samedi. Il m'a dit qu'il avait pris le ferry pour revenir à Douvres ce matin-là et qu'il devait voir Alice. Je lui ai dit que je rentrerais le lendemain matin, mais il a insisté que c'était une urgence.

Il soupira.

— Il avait l'air en colère, et effrayé. À ce moment-là, Alice me regardait bizarrement parce qu'elle pouvait entendre sa voix, alors je lui ai dit de nous rejoindre à l'écluse d'East Farleigh. Je savais que je devrais m'amarrer juste après pour la nuit, et Alice commençait à avoir faim, alors j'ai pensé que Robert pourrait aussi bien se joindre à nous pour le dîner.

— À quelle heure êtes-vous arrivés à East Farleigh ?

— Le temps qu'on passe l'écluse, il était presque dix-huit heures trente. La plupart du trafic de l'heure de pointe avait déjà traversé le pont et les choses commençaient à se calmer. Il y a eu deux promeneurs de chiens qui sont passés pendant que je vérifiais les amarres, mais c'est à peu près tout.

— À quelle heure Robert est-il arrivé ?

— Dix-neuf heures, à peu près.

— Racontez-moi ce qui s'est passé quand il est arrivé.

— Alice était contente de le voir. Nous avons dîné, puis nous avons laissé Alice rester debout un moment pour jouer.

Il fronça les sourcils.

— Nous sommes montés sur le pont, Robert a dit qu'il devait me parler. Il a fumé une cigarette, Annette ne le laissait pas fumer devant Alice. On pouvait la voir à travers la fenêtre, cependant.

Greg expira.

— Je lui ai posé des questions sur son voyage en France et pourquoi il avait besoin de me parler si urgemment, parce qu'il n'avait rien dit depuis son arrivée. Je suppose qu'il ne voulait pas effrayer Alice. Quoi qu'il en soit, je ne sais pas, il a repéré quelque chose, ou quelqu'un, en direction d'East Farleigh. Il m'a dit de me taire alors que j'étais au milieu d'une phrase, il a tendu le cou, puis m'a dit d'aller chercher Alice.

— De qui s'agissait-il ?

Il secoua la tête.

— Je ne sais pas. Je ne voyais personne, mais la lumière commençait à baisser à ce moment-là. Il jurait qu'il y avait quelqu'un sous le pont en train de nous regarder.

— Qu'avez-vous fait ?

— Rien, au début. Je pensais qu'il se moquait de moi. Puis il a commencé à avoir peur, à me supplier, et m'a dit qu'Alice était en danger et que je devais l'éloigner de là.

— C'est à ce moment-là que vous avez tiré sur Robert ? demanda Gavin.

— Non, je vous l'ai dit, je n'ai pas tiré sur lui. Quelqu'un d'autre l'a fait.

— Qui ?

— Je ne sais pas. Robert m'a dit de prendre Alice et de fuir. Je ne comprenais pas ce qu'il racontait. Je lui ai dit que si on voulait s'en aller, on devrait prendre le bateau s'il avait peur, mais il a dit que ça ne marcherait pas. Il a jeté sa cigarette dans l'eau, puis il est entré dans la cabine et a fait mettre un sweat-shirt à Alice. Elle pleurait, parce qu'il lui criait de se dépêcher.

Il secoua la tête.

— Il a mis quelques boîtes de conserve et deux bouteilles d'eau dans un sac à dos et me l'a lancé. J'ai essayé de calmer Alice, et j'ai crié sur Robert, lui disant qu'il lui faisait peur, et c'est là qu'il s'est tu. Il... il était terrifié, je m'en rends compte maintenant. Alice était debout au milieu de la cabine, à pleurer toutes les larmes de son corps, et puis il a vu le lapin en peluche qu'elle avait reçu de Kenneth. Robert le lui a fourré dans les bras, je suppose pour essayer de la calmer parce que je lui avais dit qu'elle ne l'avait pas lâché depuis ce matin-là. Et puis il nous a poussés tous les deux sur le pont, et il m'a dit de me casser. Il a dit que quoi qu'il arrive, je ne devais pas retourner au bateau, et que je devrais utiliser celui qu'il avait loué à Allington à la place.

— Vous étiez au courant du deuxième bateau ?

— C'était la première fois que j'en entendais parler.

— Pourquoi voler le canoë, alors ?

Greg passa sa main sur ses cheveux ras.

— Alice était trop fatiguée pour marcher quand nous sommes arrivés à Maidstone, et je savais que je devais faire quelque chose. Nous avons réussi à éviter la foule, et puis j'ai vu le canoë tiré dans des broussailles près du club d'aviron. Je n'ai pas réfléchi, je l'ai traîné dans l'eau et je suis parti. Je ne me suis pas rendu compte qu'il y avait un foutu trou sur le côté avant qu'on soit presque à Allington.

— Où comptiez-vous aller ?

— Au début, je pensais prendre le bateau que Robert avait loué, mais ensuite je me suis rendu compte que je n'avais pas les foutues clés. Dans sa hâte de me faire quitter le bateau, il avait oublié de me les donner. J'avais peur à ce moment-là. Je pensais que j'avais peut-être été suivi, qu'ils auraient pu trouver les clés sur lui. Je veux dire, s'ils savaient qu'il avait voyagé jusqu'à East Farleigh, ils auraient pu savoir qu'il fallait me chercher à Allington, non ? J'ai porté Alice le long du chemin de halage aussi loin que je pouvais avant le lever du jour, puis nous avons dormi à la dure sous le pont qui passe sous la M20. Je n'avais pas de plan après ça. Je voulais juste la garder en sécurité, vous devez comprendre ça.

Dans le silence qui suivit, Kay pouvait entendre l'horloge qui faisait tic-tac sur le mur derrière elle et le faible bruit des voix le long du couloir vers la porte menant à l'accueil.

L'avocat tourna la page de son carnet, le craquement et le froissement assourdissants à ses oreilles tandis qu'elle plissait les yeux vers Greg Victor.

— Jusqu'où avez-vous emmené Alice le long du chemin de halage avant de retourner tirer sur votre frère ? dit-elle.

— Je n'ai jamais tiré sur Robert, répéta-t-il d'une voix basse.

— Alors qui l'a fait ?

— Écoutez, j'ai fait ce qu'il m'avait demandé. J'ai quitté le bateau et je suis parti en direction de Maidstone. J'avais parcouru environ un kilomètre quand je...

Il prit une profonde inspiration et passa une main sur ses yeux.

— J'ai entendu un *bang*, derrière nous. Je n'avais jamais entendu d'arme à feu auparavant, pas dans la vraie vie. Mais je savais que c'était ça. Je savais qu'il avait été tué. Et je savais que je ne pouvais pas y retourner. J'ai pris Alice et j'ai commencé à courir.

— Avez-vous une idée de qui voudrait tuer votre frère ? demanda Kay.

— Non, mais il avait peur. J'aurais dû lui demander pourquoi, mais il n'y avait pas le temps. Quand nous avons parlé après le dîner, il a dit qu'il allait parler à Annette de déménager ailleurs. Il a dit qu'il en avait assez.

— Avait-il déjà parlé de déménager auparavant ?

— Pas à moi.

— Cinq jours en cavale, Greg. Que s'est-il passé aujourd'hui ? Vous vous attendiez à vous faire prendre, n'est-ce pas ?

L'homme en face d'elle s'effondra visiblement, les yeux rougis.

— Parce que je pensais que vous seriez plus aptes à la protéger que moi. Je suis un père, détective, et l'oncle d'Alice. Je ne suis pas un fugitif. Je ne suis pas un salaud maléfique qui enlève des petites filles. J'essayais de la sauver, comme son père, mon frère, m'avait dit de le faire.

Kay regarda sa montre et fit signe à Gavin de mettre fin à l'entretien. Elle ferma d'un coup sec le dossier et se leva, l'esprit tournoyant après la déclaration de Greg et les révélations qu'elle avait entendues.

Alors qu'elle ouvrait la porte, elle entendit le bruit d'une chaise raclant le sol carrelé et elle se retourna, prête à se défendre.

Au lieu de cela, Greg Victor se tenait debout à côté de la table, les mains le long du corps et le visage bouleversé.

— S'il vous plaît, prenez soin d'Alice, je pense qu'elle

est toujours en danger. Je n'ai pas tué mon frère, quelqu'un d'autre l'a fait. Vous devez me croire.

CHAPITRE 38

Kay ouvrit la marche vers la salle des opérations, laissa tomber le dossier qu'elle portait sur son bureau en passant, et appela l'équipe d'enquête à l'attention.

— Tout le monde, briefing, maintenant. Nous avons beaucoup à faire et peu de temps.

Elle se dirigea vers le coin cuisine au fond de la pièce et versa du café instantané dans une tasse ébréchée, ajoutant deux sucres. Elle se retourna lorsque Fiona Wilkes, la spécialiste des interrogatoires, la rejoignit.

— Qu'en penses-tu ? demanda Fiona, le front plissé.

— Nous avons encore beaucoup de chemin à parcourir avec cette affaire, dit Kay. J'ai parlé à Sharp et il a accordé douze heures supplémentaires pour interroger Greg afin de lui donner suffisamment de pauses, mais j'ai également fait une demande auprès d'un magistrat pour le garder plus longtemps si nécessaire, compte tenu de la gravité des accusations d'enlèvement.

— C'est probablement pour le mieux. Je vais examiner

l'enregistrement et te faire savoir si je peux proposer des suggestions pour le prochain interrogatoire.

— Merci, Fiona.

Dès que le dernier membre de l'équipe prit place, Kay se déplaça à l'avant de la salle.

— Greg Victor nie, comme nous le soupçonnions, avoir eu quoi que ce soit à voir avec le meurtre de son frère et a déclaré qu'il y avait une tierce partie impliquée dans la fusillade de Robert Victor.

Une vague de conversations parcourut les officiers rassemblés, puis s'estompa lorsque leur attention revint sur Kay.

Elle vérifia la liste des éléments sur le tableau blanc.

— Qu'en est-il de nos enquêtes concernant le canoë ? Avons-nous découvert d'où il venait ?

— Oui, chef.

L'agent Phillip Parker leva la main.

— Eve Henderson de Penenden Heath. Elle s'est manifestée lorsque nous discutions avec les habitués du club d'aviron plus tôt aujourd'hui. Elle est rentrée de vacances hier et a découvert que le canoë avait disparu quand elle est arrivée là-bas. Elle était sur le point de le signaler quand nous sommes arrivés. Elle était surprise qu'il ait été pris, elle a dit qu'il avait été heurté par une péniche en juillet et n'était pas sûr à utiliser.

— Merci. Il semble que Greg l'ait volé pour mettre de la distance entre lui et le centre-ville et qu'il n'ait pas réalisé qu'il était endommagé. Il a confirmé lors de son interrogatoire qu'il fuyait, c'est pourquoi il l'a abandonné, dit Kay.

— Et s'il disait la vérité, et qu'il n'avait pas tiré sur

son frère ? dit Gavin. Que penser de son commentaire selon lequel Alice n'est pas en sécurité ?

— S'il dit la vérité sur le meurtrier de Robert, alors peut-être qu'il craint que cette personne ne se présente chez eux, dit Barnes. Je vais mettre en place une équipe de surveillance après ce briefing, mais Annette et Alice séjournent actuellement chez Kenneth.

— Elles devraient donc être en sécurité là-bas, dit Kay. Et il y a une surveillance vingt-quatre heures sur vingt-quatre aux portes. Contacte l'agent et alerte-le de ce que Greg nous a dit. Je ne veux pas qu'elles soient mises en danger s'il dit la vérité, alors dis-lui de rester vigilants.

— Oui, chef.

Elle fit une pause lorsque le téléphone de Debbie commença à sonner, et attendit pendant qu'elle parlait brièvement à l'interlocuteur puis mit fin à l'appel.

— On nous a accordé une prolongation supplémentaire en plus de celle de Sharp pour interroger Greg Victor, dit-elle. Compte tenu de la gravité de ce qu'il a fait, et étant donné qu'Alice ne sera pas interrogée avant demain matin, le magistrat a signé les papiers il y a un instant.

— C'est une bonne nouvelle. Merci, Debbie, dit Kay. Bien, certains d'entre vous sont ici depuis les premières heures ce matin, donc je déclare une fin de journée précoce. Nous avons eu un résultat fantastique aujourd'hui, et je vous suis très reconnaissante à tous pour votre ténacité et votre dévouement à ramener Alice Victor saine et sauve. Debbie, peux-tu faire circuler le planning pour ce soir et le reste de la semaine ? Comme ça, nous pourrons tous vous renvoyer à vos propres familles dès que possible. Ok, tout le monde, vous pouvez disposer.

Elle retourna à son bureau et prit son téléphone portable, puis sourit au message affiché sur l'écran de verrouillage.

Bien joué. Je t'aime — Adam.

Une pensée lui vint à l'esprit, une chaleur grandissant dans sa poitrine tandis qu'elle tapait une réponse.

— Tu t'en vas ? demanda Barnes en ramassant ses clés de voiture de son côté du bureau.

— Oui, répondit-elle en souriant. Il reste quelques heures avant que mes parents ne rentrent chez eux, et j'ai quelque chose à faire.

CHAPITRE 39

Kay se gara sur le parking à côté du 4x4 d'Adam, poussa la portière et écarta ses cheveux de ses yeux alors qu'une légère brise soufflait sur le paysage vallonné.

Des nuages gris s'amoncelaient à l'horizon, tandis qu'un orage de fin d'été prévu pour la soirée grondait à quelques kilomètres de là.

Ses talons s'enfonçaient dans la fine couche de gravier alors qu'elle traversait vers l'étendue verte du cimetière, et elle boutonna sa veste d'une main tout en tenant un bouquet de fleurs dans l'autre.

Un groupe de trois personnes se tenait au sommet de la colline, et elle pouvait distinguer la grande silhouette d'Adam qui l'attendait, les mains dans les poches du manteau léger qu'il portait.

Sa mère et son père se tenaient à côté de lui, les yeux de sa mère emplis d'inquiétude alors que Kay s'approchait. Son père tenait un autre bouquet de fleurs dans ses mains.

Adam sourit et la serra dans ses bras quand elle arriva près de lui, puis il l'embrassa.

— C'était une bonne idée, dit-il.

Elle sourit, puis se tourna vers ses parents.

— Merci d'avoir attendu. Je n'étais pas sûre de pouvoir sortir à temps pour vous voir avant votre départ.

— Ne dis pas de bêtises, dit sa mère. Nous aurions toujours pu rester une ou deux nuits de plus si nécessaire. Ton père n'a pas besoin d'aller à l'hôpital pour son prochain contrôle avant le début de la semaine prochaine.

— Vous êtes là depuis longtemps ?

— Nous sommes arrivés il y a environ vingt minutes, répondit Adam. Ta mère et ton père voulaient se dégourdir les jambes avant le trajet du retour, alors nous avons fait un tour le long de la clôture en t'attendant.

Kay expira pour évacuer une partie du stress des cinq derniers jours.

Elle se tourna jusqu'à ce qu'elle puisse voir en bas de la colline vers les champs ouverts derrière le quartier général de la police au-delà du cimetière. Elle ne cessait de s'émerveiller qu'en quelques minutes à peine après avoir quitté le travail, elle puisse se retrouver en pleine campagne. C'était la raison pour laquelle elle et Adam avaient choisi de s'installer dans cette ville, et pourquoi elle ne se voyait pas la quitter un jour.

Peu importe ce que son travail lui réservait, elle savait maintenant qu'elle pouvait y faire face.

— C'est un joli endroit, dit sa mère.

— Tu as raison.

Elle entrelaça ses doigts avec ceux d'Adam et serra sa main.

— On y va ?

Ils descendirent la pente jusqu'à atteindre une rangée de tombes simples, les ornements en pierre plus récents et moins usés que les autres. Des fleurs et des peluches avaient été déposées à côté de plus d'une, mais Kay détournait les yeux de celles-ci et se concentrait plutôt sur celle qu'elle cherchait au milieu de la rangée.

Il y avait trop de douleur ici, trop de tristesse, et elle ne pouvait pas supporter d'absorber le chagrin des autres alors qu'elle faisait encore face au sien.

Cela lui venait par vagues, s'abattant sur elle aux moments les plus inattendus, la réveillant en sursaut ou lui assénant un coup dans le sternum alors qu'elle rêvassait au milieu des réunions de direction.

Ils finirent par y arriver, la précision des lettres en bronze sur la pierre de granit mouchetée captant la lumière de l'après-midi.

Elizabeth Hunter-Turner. Fille bien-aimée, partie trop tôt.

Adam l'attira contre sa poitrine et l'embrassa.

— Je t'aime.

— Je t'aime aussi.

Elle lui mit le bouquet dans la main et se tourna vers sa mère et son père, qui s'étaient arrêtés à quelques pas pour leur laisser un moment seuls.

— Si vous attendez ici, je vais aller chercher de l'eau fraîche pour le vase.

Elle n'attendit pas de réponse et se détourna avant qu'ils ne puissent voir ses larmes.

S'éclaircissant la gorge, elle marcha le long de la

rangée jusqu'à un robinet qui avait été installé sous un if, elle rinça le vase en métal et s'appuya sur le robinet pour le remplir.

L'enlèvement et le sauvetage d'Alice avaient fait remonter des émotions qu'elle avait désespérément essayé d'enterrer, et alors qu'elle s'essuyait les yeux du revers de la main et reniflait, elle se demanda comment elle aurait fait face si elle avait été à la place d'Annette Victor.

C'était la raison pour laquelle elle avait été prête à tout pour retrouver la fillette de cinq ans. C'était pour cela qu'elle avait poussé son équipe à travailler si dur.

Elle ferma le robinet et se retourna vers les tombes.

Adam était accroupi à la base de la tombe d'Elizabeth, en train de parler à ses parents tout en arrachant des touffes d'herbe longue qui menaçaient d'effacer les dates inscrites sous l'épitaphe de leur fille. Il sourit quand elle le rejoignit et il prit le vase de ses mains.

—Viens là, dit sa mère.

Elle s'approcha et passa un bras autour de la taille de Kay, posant sa tête contre son épaule.

Ils restèrent silencieux pendant qu'Adam et son père arrangeaient les fleurs, et elle réalisa à quel point elle était reconnaissante que sa mère et elle se soient réconciliées. Elle avait eu peur de la réaction de sa mère face à sa fausse couche, peur d'être rejetée, et elle avait donc gardé la vérité pour elle pendant longtemps. Sa mère avait été inconsolable quand elle l'avait appris, au point de s'isoler de Kay.

Le temps et la maladie du père de Kay avaient aidé à guérir son ressentiment.

— J'aurais aimé la connaître. J'aurais aimé que nous en ayons la chance.

Expirant, elle s'éloigna de sa mère et sourit à son père.

— Merci d'être venus ici avec nous.

Il hocha la tête, incapable de parler.

Adam lui tapota le bras.

— Dis donc, Phil, et si on retournait à la voiture pour laisser ces deux-là avoir un moment, tu veux ?

Kay regarda les deux hommes s'éloigner vers le chemin principal, leurs voix n'étant plus qu'un murmure.

— Est-ce qu'elle va bien ? La petite fille que vous avez retrouvée ?

Elle se tourna vers sa mère.

— Je l'espère. La spécialiste l'interroge demain, et nous avons donné à sa mère les coordonnées d'un psychologue qui pourra l'aider si nécessaire.

— Est-ce qu'il lui a fait du mal ?

— Nous ne savons pas avec certitude. Pas encore. J'espère que non.

Elles commencèrent à se diriger vers le parking, la brise soufflant sur les épaules de Kay et faisant bruisser les feuilles des érables et des bouleaux argentés. Les couleurs commençaient à changer, avec une subtile teinte de jaune et d'orange dans les branches qui bordaient le cimetière, et un éparpillement de feuilles tombées précocement recouvrait l'herbe.

Sa mère s'arrêta de marcher et lui saisit le bras.

— Attends.

— Qu'est-ce qui ne va pas ?

— Rien.

Sa mère prit une profonde inspiration.

— Je voulais juste te dire. Maintenant, je comprends pourquoi tu fais ça, Kay. Je suis si fière de toi.

Kay retint ses larmes et passa son bras autour des épaules de sa mère.

— Merci.

CHAPITRE 40

Le lendemain matin, Kay vida les dernières gouttes de son troisième café et poussa la tasse à travers le bureau.

L'équipe avait passé le temps depuis le briefing du matin à aider Bethany à aménager la salle d'interrogatoire numéro deux de manière à ce qu'elle n'intimide pas Alice.

Barnes et Piper avaient transporté à travers le parking et dans le bâtiment une petite table basse et deux fauteuils confortables qui avaient été loués pour la journée, et ceux-ci avaient été installés à côté d'un tapis coloré et d'une boîte de jouets. Le détective plus âgé avait disparu à neuf heures, au grand désarroi de Kay, jusqu'à ce qu'il réapparaisse une demi-heure plus tard avec une collection de petites voitures.

— Annette t'a dit qu'Alice voulait être pilote de course, tu te souviens ? dit-il. J'ai pensé que ça pourrait aider.

Kay avait souri, sachant que l'enlèvement d'Alice avait ravivé des souvenirs douloureux pour son collègue, et elle était touchée qu'il ait accordé tant d'attention au bien-être d'Alice pour l'entretien à venir.

Elle rapprocha sa chaise de son bureau lorsque son téléphone sonna, le numéro de la réception du commissariat s'affichant sur l'écran.

— Hunter.

— C'est Hughes à l'accueil, chef. Madame Victor est là avec Alice.

— Merci, j'arrive tout de suite. Pouvez-vous les conduire dans la salle que nous avons préparée pour qu'elle puisse installer Alice ?

Elle reposa le combiné sur son socle et fit signe à ses deux agents.

— Carys, Piper, rendez-vous aux bureaux de Ken Archerton et parlez à Melissa Lampton. Voyez si elle peut éclaircir la déclaration de Greg Victor selon laquelle Robert était en danger. Demandez-lui s'il a reçu des menaces pendant qu'il était au travail. Après ça, passez chez Ken et vérifiez s'il a reçu des menaces contre l'entreprise ou ses employés. Avec un peu de chance, maintenant qu'Annette n'est pas dans les parages, il sera plus enclin à parler.

— Entendu, chef, dit Gavin. Bonne chance avec Alice.

— Merci, dit Kay. Ça ne va être facile pour aucun d'entre nous. Barnes, tu es prêt ?

— Oui, chef.

Kay rassembla son carnet, son téléphone portable et quelques stylos et elle commença à se diriger vers la porte derrière lui, quand Gavin l'interpella.

— Hé, Ian.

Barnes s'arrêta et regarda par-dessus son épaule.

— Quoi ?

Carys brandit le jouet qui trônait maintenant sur son bureau.

— N'oublie pas de prendre ton lapin, dit-elle.

— Très drôle.

Barnes leva les yeux au ciel tandis que la salle des opérations éclatait de rire, et Kay sourit.

— Tu savais que tu t'exposais à ça en le laissant sur ton bureau, dit-elle en le poussant doucement vers la porte. Pourquoi ne pas le ramener chez toi ?

— Parce que je n'ai nulle part où le mettre là-bas, et puis, que dirait Pia ?

Il atteignit le haut des escaliers et fit une pause.

— Pour être honnête, j'aime bien le voir là sur mon bureau. Ça me rappelle pourquoi je fais ce travail.

Kay sourit, puis le suivit dans les escaliers en direction des salles d'interrogatoire.

La porte de la salle d'interrogatoire numéro deux était ouverte, et lorsqu'elle entra, Bethany et Annette se turent et se tournèrent vers elle.

Alice se tenait à côté de sa mère, le visage baissé.

Kay jeta un coup d'œil aux yeux rougis de l'enfant et se tourna vers Annette.

— Je sais que ça va être pénible pour vous deux, mais c'est une partie essentielle de notre enquête en cours pour comprendre pourquoi tout cela est arrivé. Nous ferons de notre mieux pour rendre les choses aussi faciles que possible pour Alice, et elle sera installée confortablement ici.

Annette tamponna ses yeux avec un mouchoir froissé, puis renifla et força un sourire en regardant sa fille.

— Tu vas aider l'inspectrice Hunter et son équipe ce matin ?

La fillette de cinq ans baissa les yeux vers ses pieds, fit rebondir le bout de sa chaussure sur le sol carrelé, et haussa les épaules.

— Oui, répondit-elle.

— Je t'ai apporté de nouvelles voitures, dit Barnes. Tu veux les voir ?

Le visage d'Alice s'illumina tandis qu'elle prenait les jouets qu'il lui tendait et s'approchait de la table basse.

Kay se retourna vers Annette.

— Avant de commencer l'entretien avec Alice, je voulais vous interroger sur certaines entrées dans les relevés bancaires de Robert. Un de mes collègues a remarqué qu'il y a eu d'importants dépôts d'argent chaque mois depuis avril.

— Oh, il m'a dit que c'était une sorte de prime de performance qu'il avait reçue, c'est tout, dit Annette. Il avait conclu quelques bonnes affaires pour l'entreprise plus tôt dans l'année.

Alors que les tentatives d'Alice d'imiter des bruits de moteur et de freinage brusque remplissaient la pièce, Kay fit signe à Bethany.

— Nous devrions les laisser parler, Annette. Voulez-vous venir avec moi ? Je vais demander à quelqu'un de vous apporter une tasse de thé ou autre chose, et vous pourrez attendre dans notre cafétéria.

La mère de la fillette prit une profonde inspiration, puis hocha la tête.

— D'accord. Je suppose que plus vite vous

commencez, plus vite ce sera fini, n'est-ce pas ? Je reviens dans un moment, Alice.

— D'accord, Maman.

Bethany ajusta l'oreillette qu'elle portait.

— Chef, donnez-moi quelques secondes pour m'assurer que je vous entends bien quand vous serez dans la salle d'observation, s'il vous plaît.

— Pas de problème.

Kay envoya Annette à la cafétéria avec un agent de police, puis s'installa dans l'un des fauteuils face aux moniteurs dans la salle d'observation attenante.

Bethany avait joué avec Alice et maintenant elles étaient toutes les deux assises dans un fauteuil, les petites voitures allant et venant sur la table entre elles.

Kay parla dans le microphone à côté du moniteur, et Bethany prit un moment pour s'assurer qu'Alice était occupée avant de lever les yeux vers l'une des caméras et de hocher la tête.

Elle se rassit dans son fauteuil et se força à se détendre. Le lien de communication était le seul moyen pour elle et Barnes d'interagir avec Alice maintenant, et elle se mordit la lèvre en écoutant l'agente spécialisée guider Alice à travers le script soigneusement préparé.

Chaque question avait été formulée de manière à soutirer des informations à la petite fille sans lui causer de détresse inutile.

— C'est parti, marmonna Barnes. Allez, Alice. Tu peux le faire.

CHAPITRE 41

Gavin emboîta le pas à Carys, se protégeant les yeux du soleil tandis qu'il traversait la rue animée à côté d'elle.

Il émit un sifflement admiratif en levant les yeux vers la façade en pierre du bureau des négociants en vin, puis il rit en voyant la plaque bleue au-dessus d'une des fenêtres de devant.

— Sacré bureau.

— Je sais... attends de voir l'intérieur. Un vrai luxe comparé au nôtre, répondit Carys en souriant avant de pousser la porte d'entrée.

Tandis qu'il découvrait les lieux, Gavin laissa sa collègue prendre les devants et l'observa s'approcher de la femme assise derrière le bureau de la réception.

Les deux femmes parlèrent à voix basse, mais en voyant l'expression confuse de Carys, il s'avança.

— Il y a un problème ?

— Voici Sharon Eastman, dit Carys. Madame Eastman vient de m'informer que Melissa Lampton ne travaille plus ici.

— Comment ça ? Pourquoi ? demanda Gavin en fronçant les sourcils.

La réceptionniste pinça les lèvres.

— Je suis désolée, je n'ai pas le droit de parler des questions de personnel.

— Quand est-elle partie ? insista-t-il.

— Hier matin.

— Vous étiez là à ce moment-là ?

Elle s'assit et balaya du regard son écran d'ordinateur et son clavier, l'air malheureux.

— Oui.

— Que s'est-il passé, Sharon ? demanda Carys d'une voix douce.

Gavin leva les yeux vers l'escalier sur sa gauche et le palier au-dessus de la réception, mais l'endroit était silencieux. Derrière une porte fermée, il entendit un rire de femme, puis des voix. Son regard revint sur la réceptionniste.

— Vous pouvez nous le dire, Sharon. Ça pourrait nous aider.

La femme sortit un mouchoir en papier froissé de la manche de son chemisier et se moucha. Elle cligna des yeux.

— Je ne peux vous dire que ce que j'ai entendu. Je n'ai rien vu.

— D'accord, allez-y, l'encouragea Carys.

— C'est arrivé juste après mon arrivée, vers huit heures vingt. J'aime arriver dix à quinze minutes avant mon heure de début à huit heures trente, ça me donne le temps de m'installer et de prendre un café avant de désactiver le répondeur de nuit.

Gavin resta silencieux, la mâchoire serrée.

— Je venais de m'asseoir ici et j'allais mettre mon casque quand j'ai entendu quelqu'un crier à l'étage. Au début, j'ai cru que quelqu'un plaisantait, mais ensuite il a eu l'air en colère.

— Qui avait l'air en colère ? demanda Carys.

— John Lavender, il occupe un poste similaire à celui de Robert.

— Depuis combien de temps travaille-t-il ici ?

— Six mois. Ken l'a engagé quand sa santé s'est détériorée après l'hiver, pour qu'il puisse prendre en charge une partie de sa charge de travail.

— Continuez.

— J'ai entendu une femme parler ensuite, comme si elle essayait de le calmer, et j'ai reconnu la voix de Melissa.

— Pouviez-vous entendre ce qui se disait ?

Sharon secoua la tête.

— Que s'est-il passé ensuite ? demanda Gavin.

— J'ai entendu une porte s'ouvrir.

La réceptionniste baissa la voix et se pencha.

— Le bureau de John est celui tout au bout du couloir, à gauche en haut des escaliers. J'ai entendu la porte claquer, puis des pas sur le palier au-dessus de mon bureau. Ça devait être Melissa, parce que je l'ai entendue parler à l'une des filles du service administratif, puis elle est descendue ici. Elle m'a remis son badge d'accès à la porte d'entrée et le téléphone portable qu'elle utilise pour le travail.

— Vous a-t-elle dit quelque chose ? demanda Carys.

— Oui. Elle a dit que John lui avait demandé de partir.

Elle a dit qu'il lui avait expliqué qu'avec la mort de Robert, ils ne pouvaient plus se permettre de la garder car il n'y avait plus besoin d'une assistante personnelle supplémentaire. Elle tremblait quand elle est sortie par la porte d'entrée.

Gavin expira et haussa un sourcil en direction de sa collègue avant de se retourner vers Sharon.

— Je suppose que vous n'avez pas son adresse, par hasard ?

Sharon se mordit la lèvre.

— Je ne peux pas... Je vais avoir de gros ennuis. Vous devrez demander à monsieur Archerton ou à John quand il reviendra au bureau plus tard.

— Il est absent en ce moment ?

— Oui, il avait une réunion à dix heures à Hythe.

— Très bien, dit Carys.

Elle sortit une carte de visite de son sac et la lui tendit.

— Merci pour votre temps. Pouvez-vous donner ça à monsieur Lavender quand il reviendra et lui demander de nous appeler ?

Le téléphone à côté de Sharon se mit à sonner tandis qu'elle tournait la carte entre ses doigts, et elle hocha la tête.

— Je le ferai.

Gavin traversa l'épaisse moquette jusqu'à la porte d'entrée et la tint ouverte pour Carys. Il s'arrêta sur le trottoir et leva les yeux vers le bâtiment.

— C'était un peu soudain.

— N'est-ce pas ?

— J'aimerais bien entendre la version de Melissa.

— Moi aussi. Allez, viens, je vais conduire pendant que tu essaies de trouver son adresse.

Quelques instants plus tard, Carys manœuvrait dans la circulation tandis que Gavin tenait son téléphone à l'oreille.

— C'est qui ce John Lavender dont elle parlait ? demanda-t-elle. J'essaie de me souvenir de lui dans les déclarations.

— C'est un commercial comme l'était Robert, répondit-il. Un peu plus jeune, cependant. Je crois qu'il vient de la région de Staplehurst.

— On devrait lui parler cet après-midi s'il ne nous rappelle pas.

— Attends, dit Gavin.

Il activa le haut-parleur lorsqu'on répondit à son appel.

— Debbie ? Peux-tu nous trouver l'adresse de Melissa Lampton ? Elle n'est pas au travail, apparemment elle est partie hier et ne reviendra pas.

— Pas de problème.

Il entendit un bruissement de papiers, puis le cliquetis rapide des touches tandis que Debbie effectuait une recherche en ligne.

— Voilà. Elle doit être l'une des dernières personnes dans le coin à avoir un numéro de téléphone fixe qui n'est pas sur liste rouge. C'est une adresse à Borough Green. Je te l'envoie par texto.

— Merci, Debs.

— Tu vas l'appeler d'abord ? demanda Carys.

— Non.

Le téléphone émit un *ping*, et il lut l'adresse à voix haute.

— Je ne veux pas lui donner une excuse pour partir avant qu'on arrive.

Il donna l'adresse à Carys, puis s'installa confortablement pour le court trajet.

— À ton avis, que se passe-t-il ?

Elle haussa les épaules.

— Je n'en sais rien. Peut-être que Robert travaillait dans le dos de Ken pour essayer de conclure un accord avec un autre fournisseur ou quelque chose comme ça. Je veux dire, pour le moment, on ne sait même pas si Greg dit la vérité sur ce qui s'est passé. Ça pourrait être lui. Il aurait pu tirer sur son frère et il nous ment effrontément. J'imagine qu'on ne saura rien à moins qu'Alice puisse nous éclairer.

— Elle a l'air d'être une bonne gamine, non ? Je veux dire, intelligente.

— Espérons-le, dit Carys. Parce qu'on se raccroche à des brindilles en ce moment, pas vrai ?

Il pouvait entendre la frustration dans la voix de sa collègue, mais il n'avait aucune platitude à offrir.

CHAPITRE 42

Melissa Lampton vivait dans une maison jumelée dans une impasse donnant sur la rue principale de Borough Green.

Carys poussa un portail en bois pour entrer dans un jardin soigné avec des pavés en béton qui menaient à une porte d'entrée aux couleurs vives, et elle remarqua que la maison construite dans les années 1930 avait subi une rénovation. Des pots de tailles variées avaient été placés sur le pas de la porte, le bourdonnement régulier des abeilles accompagnant une bouffée de parfums provenant de lavande et d'abélias fortement parfumés.

Après avoir sonné à la porte, elle frappa sur la boîte aux lettres pour faire bonne mesure, puis étouffa un bâillement.

Le passage des équipes de nuit aux équipes de jour la laissait toujours misérable et désorientée pendant au moins quarante-huit heures, et elle ne regrettait pas son temps en tant qu'agente de police. Elle avait toujours du mal à dormir et ne comprenait pas comment les gens arrivaient à dormir huit heures ou plus – ni pourquoi c'était considéré comme normal.

— Tu veux qu'on aille prendre un café après ça ? demanda Gavin, l'air inquiet.

Elle parvint à sourire.

— Bonne idée. C'est ton tour de payer, non ?

— Très drôle.

Ils se retournèrent vers la porte lorsqu'elle s'ouvrit et que Melissa Lampton apparut, ses yeux gris s'écarquillant alors que son regard passait d'eux à la rue derrière puis revenait vers eux.

— Que faites-vous ici ?

— Nous nous demandions si nous pourrions avoir un mot rapide avec vous, madame Lampton. Pouvons-nous entrer ?

— Je suppose que oui.

Carys entra dans un couloir en cours de décoration. Un escabeau avait été replié et appuyé contre le mur derrière la porte d'entrée, tandis qu'un tas de bâches protégeait la moquette à côté de l'escalier. Divers pots de peinture étaient alignés le long de l'escabeau, avec deux pinceaux posés en équilibre sur les couvercles.

— Je n'arrive pas à me décider sur la couleur à choisir, dit Melissa.

Elle croisa les bras sur sa poitrine.

— Que voulez-vous, d'ailleurs ? J'ai déjà fait ma déposition et je vous ai parlé lundi.

— Nous comprenons que vous ne travaillez plus pour Wilkinson's Wine Merchants, dit Carys. Pourriez-vous nous dire pourquoi ?

— Il faudra demander à John Lavender. Ou à Ken.

La femme cracha ces mots, son dégoût évident.

— Madame Lampton, pourrions-nous peut-être nous asseoir quelque part ? dit Gavin. Nous aimerions entendre votre version des faits.

— Oh, très bien. Venez dans la cuisine. Le salon est un vrai bazar, je devais faire venir quelqu'un pour poncer le parquet ce week-end, mais je ne sais pas si je devrais maintenant. Je ne sais pas si je peux me le permettre.

Tandis qu'elle suivait la femme dans une cuisine à l'arrière de la maison, Carys se risqua à poser une autre question.

— Vous vivez seule ici ?

La bouche de la femme se tordit.

— Oui, Dieu merci. J'ai divorcé il y a cinq ans. Je ne referai pas cette erreur.

— D'accord.

Carys hocha la tête, devinant qu'on ne leur proposerait pas de tasse de thé.

— Avant que vous ne le demandiez, oui, j'ai été licenciée hier. Par John Lavender, en plus. Vous savez qu'il n'est chez Ken que depuis six mois ? Quel culot. Sharon vous l'a probablement dit, je savais qu'elle écoutait aux portes dès que j'ai vu son visage quand je suis descendue, mais ça n'aurait pas été difficile. Je pense que tout le bureau nous a entendus.

— J'imagine que sa décision a été un choc, dit Gavin.

— Ça m'est tombé dessus comme ça.

Melissa prit une respiration tremblante et retint ses larmes.

— Cinq ans que j'étais là. J'ai fait toutes sortes

d'horaires après mon divorce. Je ne sais pas ce que je vais faire maintenant.

— Vous n'avez reçu aucun avertissement qu'ils allaient vous licencier ?

— Aucun. Je veux dire, je sais que Ken est malade et tout, mais on aurait pensé qu'après tout ce temps, il aurait eu la décence de me le dire lui-même.

— Pour en revenir à votre travail avec Robert Victor, dit Carys. Vous a-t-il déjà donné une indication qu'il pensait que sa vie était en danger ? Ou qu'il était menacé d'une quelconque manière ?

— Non. Sinon, je vous l'aurais dit lundi quand nous avons parlé. C'était les affaires comme toujours jusqu'à...

Melissa s'interrompit et essuya ses yeux.

— Quel gâchis. Dieu merci, vous avez retrouvé sa fille.

— L'avez-vous déjà rencontrée ?

— Alice ? Une fois ou deux. Annette venait au bureau avec elle quand elles étaient en ville pour déjeuner avec Robert. Une adorable gamine. Pensez-vous qu'elle va s'en remettre ?

Carys pensa à l'entretien actuellement mené par l'agente spécialisée au poste et elle força un sourire.

— Nous l'espérons. Êtes-vous sûre qu'il n'y a rien d'autre qui vous vienne à l'esprit ? Quelque chose qui pourrait nous aider à comprendre pourquoi Robert a été tué ?

— Je ne crois pas, non.

— D'accord, merci pour votre temps. Nous allons vous laisser.

Déçue, Carys inclina la tête vers la porte, ses pensées

se tournant vers les questions qu'ils devraient poser à Kenneth Archerton, et elle suivit Gavin le long du couloir.

— Détective ?

Carys se retourna sur le pas de la porte, sa main sur le chambranle.

— Oui ?

Melissa s'accrochait à la porte comme si elle cherchait à se stabiliser.

— Il... il y avait quelque chose. Je me suis demandé hier si j'aurais dû vous appeler quand je m'en suis rendu compte.

— Rendu compte de quoi ?

Melissa se mordit la lèvre.

— J'ai donné le mauvais itinéraire à votre collègue.

— Pardon ?

— L'itinéraire de Robert. Pour son voyage en France. J'étais pressée une fois que notre système informatique fonctionnait correctement lundi quand j'ai imprimé l'itinéraire. Je ne m'en suis pas rendu compte. Je n'ai lu que la première page, parce qu'elle était identique, et je n'ai pas pris la peine de vérifier le reste. J'allais le lire avant de vous l'envoyer par e-mail, mais je me suis mise à parler avec Sharon et j'ai oublié. Je l'ai laissé à la réception, il y avait une panique concernant une livraison de Chablis qui était en retard et j'étais la seule disponible pour régler ça. Elle a dû le mettre dans une de ses corbeilles pour me le rendre et ça lui est sorti de l'esprit jusqu'à ce que votre collègue arrive en réclamant une copie mardi après-midi. Elle a supposé que c'était là pour ça, pour le lui transmettre.

— Je suppose que vous ne vous souvenez pas de ce qui était différent dans celui que vous deviez nous donner ?

— À l'origine, il devait visiter un vignoble à quelques kilomètres de Vallaire les deux derniers jours. Il m'a téléphoné pour annuler cette partie du voyage le dimanche soir avant son départ. J'ai dû me précipiter au bureau tôt le lendemain matin pour présenter ses excuses aux propriétaires et organiser son retour le mois prochain pour les rencontrer.

— A-t-il dit ce qu'il allait faire pendant ces deux derniers jours où il a changé ses plans ? demanda Gavin.

— Seulement qu'il avait des choses personnelles à régler et qu'il prendrait le même vol de retour vers Gatwick que j'avais réservé pour lui.

— Pourquoi ne pas nous en avoir parlé avant ? demanda Carys.

— Je suis désolée. Je n'y ai pas pensé sur le moment.

Carys réprima sa frustration.

— Juste une dernière question. L'itinéraire a-t-il été modifié d'une quelconque manière après la mort de Robert ?

La femme fronça les sourcils.

— Non. Pas que je sache, en tout cas. Pourquoi l'aurait-il été ?

— Peu importe. Merci pour votre temps.

— Vous ne pouvez dire à personne que vous êtes venus ici, d'accord ? Je ne veux pas qu'ils sachent que vous m'avez parlé.

Ses yeux s'écarquillèrent.

— J'ai besoin de cette indemnité de licenciement, je ne

sais pas combien de temps cela me prendra pour trouver un autre emploi s'ils ne me donnent pas de référence.

— Nous serons aussi discrets que possible, répondit Carys.

CHAPITRE 43

— Waouh, quelle belle propriété, dit Gavin tandis que Carys franchissait les grilles en fer forgé et remontait l'allée menant à la maison de Kenneth Archerton.

— Chaque fois que je vois une maison aussi grande, je me demande combien de temps il faut pour la nettoyer, dit-elle. Quel cauchemar.

— Si tu peux te permettre ça, tu peux te permettre du personnel. Il a une aide-soignante, non ? Je me demande pourquoi il a répondu lui-même à l'interphone.

— Il passait probablement par là quand j'ai appuyé sur le bouton. Ce n'est pas comme si elle était à ses petits soins, n'est-ce pas ?

— Kay a dit d'utiliser la porte latérale. Apparemment, celle de devant est à nouveau verrouillée à cause des journalistes qui étaient chez Annette.

— La route est silencieuse maintenant, non ?

Carys vérifia dans son rétroviseur.

— Je n'ai vu personne.

— C'est de l'histoire ancienne maintenant qu'Alice a été retrouvée. J'ai entendu dire que la commissaire avait mis fin aux patrouilles ici et chez Annette Victor plus tôt aujourd'hui. Pas assez de personnel pour assurer la couverture.

— Bon sang.

En sortant de la voiture, elle leva les yeux vers les fenêtres du dernier étage, où se reflétaient le ciel bleu et les nuages blancs dans le verre étincelant, puis elle cligna des yeux en apercevant un mouvement à l'extrémité de la maison. Un visage apparut à l'une des fenêtres du rez-de-chaussée, des yeux qui la fixaient sous des sourcils broussailleux qui contrastaient avec ses cheveux clairsemés.

Elle montra sa carte de police, et l'homme hocha la tête.

— Il ne prend aucun risque, dit Gavin en la suivant le long du chemin.

— Je ne le blâme pas. Ce sera aussi pénible, sinon pire, quand cette affaire passera en jugement.

Carys ne prit pas la peine de frapper lorsqu'ils atteignirent la porte – elle pouvait entendre Kenneth Archerton déverrouiller la solide serrure à mortaise, et elle recula d'un pas quand il ouvrit.

— Oui ?

— Enquêteuse Carys Miles, monsieur Archerton. Voici mon collègue, l'enquêteur Gavin Piper. Nous nous demandions si nous pourrions entrer, s'il vous plaît ? Nous avons encore quelques questions à vous poser dans le cadre de notre enquête en cours.

— Bien sûr. A-t-il dit quelque chose ?

Archerton se déplaça sur le côté et leur fit signe d'entrer.

— Je crains de ne pas pouvoir commenter cela.

Elle attendit qu'il reverrouille la porte.

— Venez par ici.

Il se traîna vers la cuisine, le bruit sourd de ses cannes résonnant sur les dalles tandis qu'il traversait jusqu'au plan de travail.

— Patricia est sortie pour le moment, mais je peux vous offrir un café, dit-il en désignant une machine ultramoderne qui brillait sous les lumières vives.

— Merci, mais ça ira, monsieur Archerton, dit Carys. Voulez-vous vous asseoir ?

— Je le voudrais, autant que je déteste l'admettre. Maudite maladie.

Il grimaça, puis désigna une longue table qui avait été construite à partir d'un seul tronc d'arbre, les tourbillons et les nœuds laissés en place. Huit chaises étaient disposées autour, et il se dirigea vers celle en bout de table avant de s'y affaisser avec un gémissement, puis il appuya ses cannes contre la chaise à côté de lui.

— Je croyais que vous parliez à Alice ce matin ?

— Elle est en train d'être interrogée par une spécialiste au poste en ce moment, monsieur Archerton. Je doute qu'ils en aient encore pour longtemps.

Carys parcourut ses notes du regard.

— Est-ce que Greg Victor avait quelque chose à voir avec vos intérêts commerciaux ?

Archerton fronça les sourcils.

— Non, rien du tout.

— L'aviez-vous rencontré ?

— Quelques fois, comme je l'ai dit à votre collègue. Depuis qu'il a déménagé ici, je l'ai probablement vu une ou deux fois chez Annette et Robert pendant l'été.

— Est-il déjà venu ici ?

— Pas en tant qu'invité, non. Peut-être une ou deux fois pour récupérer Alice quand il s'en occupait pour Annette. Et, avant que vous ne le demandiez, il ne m'est jamais venu à l'idée que je devrais l'inviter. Nous n'étions pas ce que j'appellerais « proches ».

— Et Robert, comment vous entendiez-vous avec lui ? demanda Gavin.

Archerton passa ses doigts sur les tourbillons de la table.

— Je l'aimais bien. Je l'aimais beaucoup. Il se souciait tellement d'Annette et d'Alice. Il n'aurait pas pu être un meilleur père.

— Avez-vous eu des problèmes avec lui au travail ?

— Pas que je me souvienne. C'était quelqu'un à qui je pouvais me confier, nous travaillions ensemble sur les négociations, les problèmes qui pouvaient survenir, ce genre de choses. Il est irremplaçable. Je ne sais pas ce que nous allons faire sans lui.

— Y avait-il des problèmes entre lui et vos clients qui vous inquiétaient ? dit Carys.

— Non.

Il se frotta le menton.

— Pensez-vous que Robert a été tué à cause de quelque chose lié à mon entreprise ?

— C'est ce que nous essayons de déterminer, répondit Carys. Ses déplacements en France semblent erratiques. Il a modifié son itinéraire pour annuler des rendez-vous au dernier moment, et les deux endroits où le GPS de la voiture de location le situe ne sont nulle part près de vignobles connus.

Gavin lui tendit une photocopie d'une carte sur laquelle étaient marquées les deux rues dans les villes identifiées par le GPS.

— Avez-vous des intérêts commerciaux dans l'un de ces deux endroits ?

Archerton prit la carte, remonta ses lunettes sur son nez et plissa les yeux sur la page.

— Ils ne sont nulle part près des vignobles, comme vous le dites, alors pourquoi en aurais-je ?

— Comment était le mariage de votre fille ? demanda Carys. Avez-vous vu ou entendu quelque chose qui vous inquiétait ?

— Non. Robert était un bon père pour Alice, il était facile à vivre, et il était un atout pour mon entreprise.

Le visage d'Archerton s'assombrit.

— Je ne sais pas ce qu'Annette va faire sans lui. Je lui ai suggéré qu'elle devrait peut-être vendre la maison et venir vivre chez moi. C'est assez grand, après tout.

— Comment allait Alice hier soir ?

— Elle était heureuse d'être ici. Confuse par l'absence de son père, et ne comprenant pas pourquoi elle ne peut pas voir son oncle.

Sa lèvre supérieure se retroussa.

— Annette le lui a dit hier soir après le dîner. Que son père ne reviendrait pas. Pauvre petite.

Archerton tendit la main vers ses cannes, se leva lentement et se traîna sur les dalles jusqu'à ce qu'il regarde par la fenêtre le jardin paysager au-delà.

— Alice est si triste en ce moment, je veux juste la voir sourire à nouveau.

Il soupira.

— J'espère que le spécialiste qu'elle doit voir lundi sera d'accord, mais je pense qu'elle devrait commencer l'école dès que possible. Au moins, cela lui donnera une sorte de routine dans sa vie pendant que nous traversons ce gâchis.

Carys tourna la page de son carnet, laissant un silence descendre sur la cuisine pendant un moment, puis elle se pencha en avant.

— Pourquoi John Lavender a-t-il licencié Melissa Lampton hier ?

— Pourquoi ? A-t-elle porté plainte ?

— Pas du tout. Nous sommes allés au bureau pour lui parler, et nous avons été surpris d'apprendre qu'elle ne travaille plus pour vous.

— Ce n'était pas une décision facile, dit-il. Mais John et moi, c'est mon autre directeur commercial, avons examiné les chiffres lundi soir, et avec l'enlèvement d'Alice et le meurtre de Robert... disons simplement que certaines des ventes que nous avions intégrées dans notre trésorerie pour les six prochains mois ne se concrétiseront probablement pas. Nous perdons des clients à cause de Greg Victor, détective. Cela signifie que je perds de l'argent. Sans Robert, je ne peux pas me permettre de garder une assistante personnelle qui n'assiste plus personne. Il y a quelques années, j'aurais pu la garder par sens du devoir, mais aujourd'hui, mon sens du devoir va à mon entreprise. Sinon, je n'aurai rien à léguer à Annette et Alice quand je ne serai plus là. Bien sûr, une fois que l'entreprise se sera stabilisée, je pourrais envisager d'inviter Melissa à nous rejoindre à nouveau.

— Vous dites que votre décision était purement commerciale ? demanda Gavin.

— Oui, c'est le cas. Écoutez, je ne suis pas fier de moi pour ça, et c'est la raison pour laquelle son indemnité de licenciement est de plusieurs mois supérieure à ce que la loi m'oblige à donner. Au moins, elle pourra finir les rénovations de sa maison pendant qu'elle cherche du travail.

Carys repoussa sa chaise.

— Merci pour votre temps, monsieur Archerton. Nous allons vous laisser.

— Pas de problème, détective.

Son visage se tordit en une grimace alors qu'il déplaçait les bâtons dans sa main.

— Nous allons trouver la sortie, monsieur Archerton, dit Gavin.

CHAPITRE 44

Plus tard dans l'après-midi, Kay jeta un coup d'œil aux visages épuisés de son équipe d'enquête et se dirigea vers le bureau de Debbie.

— Tu peux commander une douzaine de pizzas à livrer ? dit-elle en lui tendant sa carte de débit. J'ai le sentiment que je ne serai pas la seule à avoir besoin de glucides pour tenir le coup pendant le briefing.

L'agente de police sourit et prit son téléphone.

— Au moins comme ça, tu auras leur attention.

— C'est ce que j'espère.

Un mouvement près de la porte attira son attention et elle fit un signe de tête à Carys et Gavin qui se dirigeaient vers leurs bureaux. Elle laisserait l'équipe rassembler ses idées et mettre à jour ses notes dans la base de données HOLMES2, puis commencerait.

— Comment s'est passé l'entretien d'Alice ? demanda Sharp en s'arrêtant près de son bureau, une tasse de café à la main.

— Bethany a été brillante, répondit-elle. C'est la

première fois que je travaille avec elle, et j'ai été vraiment impressionnée. Alice a aussi été très courageuse.

— Avons-nous assez d'éléments pour inculper Greg Victor ?

— Je dirais que oui pour l'enlèvement, après la conversation que je viens d'avoir avec Jude Martin du ministère public.

Sa bouche se tordit.

— Je ne suis pas sûre pour le meurtre.

— Eh bien, nous l'avons encore pour quelques heures, grâce au magistrat. Voyons ce que nous pouvons trouver pendant ce temps concernant le meurtre. Sinon, nous l'inculperons pour les délits liés à l'enlèvement et continuerons à travailler sur ce que nous avons, dit Sharp. Alice n'a rien entendu ?

— Elle a dit avoir entendu un bang, mais je pense qu'elle est trop jeune pour faire le rapprochement.

— Mince. Donc, pour le moment, nous n'avons que la parole de Greg comme quoi il n'a rien à voir avec la mort de son frère ?

— Oui.

Elle désigna du menton l'endroit où Carys et Gavin étaient assis à leurs bureaux, penchés sur leurs claviers d'ordinateur.

— À moins que ces deux-là ne puissent apporter un éclairage sur le fait que quelqu'un d'autre aurait eu un motif.

— Eh bien, nous verrons ce qui ressortira de ce briefing, et ensuite je pense que toi et moi devrions interroger Greg à nouveau. Peux-tu demander à quelqu'un d'appeler son avocat et de le faire venir ici pour dix-sept heures ?

— Je m'en occupe.

— Je vais me joindre à vous pour le briefing.

Sharp souffla sur le dessus de son café.

— Je vais juste voir ce que Debbie a réussi à glisser dans ma corbeille d'arrivée d'abord.

Il fit un clin d'œil et traversa la salle des opérations jusqu'à son bureau, s'arrêtant pour parler à différents membres de l'équipe en passant.

Kay passa les dix minutes suivantes à son bureau, à faire défiler la liste des e-mails apparus depuis le matin pour déléguer ce qu'elle pouvait, puis elle regarda par-dessus l'écran de son ordinateur alors que le sergent Hughes apparaissait à la porte avec une pile de boîtes à pizza en équilibre dans ses bras.

— Tu soudoies encore les troupes, chef ? demanda Barnes.

— Ça marche, non ? Tu es toujours là.

Il rit, rassembla son carnet et son téléphone, et commença à pousser sa chaise vers l'avant de la pièce.

— Je te retrouve de ce côté de la pièce.

Elle verrouilla l'écran de son ordinateur, se dirigea vers le tableau blanc au bout de la pièce, puis dégagea de la place sur l'une des tables à côté pour les boîtes à pizza.

— Allez, servez-vous pendant que c'est encore chaud. Quelqu'un peut-il prendre des serviettes en papier ?

Prenant une part garnie de jambon et d'ananas, elle fit un pas de côté. D'un seul mouvement, son équipe se précipita vers la nourriture, leurs bavardages joyeux emplissant l'air tandis qu'ils se bousculaient pour leurs garnitures préférées.

L'atmosphère avait changé depuis l'arrestation de Greg Victor et le retour d'Alice, et bien qu'elle sente qu'ils n'étaient pas moins motivés, elle reconnut qu'une partie de l'ardeur de l'enquête s'était éteinte maintenant que l'urgence s'était apaisée.

Ce serait à elle de maintenir leur concentration afin de présenter une affaire convaincante au ministère public, et elle n'avait aucune intention d'abandonner Annette Victor et sa fille dans leur quête de justice pour ce qui leur était arrivé.

Sharp dominait la fin de la file d'attente pour la nourriture, il prit sa part puis s'appuya contre l'encadrement de la porte de son bureau pendant qu'il mangeait, son regard errant ses agents alors qu'ils trouvaient des sièges ou un autre endroit où se percher.

Kay finit de manger, attrapa une autre part avant que tout ne disparaisse, et la mit de côté sur une serviette en papier sur la table à côté d'elle avant de s'essuyer les doigts.

— Bien, commençons.

Elle désigna le tableau blanc.

— Avant d'en venir aux tâches d'aujourd'hui, je vais vous faire un rapide compte rendu de l'entretien d'Alice ce matin. Bethany a passé un peu plus d'une heure avec elle, et moi-même et Barnes observions via une liaison vidéo. Après avoir établi un rapport avec Alice, Bethany lui a posé des questions sur sa relation avec son oncle. Il semble que depuis qu'il a emménagé chez Annette et Robert, il ait passé beaucoup de temps avec Alice, la récupérant de temps en temps à la maternelle et faisant du baby-sitting pour donner un peu de temps libre à ses parents le soir. Elle dit qu'il parlait beaucoup de sa propre fille, Sadie, et qu'elle était impatiente de revoir sa cousine.

— La famille heureuse, alors, dit Gavin.

— En effet. Quand on lui a posé des questions sur la sortie en bateau, Alice est devenue agitée, grincheuse, plutôt que bouleversée cependant. Elle l'attendait avec impatience, et elle a dit que Greg avait promis de l'emmener en bateau « tout l'été ». Elle a confirmé ce que Greg avait dit à propos de l'arrêt pour déjeuner au pub de Yalding, et qu'elle avait joué sur les balançoires du parc, celui près du pont de Teston. Bethany lui a demandé pourquoi elle était fâchée, et Alice a dit que son père avait tout gâché. Quand on lui a demandé comment il avait fait ça, Alice a dit qu'il était arrivé au bateau, et que son oncle semblait agacé de le voir. Elle a dit qu'ils essayaient d'être joyeux, mais qu'elle pouvait voir que c'était un effort pour eux.

Kay fit une pause et vérifia ses notes.

— Quand Greg préparait le dîner, il « faisait beaucoup de bruit, claquait les portes des placards et tout ». Après le dîner, on lui a dit de jouer avec ses jouets, et les deux frères sont sortis sur le pont.

— A-t-elle pu entendre quoi que ce soit de leur conversation, chef ? demanda Parker.

— Non, d'après ce que Bethany a pu déterminer. Après un moment, Alice ne pouvait pas dire combien de temps s'était écoulé, Robert est revenu dans la cabine et lui a dit qu'elle devait partir. Il a commencé à jeter certains de ses vêtements dans un sac. Elle a dit qu'elle était contrariée parce qu'il « froissait les affaires au lieu de les plier » et que sa mère aurait été fâchée si elle avait vu ça. Il lui a dit de choisir un jouet à emporter mais elle n'arrivait pas à se décider assez vite pour lui, alors il lui a donné le lapin.

Kay attendit que son équipe termine de prendre des notes, puis elle continua.

— Bethany a demandé à Alice si son père lui avait dit quelque chose avant qu'elle ne quitte le bateau, et elle a dit qu'il lui avait dit qu'elle était une bonne fille, et lui avait fait un câlin. Elle a dit qu'elle lui avait répondu qu'elle voulait rester sur le bateau avec lui, mais il s'est accroupi et a dit qu'il y avait un méchant homme après lui, et qu'elle devait partir avec son oncle Greg parce qu'il l'emmènerait loin et la garderait en sécurité.

Un silence s'installa lorsque Kay eut fini de parler, et elle jeta son carnet sur la table.

— Elle ne se souvient pas avoir vu quelqu'un d'autre près du bateau quand ils sont partis, mais elle dit avoir entendu un grand bruit. Elle a dit que Greg s'était arrêté de marcher un instant et s'était retourné vers le bateau, mais qu'il avait ensuite changé d'avis. Il l'a prise dans ses bras et s'est mis à courir dans la direction opposée.

— Bon sang, dit Barnes.

— Comment allait-elle quand Bethany a terminé ? demanda Carys.

— Elle s'ennuyait.

Kay réussit à sourire.

— Et vous serez contents d'apprendre que Bethany a réussi à lui faire dire que Greg ne l'avait pas touchée de façon inappropriée, ce qui corrobore l'examen de l'ambulancière d'hier, c'est déjà ça.

Un soupir collectif de soulagement parcourut la pièce.

— Elle s'est un peu énervée quand Annette est venue la ramener chez Ken, dit Kay. Annette a dit qu'Alice réclamait de rentrer chez elle, parce qu'elle voulait être là où son papa était heureux.

— Ils lui ont dit, alors ? demanda Sharp.

— Oui, hier soir. Annette a dit qu'elle pensait que c'était mieux ainsi.

Kay cligna des yeux et expira.

— Bon, écoutons les autres. Carys et Gavin, qu'avez-vous à nous rapporter ?

Gavin fit signe à sa collègue de prendre la parole, et Carys s'avança vers le devant de la salle pour être mieux entendue.

— Nous sommes d'abord allés au bureau pour parler à Melissa Lampton, mais elle a été licenciée hier.

L'enquêteuse laissa la vague de questions s'estomper avant de reprendre la parole.

— Nous sommes allés lui parler chez elle, et bien qu'elle ait été réticente au début, elle a confirmé ce qu'on nous avait dit au bureau : le directeur commercial restant, John Lavender, l'a informée à son arrivée hier matin que, Robert étant décédé, son poste n'était plus tenable. Nous pensions que c'était tout ce que nous obtiendrions d'elle, mais au moment où nous partions, Melissa a dit qu'elle avait fait une erreur en nous remettant le mauvais itinéraire plus tôt cette semaine.

— Quoi ?

Kay fit volte-face, s'éloignant du tableau blanc où elle prenait des notes.

— C'est ce qu'elle a dit, chef. Elle a dit que l'itinéraire

que nous avons reçu n'était pas l'original de Robert, et qu'elle allait nous envoyer celui qui incluait son trajet initial, celui avec les deux vignobles qu'il devait visiter. Nous avons eu la version révisée, celle qu'elle a dû modifier à la dernière minute parce que Robert l'avait appelée dimanche soir pour annuler ses projets des deux derniers jours.

— Qu'a dit Ken Archerton quand vous lui avez parlé ?

— Il a dit que Lavender avait parlé à Melissa la veille en son nom, et avait déclaré que le meurtre de Robert avait eu un effet négatif sur leurs prévisions de trésorerie, mais sans donner plus de détails. Nous lui avons montré une carte indiquant les deux endroits où Robert s'est rendu, et il a confirmé qu'il n'y avait aucun intérêt commercial et qu'il ne savait pas pourquoi il aurait visité ces villes. Il dit aussi qu'il n'a pas connaissance de problèmes entre Robert et leurs clients.

— D'accord, merci à vous deux.

Kay mordit dans sa deuxième part de pizza, parcourut des yeux les notes sur le tableau tout en mâchant, et se demanda si son équipe obtiendrait enfin la percée dont ils avaient tant besoin.

CHAPITRE 45

Kay s'arrêta au bas des escaliers et vérifia ses messages en attendant que Sharp la rejoigne.

Le rapport de Carys l'avait intriguée : ils avaient reçu un itinéraire différent selon Melissa Lampton.

— Tu es prête ? demanda Sharp en descendant les dernières marches. Tu avais l'air perdue dans tes pensées.

Kay baissa son téléphone.

— Je réfléchissais à la déclaration de Melissa. Et si on n'était pas censés connaître les changements dans ses plans ou le fait qu'il ait rendu visite à quelqu'un dans ces deux villes ?

— On l'aurait su de toute façon grâce à son GPS.

— Non, justement, parce qu'on n'a demandé les informations GPS à la société de location qu'après avoir reçu l'itinéraire pour essayer de savoir où il était allé. C'est comme ça qu'on a découvert qu'il s'était écarté des régions viticoles.

Sharp se frotta le menton.

— Bien vu.

— Écoute, je vais demander à Carys et Gavin de creuser ça demain matin. Il n'y aura personne au siège de la société de location là-bas pour le moment, ils ont une heure d'avance sur nous. On n'a reçu que les informations GPS approximatives qui nous indiquaient le quartier où Robert s'est rendu. Ils doivent avoir les coordonnées exactes. On pourrait ensuite demander à quelqu'un sur place d'y jeter un œil pour nous, non ?

— Même avec un soutien local, ça pourrait prendre quelques jours pour faire signer les papiers, dit Sharp. Et il n'y a aucune chance que la commissaire nous accorde des fonds supplémentaires pour envoyer quelqu'un là-bas.

— On peut au moins lancer la procédure, dit Kay. Il se peut qu'on n'ait pas besoin de ces informations si Greg se met à parler, mais j'aimerais écarter cette piste. Dans tous les cas, ça nous aidera à corroborer les données qu'on a déjà.

— Ok, je vais signer les papiers. Mais demande à Carys ou Gavin de me les apporter avant dix heures demain matin, j'ai des réunions au quartier général à partir de dix heures et demie.

— Merci. On va voir ce que Greg a à nous dire ?

Quand elle ouvrit la porte de la salle d'interrogatoire numéro deux, la première chose qu'elle remarqua fut que tous les meubles rembourrés et les jouets fournis pour l'entretien d'Alice avaient disparu. À la place, la pièce avait retrouvé son décor spartiate, avec une table et quatre chaises comme seul mobilier.

L'avocat de Greg Victor leur fit un signe de tête lorsqu'ils prirent place, et Kay tendit la main pour démarrer l'enregistrement avant de lire la mise en garde formelle et de noter que leur conversation était une continuation de l'entretien précédent.

— Avez-vous parlé à Alice ? demanda Greg. Est-ce qu'elle va bien ?

— Que pouvez-vous nous dire sur John Lavender ? demanda Kay.

— Je ne le connais pas.

— Vous en êtes sûr ? Parce qu'il semble très impliqué dans l'entreprise de Ken. Il occupe un poste similaire à celui de votre frère.

— Robert l'a peut-être mentionné une fois ou deux.

— Quand ?

— Pendant l'été.

— Qu'a-t-il dit à son sujet ?

Greg tapota la table de la main, puis s'arrêta.

— Il a dit qu'il était nouveau, que Ken l'avait fait venir il y a quelques mois quand sa santé a commencé à décliner.

— Était-il contrarié que Lavender prenne un rôle plus important dans l'entreprise ?

— Un peu. Je crois qu'il pensait être le choix évident pour la succession, mais Ken semblait orienter l'entreprise dans une direction différente.

— De quelle manière ?

— Il ne me l'a pas dit. Il s'est tu à ce moment-là, parce qu'Annette est entrée dans la pièce.

— Robert a-t-il mentionné John Lavender pendant votre conversation sur le bateau vendredi soir dernier ?

— Non. Il a commencé à dire quelque chose, mais c'est à ce moment-là qu'il m'a dit qu'il avait vu quelqu'un près du pont. Et puis il m'a dit de prendre Alice et de quitter le bateau.

Sharp fit signe à Kay de mettre fin à l'entretien, puis il sortit dans le couloir et ferma la porte.

— Qu'en penses-tu ?

— Je pense qu'on se rapproche, chef. On n'y est pas encore, mais je crois qu'on devrait parler à ce John Lavender sous caution avant d'aller plus loin avec Greg.

— Carys et Piper n'ont pas interrogé Archerton à son sujet ?

— Ils n'étaient pas au courant du contexte par rapport à ce qu'on a appris de Greg depuis.

— Retourne là-bas, découvre comment Archerton connaît Lavender, comment il l'a recruté et quel est son parcours. Autant savoir à qui on a affaire pour pouvoir élaborer une approche stratégique pour l'interrogatoire.

— D'accord. J'emmènerai Barnes là-bas demain à la première heure.

CHAPITRE 46

Le lendemain matin, Kay tournait la page d'un rapport interne tandis que Barnes rétrogradait pour ralentir la voiture.

— Tiens donc. Qui est-ce ? marmonna-t-il.

Elle leva la tête et regarda à travers le pare-brise alors qu'une élégante berline noire sortait de l'allée de Ken Archerton et accélérait dans la direction opposée.

— Tu as relevé la plaque d'immatriculation ? dit-elle, stylo en main.

Barnes la récita de mémoire, puis freina et s'engagea dans la propriété d'Archerton.

— Tu l'as reconnu ?

— Non, ce n'est pas quelqu'un que j'ai déjà vu. Mon Dieu, j'espère que ce n'était pas encore un journaliste.

Elle vit la mâchoire de son collègue se crisper alors qu'il freinait pour s'arrêter devant la maison.

— Au moins, il les aura sur caméra si c'était le cas, dit-il en désignant du menton l'objectif brillant pointé sur eux depuis le dessous du toit du porche.

— Bon, allons lui dire un mot.

Avant que Kay ne puisse se diriger vers le côté de la maison, la porte d'entrée fut brusquement ouverte, et Patricia Wells les regarda depuis l'embrasure, le visage pâle, agrippée à la surface en chêne.

— Est-ce qu'il est parti ?

Sa voix tremblait, et elle recula d'un pas lorsque Kay s'approcha.

— Vous voulez parler du propriétaire du véhicule que nous venons de voir partir d'ici ?

— Oui.

— Je pense que oui, madame Wells, nous l'avons vu partir sur la route en direction de Hurst Green. Qui était-ce ?

— Attendez.

Elle disparut derrière la porte un instant, et Kay entendit le bourdonnement mécanique alors que les grilles en fer forgé de l'allée commençaient à bouger. Patricia lissa son chemisier en revenant, et se mit de côté pour les laisser entrer.

— Désolée pour ça.

— Qui était-ce ? demanda Barnes. Un journaliste ?

— Non, même si j'aurais presque préféré. Il a dit qu'il travaillait avec monsieur Archerton quand il a sonné à l'interphone de sécurité, alors j'ai pensé que ce serait bon.

— Que s'est-il passé ? dit Kay. Voulez-vous nous conduire à la cuisine pour vous asseoir ?

— Je-je… Oui, c'est probablement une bonne idée. Je suis désolée. Je suis juste un peu secouée, c'est tout.

Kay laissa la femme marcher devant, puis leva un sourcil vers Barnes.

Son collègue haussa les épaules.

— Allons-y.

Kay entra dans la cuisine pour trouver Patricia en train de se verser un verre d'eau d'une carafe filtrante.

— Vous en voulez ? dit-elle.

— Ça ira, merci, madame Wells.

— S'il vous plaît, appelez-moi Patricia. « Madame Wells » me fait ressembler à mon ex-belle-mère.

Elle réussit à former un petit sourire, puis s'appuya contre le plan de travail et vida la moitié du verre.

— Oh, mon Dieu. Regardez-moi. Dans quel état je suis.

— Prenez votre temps, dit Kay. Monsieur Archerton est-il ici ?

— Non, il avait un rendez-vous chez le médecin en ville, alors il est parti il y a une demi-heure. Je ne pouvais pas l'emmener parce que j'ai une dame chez qui je dois aller faire le ménage à dix heures.

Barnes fit un geste vers le groupe de chaises autour de la table.

— Voulez-vous vous asseoir et nous dire qui c'était ?

— D'accord.

Elle s'assit et prit une gorgée d'eau.

— Je me sens si bête maintenant. J'ai probablement juste exagéré.

— Vous aviez l'air d'avoir eu une frayeur, dit Kay.

— Il était tellement grossier, c'est tout.

— Qui était-ce ?

— Je ne sais pas, je ne l'ai jamais rencontré auparavant. Il a dit qu'il travaillait pour monsieur Archerton. C'est évidemment pour ça qu'il est venu ici. Il le cherchait. Quand je lui ai dit qu'il était sorti pour un rendez-vous, il m'a dit que je devrais lui dire qu'il devait arrêter d'éviter leurs appels téléphoniques et les contacter.

Kay fronça les sourcils.

— Une idée de qui il voulait parler ?

— Non, je n'en ai aucune idée. Je ne suis pas au courant d'appels manqués. Monsieur Archerton a toujours une ligne fixe ici pour que je puisse répondre au téléphone au cas où il ne pourrait pas y arriver.

— Je suppose qu'il a un portable ?

— Oui, mais il le porte sur lui tout le temps.

— Pourriez-vous décrire l'homme qui était ici ?

Patricia se balança sur sa chaise et tourna son regard vers la fenêtre.

— Voyons voir. La quarantaine, peut-être, teint foncé, comme s'il avait des origines italiennes ou espagnoles. Plus grand que moi, environ votre taille, détective. Peut-être un peu plus. Il portait un costume gris et une chemise bleue. Des yeux bruns.

— Les caméras de sécurité fonctionnent-elles, Patricia ?

Barnes posa ses mains sur le dossier d'une des chaises et se pencha en avant.

— Peut-être pourrions-nous jeter un œil aux images ?

À la surprise de Kay, la femme sourit.

— Oh, je suis désolée, dit-elle. Elles ne sont pas réelles. Madame Victor les a installées pour dissuader les gens. Nous avons eu des locaux qui passaient par ici et ralentissaient pour regarder à travers les grilles, alors elle a pensé qu'elle les installerait au-dessus des portes au cas où ils auraient l'idée de sonner.

Kay tendit le cou jusqu'à ce qu'elle puisse voir le long du couloir.

— Où sont Annette et Alice ?

— Annette a conduit son père à son rendez-vous, et elle a emmené Alice avec eux. Elle a dit qu'elle allait faire un saut en ville pendant qu'il était chez le médecin pour acheter de nouvelles chaussures à Alice pour l'école.

Elle leva les yeux au ciel.

— Cette fille grandit si vite, elle ne voulait pas prendre le risque de les acheter au début de l'été, et je pense qu'elle pensait que ça pourrait lui remonter le moral ; vous savez, une récompense pour avoir été si sage pendant l'entretien et tout ça.

Kay repoussa sa chaise et tendit une de ses cartes de visite à Patricia.

— Si vous allez bien, nous allons vous laisser. Pouvez-vous demander à monsieur Archerton de nous appeler quand il rentrera ? Nous avons quelques détails à clarifier avec lui dans le cadre de notre enquête.

— Bien sûr, répondit Patricia.

Alors que Barnes conduisait la voiture sur la route, Kay vérifia ses notes et trouva la plaque d'immatriculation qu'elle avait notée.

— Tu penses à ce que je pense, chef ? demanda Barnes.

Kay porta son téléphone à son oreille et attendit que Debbie réponde.

— Si notre intuition est juste à propos de cette voiture, alors nous allons devoir parler à John Lavender plus tôt que prévu.

CHAPITRE 47

Barnes ralentit le véhicule alors que Kay recevait une réponse à son appel, et il lui adressa un sourire tandis qu'elle mettait son téléphone en haut-parleur.

— Debs, tu peux vérifier cette plaque d'immatriculation dans le système pour moi ? demanda-t-elle, et elle récita ses notes. Je vais attendre pendant que tu fais ça. Barnes est ici avec moi.

— Tout de suite, chef.

Il pouvait entendre le tapotement des doigts sur un clavier pendant que l'agente de police effectuait la recherche.

— Qu'en penses-tu ? On parie cinq livres ?

— Trop peu de chances, dit-elle. Ça va être lui, n'est-ce pas ? Ça doit l'être.

Elle se tut lorsque la voix de Debbie revint.

— J'ai un véhicule enregistré au nom de John Michael Lavender, au 26 Hazelhurst Close à Staplehurst, dit-elle.

— Bingo !

Barnes frappa le volant avec la paume de sa main.

— On le tient.

— Merci, Debs. On y va maintenant.

— À plus.

Kay mit fin à l'appel et se tourna sur son siège pour faire face à Barnes.

— Bon. Que penses-tu qu'il se passe ?

— Patricia pourrait avoir exagéré, dit-il. N'oublions pas qu'elle n'avait jamais rencontré Lavender auparavant.

— Peut-être, mais elle semblait plutôt secouée, et après ce que Carys et Piper ont dit à propos de Lavender qui a licencié Melissa Lampton hier, il ne semble pas être une personne très sociable, non ?

Il fronça le nez.

— Je ne sais pas. Lavender essaie-t-il de s'emparer de l'entreprise ? De faire pression sur Ken pour qu'il la lui cède avant que sa santé ne se détériore davantage ? Annette t'a dit qu'elle n'était pas intéressée, n'est-ce pas ?

— Plus ou moins.

Kay fixa le pare-brise et se mordit la lèvre.

— Tu penses que Greg Victor dit la vérité, alors ? Tu penses que c'est Lavender qui a tiré sur Robert ?

— Un peu extrême, tu ne crois pas ? répondit Barnes. Tuer son collègue pour se positionner comme le prochain dans la ligne de succession ?

— Les gens le font depuis des siècles.

— Oh, écoute-moi ça, l'historienne.

Elle sourit.

— J'ai vu quelque chose à la télé à ce sujet l'autre soir.

— Je le savais.

Elle rit alors qu'il mettait son clignotant à droite et suivait la route sinueuse vers Staplehurst, et elle jeta un coup d'œil aux champs qui défilaient par la fenêtre, prêts pour la récolte.

Barnes ralentit et mit son clignotant à gauche avant d'atteindre la route principale qui traversait le centre du village, entrant dans un labyrinthe de rues et d'impasses qui s'accrochaient à la périphérie, coincées entre la campagne et une expansion urbaine croissante.

Hazelhurst Close était une impasse comprenant douze maisons mitoyennes qui semblaient avoir une trentaine d'années. Barnes repéra le numéro vingt-six au bout d'une rangée, à côté d'une allée mitoyenne.

— Je ne vois pas sa voiture, et toi ? dit-il.

Il ralentit tandis que Kay tendait le cou pour regarder autour d'un mur de briques qui avait été érigé devant les maisons.

— Fais demi-tour au bout, et on va regarder de nouveau, dit-elle.

Il baissa sa vitre alors qu'ils passaient une seconde fois.

Seules trois voitures étaient garées dehors, et aucune ne correspondait au véhicule noir à quatre portes qu'ils avaient vu quitter la maison de Kenneth Archerton.

— D'accord, gare-toi ici et je vais aller frapper à la porte, dit Kay.

Barnes se gara le long du trottoir et attendit pendant qu'elle traversait la rue vers les trois maisons de ville. Elle sonna à la porte de la propriété du bout, puis se déplaça vers la fenêtre et mit sa main en visière contre le reflet.

Après un moment, elle se détourna et retourna vers la voiture.

— Il n'est pas là ? dit Barnes.

Il remonta sa vitre alors que Kay montait.

— On dirait que non.

Elle vérifia l'heure affichée sur le tableau de bord.

— Il a dû aller directement au bureau.

— En avant, dit Barnes, et il démarra.

Il lui fallut près d'une heure – un trajet qui impliqua beaucoup de jurons murmurés contre les touristes restants qui encombraient encore les routes du Kent – mais quand il se gara sur le parking municipal en face des bureaux de Kenneth Archerton, il se redressa et pointa du doigt vers une rangée de véhicules au bout.

— Il est là, regarde.

— Il y a une place à côté de sa voiture, dit Kay, et elle détacha sa ceinture. Je vais descendre et tu pourras bloquer sa portière conducteur, juste au cas où.

Il sourit et fit comme elle l'avait suggéré avant qu'ils ne se précipitent de l'autre côté de la rue vers l'ancienne maison de marchand.

Suivant Kay à travers la porte d'entrée, il resta au milieu de la zone de réception pendant que Kay parlait à Sharon Eastman, les yeux de la femme s'écarquillant à la vue de la police entrant à nouveau dans le bâtiment.

— Puis-je lui dire de quoi il s'agit ?

— De nos enquêtes en cours concernant la mort de Robert Victor, répondit Kay.

— J'ai cru entendre des voix.

Barnes fit un pas en arrière et leva les yeux vers le haut des escaliers pour voir un homme dans la quarantaine qui passait sa main le long de la rampe en descendant.

Il correspondait parfaitement à la description de

Patricia Wells, ses yeux bruns passant de Kay à Barnes et inversement.

— Je présume que vous êtes la police ?

— Inspectrice principale Kay Hunter. Mon collègue, l'inspecteur Ian Barnes, dit Kay. Pouvons-nous avoir un mot en privé ?

— Bien sûr. Venez par ici, il y a une salle de réunion que nous pouvons utiliser. Voulez-vous un café ou quelque chose ?

— Ça ira, merci, dit Barnes.

Il resta en retrait et observa Lavender alors que l'homme les conduisait à travers une porte latérale et dans une pièce qui avait dû être autrefois un salon quand le bâtiment était une maison.

Un plafond haut et orné surplombait des murs de couleur unie qui continuaient le thème de l'image de marque de l'entreprise avec des photographies de paysages représentant des vues panoramiques de vignobles du monde entier.

Lavender ajusta ses boutons de manchette, puis fit un geste vers la table ovale au milieu.

— Je vous en prie, asseyez-vous. J'ai déjà fait une déposition aux agents qui étaient là la semaine dernière. Maintenant, s'il y a quoi que ce soit d'autre que je puisse faire pour aider, il suffit de—

— Avant que vous ne continuiez, monsieur Lavender, je dois vous dire que ceci va être un entretien officiel, donc nous allons d'abord passer en revue la mise en garde, dit Kay.

Après avoir fini de réciter les mots, elle fit une pause.

— Avez-vous un problème avec cela ? Souhaitez-vous avoir un avocat présent ?

Lavender sourit.

— Non, c'est bon. Je n'ai aucun problème à vous parler.

— Bien. Pourquoi êtes-vous allé chez Kenneth Archerton ce matin ?

— Qu'est-ce que ça a à voir avec… ?

Il s'interrompit, puis :

— Désolé. Je suppose que vous devez poser des questions sur tout, n'est-ce pas ? J'y suis allé pour lui faire signer des documents urgents. Vous savez qu'il ne vient au bureau qu'une fois par semaine ? Ça ne pouvait pas attendre jusqu'à mardi.

— Pourquoi pas ?

— C'étaient les documents de paie pour l'indemnité de licenciement de Melissa Lampton. La santé de Ken peut être défaillante, mais pas son esprit. Il est le seul qui puisse signer quoi que ce soit de financier pour l'entreprise.

— Quand nous avons parlé à madame Wells, elle semblait assez secouée par votre visite.

Lavender leva la main pour desserrer sa cravate.

— Mon Dieu, désolé. Je ne voulais pas l'effrayer. Elle peut être extrêmement protectrice envers Ken. J'étais frustré de devoir y aller en premier lieu, pour être honnête. J'ai essayé de dire à Ken qu'il doit commencer à me laisser prendre en charge certains aspects monétaires des activités quotidiennes de l'entreprise s'il ne peut pas le faire. Je veux dire, il pourrait fixer une limite sur le niveau de dépenses s'il craint que je prenne une décision financière avec laquelle il n'est pas d'accord, mais ça ne peut pas continuer comme ça. C'est pourquoi j'ai dû y aller en voiture ce matin.

Il se pencha en arrière sur son siège.

— Écoutez, je n'ai pas bien géré le fait de devoir licencier Melissa, et je me sens mal à propos de ça, vraiment. Alors, je me suis dit que si je pouvais faire en sorte qu'elle obtienne son salaire final le plus vite possible, ça irait un peu dans le sens de m'excuser pour ça.

— De qui était la décision de la licencier ?

— La mienne. Pas une décision facile, d'ailleurs. Je sais qu'elle avait travaillé étroitement avec Ken et Robert ces dernières années et je suis le nouveau, n'est-ce pas ? Je peux imaginer comment elle s'est sentie, mais ce n'était pas une décision prise à la légère. J'avais passé en revue toutes les finances avec Ken quand nous avons appris pour Robert. Ken a un plan de gestion de crise pour l'entreprise depuis qu'on lui a diagnostiqué sa maladie, juste au cas où quelque chose lui arriverait et que son état s'aggrave, mais il n'avait pas pris en compte le meurtre de son responsable commercial clé, ni l'intérêt médiatique subséquent. Cela a mis certains de nos clients mal à l'aise. À tel point que notre capacité à négocier des accords pour importer du vin et le vendre ici a diminué ces derniers jours. Nous n'avions pas d'autre choix que de décider de ne pas recruter un remplaçant pour Robert jusqu'à ce que l'entreprise se stabilise. Et c'est pour cette raison que j'ai également licencié Melissa.

— Dans quelle mesure travailliez-vous étroitement avec Robert Victor ? demanda Barnes.

Lavender haussa les épaules.

— Pas si étroitement. Nous gérions des comptes

séparés. Il avait ses clients, j'avais les miens. Pareil pour les fournisseurs. C'est comme ça que Ken a organisé l'entreprise. Il ne voulait pas que nous soyons en concurrence l'un avec l'autre, seulement avec les autres négociants en vin.

Barnes fit glisser une copie de la carte que Gavin avait utilisée pour représenter les déplacements de Robert dans les derniers jours avant son meurtre.

— Qu'y a-t-il ici ? dit-il en tapotant la page.

Tendant la main vers la carte, Lavender la fit pivoter.

— On dirait des unités industrielles, ou le genre de chose que les petites entreprises utilisent. Je n'en ai aucune idée. Où est-ce que c'est ?

— Au nord du Mans. C'est là que Robert est allé après avoir annulé ses rendez-vous du mercredi et du jeudi de son voyage.

— Ça n'a pas de sens, dit Lavender.

Il repoussa la carte vers Barnes.

— Pourquoi ferait-il ça ?

— Où étiez-vous vendredi dernier ? demanda Kay.

— Ici. Au travail.

— Jusqu'à quelle heure ?

— J'ai quitté le bureau vers dix-neuf heures. J'avais une conférence téléphonique tardive avec un vignoble en Californie. C'est le seul problème d'être chargé de nos comptes américains et de l'hémisphère sud, dit-il. Des nuits tardives, ou des matins précoces à cause du décalage horaire.

— Où êtes-vous allé après avoir quitté le bureau ? demanda Barnes.

— Chez moi, puis je me suis changé et j'ai rejoint des

amis pour prendre quelques verres au pub. Nous sommes allés manger un curry dans un nouveau restaurant qui vient d'ouvrir.

Il fronça les sourcils.

— J'ai dit tout ça aux deux policiers qui ont pris ma déposition. J'ai quitté le restaurant à vingt-deux heures trente et je suis rentré chez moi.

— Quelle quantité avez-vous bu ?

— Trop pour conduire, inspecteur, donc si vous insinuez que j'ai quoi que ce soit à voir avec la mort de Robert, vous pouvez oublier ça.

La mâchoire de Lavender se crispa.

— Je suis rentré chez moi, j'ai regardé la télévision pendant une heure ou deux, puis je suis allé me coucher. Je n'ai eu des nouvelles de Robert que quand Ken m'a téléphoné dimanche matin pour m'annoncer la nouvelle.

Kay tourna une page vierge de son carnet et la poussa de l'autre côté de la table vers Lavender.

— Nous aurons besoin des noms, adresses et numéros de téléphone des amis que vous dites avoir rencontrés vendredi soir.

Il sortit un stylo de la poche de sa chemise.

— Je m'en doutais.

CHAPITRE 48

Barnes regarda le contenu de son bureau en soupirant, puis il feuilleta avec son pouce les papiers que Debbie avait empilés dans le bac de classement supérieur.

Décidant qu'aucun n'était urgent, il passa une main sur ses yeux fatigués.

Kay était partie pour le quartier général dès qu'il s'était garé derrière le commissariat, convoquée par la commissaire et accompagnée de Sharp, chargé de fournir une mise à jour concernant l'enquête sur le meurtre.

Barnes aurait aimé pouvoir l'aider davantage.

Il se secoua mentalement et balaya les restes de son sandwich de son bureau avant de se connecter à son ordinateur. Il passa la demi-heure suivante à répondre à diverses demandes et clarifications suite à ses enquêtes, et fut soulagé d'apprendre que le principal suspect dans une série de cambriolages dans le nord de la ville avait été condamné ce matin-là.

Au moins, il obtenait des résultats quelque part.

Son regard quitta l'écran de l'ordinateur lorsqu'un homme entra dans son champ de vision.

— Qu'est-ce que tu as pour moi, Parker ?

— Les résultats de nos appels aux amis de John Lavender, dit le policier. Ils ont tous dit la même chose : John était au pub à partir de dix-neuf heures quarante-cinq, puis ils sont allés au restaurant indien. Il est resté avec eux toute la soirée, ils sont partis vers vingt-deux heures trente, et il est rentré directement chez lui. L'un d'entre eux, Mark Price, habite à quatre portes de chez John et dit qu'il a récupéré une bouteille de rouge que John lui avait promise avant de rentrer chez lui. Il estime être parti de chez lui vers vingt-trois heures.

— Ce qui ne laisse pas assez de temps à Lavender pour conduire jusqu'à East Farleigh et confronter Robert, dit Barnes en jetant ses lunettes sur son clavier. D'accord, merci.

— Ça va, Ian ?

Laura lui tendit une tasse de thé, puis se laissa tomber dans une chaise libre à côté de lui.

— Vous n'avez pas l'air content.

— Merci pour le thé. Et on peut se tutoyer.

Il prit une gorgée et mit la tasse de côté.

— Je suis frustré, c'est tout. Comme nous tous. Je pensais avoir quelque chose plus tôt, mais il s'avère que ce n'est rien.

— Que s'est-il passé ce matin ? demanda Carys en les rejoignant.

Elle tira la chaise de Kay et sirota son thé.

Il leur raconta la visite chez Kenneth Archerton et l'interrogatoire subséquent de John Lavender.

— Le truc, dit-il, c'est que j'ai eu une sorte de pitié pour le type après notre départ. Il est là, à essayer de faire tourner l'entreprise de Ken pour lui, mais Ken ne le laisse pas faire. On aurait pensé qu'avec sa santé en déclin, il aurait cédé une partie des responsabilités financières.

— Peut-être qu'il pensait le faire avec Robert, dit Carys. Tu sais, pour que ça reste dans la famille en quelque sorte.

— Peut-être pas, dit Gavin.

Le jeune enquêteur s'appuya contre le bureau de Kay.

— Parfois, c'est la pire chose à faire avec une entreprise, non ? Pensez au nombre de fois où vous avez entendu parler de querelles familiales ruinant des entreprises prospères au fil des ans.

— J'imagine que Ken est le genre de personne qui mettrait en place quelque chose comme ça de manière juridiquement inattaquable, dit Carys. Après tout, il a clairement indiqué dans ses déclarations qu'il a l'intention de léguer l'entreprise à Alice. Même Annette me l'a dit, elle m'a avoué qu'elle n'y avait aucun intérêt.

Barnes soupira. Tendant la main vers sa tasse de thé dans l'espoir qu'elle ait suffisamment refroidi pour être bue, étonné que Carys ait presque fini la sienne, ses yeux se posèrent sur le lapin bleu en équilibre sur le haut de son écran d'ordinateur.

Il le décrocha de sa position omnisciente et le retourna dans ses mains, se demandant pourquoi quelqu'un tuerait le père d'une petite fille.

— Et si quelqu'un ne voulait pas qu'Alice ait l'entreprise ? dit-il.

Gavin fronça le nez.

— Je ne vois pas. Robert n'était pas un facteur dans les projets de Ken pour l'entreprise, donc le tuer ne servait à rien à cet égard. Alice hériterait quand même.

Barnes grogna, passant distraitement ses mains sur le matériau en peluche, le bout de ses doigts effleurant les coutures. Piper avait raison, Robert n'avait aucun droit sur l'entreprise de vins par rapport à sa fille.

Il fronça les sourcils lorsque son pouce accrocha une surface rugueuse.

— Bon sang, dit-il en sortant ses lunettes de lecture de la poche de sa chemise. Je ne vois rien sans ça.

— Tu te fais vieux, Ian ?

Carys sourit.

Il s'arrêta pour lui faire un doigt d'honneur, sourit, puis fixa à nouveau l'arrière du lapin.

— Petite merveille, murmura-t-il.

— Qu'est-ce qui se passe ? demanda Laura.

Il ne répondit pas et se déplaça plutôt vers l'endroit où Carys était assise.

— Pousse-toi, Miles. J'ai besoin d'accéder à ce tiroir. Je sais que Hunter a une paire de ciseaux quelque part là-dedans.

Carys sourit et roula sa chaise hors du chemin.

— Je vais lui dire.

— C'est une urgence.

Il se pencha, fouilla dans le tiroir et en sortit une paire de ciseaux à broder qu'il avait vu Kay utiliser le mois précédent. De retour à son bureau, il s'assit et commença à couper la couture rugueuse du lapin en peluche.

— Qu'est-ce que tu fais ? le questionna Laura, une pointe d'alarme dans la voix.

— Tout ça a toujours été à propos d'Alice, n'est-ce pas ? répondit-il en enfilant une paire de gants de protection tirée d'une boîte entre les bureaux. Greg dit qu'il a essayé de la protéger, et Robert a vu quelque chose en France qui l'a effrayé et il est revenu en courant vers elle, pour finir tué. Alors, qu'est-ce qu'il y a de si spécial chez elle ?

Ses collègues le regardèrent en silence pendant qu'il continuait à couper les points. Il jura dans sa barbe lorsque les ciseaux accrochèrent son pouce, puis continua.

— Selon Annette, quand Hazel lui a montré la photo du lapin, Alice a dit que son grand-père le lui avait donné. Quand j'ai essayé de le lui rendre, elle a dit que son père lui avait dit de le garder en sécurité avant de l'éloigner du bateau. Alors, pourquoi me le donner ?

Carys haussa les épaules.

— Peut-être qu'elle voulait que tu l'aies parce que tu l'as sauvée de la rivière après qu'elle l'a laissé tomber. C'est ce qu'elle t'a dit, non ?

— C'est ce que je pensais, mais j'avais tort.

Il sourit lorsque la couture se déchira, puis leva le lapin et mit sa main en coupe en dessous.

— Je pense que son père était au courant de ça.

La bouche de Laura s'ouvrit grande lorsqu'un flot de comprimés roses se déversa de la peluche et se répandit sur la main de Barnes et sur son bureau.

— Nom de Dieu, dit Gavin.

CHAPITRE 49

— Qu'est-ce qui se passe ? Barnes, tu es encore en train de fouiller dans mon tiroir ?

Kay se dirigea vers le groupe de détectives rassemblés autour de son bureau et de celui de Barnes, puis elle s'arrêta et fronça les sourcils lorsque sa plaisanterie tomba à plat dans la cacophonie des voix.

— Bon, qu'est-ce qui vous excite tant ?

Carys se tourna vers elle, arborant un large sourire.

— Barnes a réussi à tout déchiffrer.

Kay vit le lapin en peluche déchiqueté posé sur le bureau de l'inspecteur et fronça les sourcils.

— Je ne pense pas qu'Alice voulait que tu en fasses de la bouillie, Ian.

— Très drôle, dit-il.

Son regard se posa sur les pilules roses répandues sur la surface à côté.

Barnes et Piper étaient accroupis sur le sol, en train de ramasser les pilules égarées tombées sur la moquette, leurs mouvements méticuleux alors qu'ils s'assuraient de récupérer chacune d'entre elles.

— Que se passe-t-il ?

— C'était le lapin, répondit Barnes. C'est pour ça qu'Alice voulait que je l'aie. L'équipe de Harriet n'aurait pas su quoi chercher, il n'y avait aucune trace de tout ça quand on l'a trouvé dans le canoë.

Il se leva et ramassa le jouet pour le lui tendre.

— Regarde, l'intérieur a une doublure imperméable. On pourrait peut-être en tirer des empreintes. Je l'ai seulement découvert parce que la couture avait été refaite et avait un bord rugueux. Ça m'a fait réfléchir, c'est tout.

Kay enfila une paire de gants, puis retourna le lapin entre ses mains.

— Eh bien, eh bien, tu as remarqué l'étiquette sur ses fesses ? « *Fabriqué en France* ».

Barnes hocha la tête.

— C'est ce qui m'a fait m'interroger.

— Je parie qu'il a été fabriqué au nord du Mans, alors, dit Gavin. Ça doit avoir un rapport avec l'endroit où Robert Victor est allé.

Kay rendit le lapin et prit son téléphone.

— Regarde s'il y a des fabricants de jouets dans l'un des deux endroits où nous savons que Robert s'est arrêté. Je vais appeler Sharp pour le mettre au courant de tout ça. Nous allons maintenant avoir besoin de l'aide de nos collègues là-bas.

— Oui, chef.

Gavin retourna rapidement à son bureau et se mit au travail, et elle se tourna vers Barnes.

— Beau boulot, Ian.

— Nous n'aurions peut-être jamais su, dit-il. C'était de la chance. Je n'arrivais tout simplement pas à comprendre pourquoi Alice donnerait son jouet à un parfait étranger.

— Peut-être qu'elle savait ce qu'il y avait dedans, dit Carys. Ou, du moins, qu'il y avait quelque chose qui n'allait pas. Et sachant que tu es policier signifie que, vu son âge, elle te fait confiance.

Barnes haussa les épaules, une légère rougeur montant à ses joues. Il retira ses lunettes et les essuya contre sa chemise avant de les glisser dans sa poche.

Kay s'éloigna de quelques pas lorsqu'on répondit à son appel.

— Chef, c'est Hunter. Nous avons eu une percée dans l'affaire Victor, et je pense que tu vas vouloir voir ça.

— Ok, on se voit dans quinze minutes.

Elle raccrocha et, élevant la voix, s'adressa au reste de l'équipe dans la pièce.

— Briefing, tout de suite.

— Que veux-tu que je fasse de tout ça ? demanda Barnes en faisant un geste vers les pilules. Je les emballe et je les envoie pour analyse ?

— S'il te plaît, dit Kay. Et dis-leur que c'est urgent. Je sais qu'ils diront que c'est toujours le cas, mais dis-leur que nous pensons que c'est un sérieux candidat pour la motivation du meurtrier de Robert Victor.

Elle se faufila entre deux agents de police et se dirigea vers l'avant de la salle, l'équipe devenant silencieuse lorsqu'elle les rejoignit.

— Donc, Kenneth Archerton donne à sa petite-fille le lapin en peluche qui a été fabriqué en France. Supposons-nous que les drogues ont été insérées avant qu'il ne quitte le pays, ou une fois arrivé ici ?

— Avant qu'il n'arrive ici, dit Carys en tapotant son stylo contre son menton tout en fixant le tableau blanc. Donc soit il est allé là-bas sous prétexte d'un voyage d'affaires, peu probable, vu son état de santé, soit quelqu'un l'a rapporté avec lui.

— Robert, ou John Lavender ? demanda Kay.

— John est nouveau dans l'entreprise, et ses antécédents sont vérifiés, dit Laura. Et si une tierce personne, peut-être quelqu'un de l'usine en France, l'avait apporté, Ken l'a donné à Alice, et Robert l'a découvert ? Il serait furieux, mais il voudrait voir le dispositif par lui-même avant de confronter Ken.

— Ce qui explique pourquoi il a dévié de son itinéraire prévu.

Kay hocha la tête.

— Bien. Ok, alors que se passe-t-il ? Pourquoi donner le lapin à Alice de toutes les personnes ?

— Peut-être que c'est un test, suggéra Gavin en prenant place à côté de Barnes. Peut-être qu'ils voulaient voir s'ils pouvaient faire passer ce lapin par la douane sans se faire prendre avant d'envoyer un plus gros chargement ? Et puis pour éviter tout soupçon, Ken aurait pu le donner à Alice pour qu'elle le garde. Lui seul saurait ce qu'il y a à l'intérieur.

Fixant la photographie de Kenneth Archerton qui avait été épinglée à côté de celles du reste de sa famille, Kay secoua la tête, puis se tourna pour leur faire face.

— Il nous a bien eus, n'est-ce pas ? Nous n'avons que sa parole pour dire qu'il est malade.

— Que voulez-vous dire ? demanda Laura.

— Quelles preuves avons-nous qu'il a une sclérose en plaques ? Un, il nous l'a dit. Deux, nous savons qu'il a une aide-soignante, Patricia Wells. Trois, il utilise des cannes pour se déplacer. C'est tout.

Barnes siffla doucement.

— Et parce qu'il est le grand-père d'Alice, nous l'avons mis au-dessus de tout soupçon. Bon sang, quel enf—

— Je veux que Patricia Wells soit amenée immédiatement pour un interrogatoire. Voyons ce qu'elle a à dire sur la santé de son employeur. Carys, Gavin, c'est pour vous.

Elle passa une main dans ses cheveux.

— Je suppose qu'il faudrait aussi avoir une autre conversation avec Greg Victor.

— Il a été transféré à l'aile de détention provisoire de la prison jusqu'à sa comparution devant le tribunal la semaine prochaine. Je vais devoir les appeler pour obtenir un rendez-vous, dit Carys. Et pour Ken Archerton ?

— Attends, dit Kay. Voyons d'abord si Greg peut nous dire quelque chose. Ken sait probablement que Barnes a le lapin, mais il ne réalise peut-être pas encore que nous connaissons sa signification. Pas vu la façon dont nos deux dernières conversations avec lui se sont déroulées, en tout cas.

— Tu penses que c'est lui ? demanda Gavin.

— Doucement, répondit Kay. Une chose à la fois. Rassemblons d'abord ces autres déclarations de témoins. Vu ce que cette famille a traversé ces deux dernières semaines, nous ne pouvons pas nous permettre de faire une erreur. Nous devons être sûrs d'avoir raison à ce sujet. En parlant de ça, Debbie, peux-tu appeler Andy Grey et lui demander de faire retravailler son équipe sur les images de vidéosurveillance de vendredi soir dernier aux alentours d'East Farleigh ? Quel genre de voiture Patricia Wells conduit-elle, quelqu'un le sait ?

— Une berline noire à quatre portes, chef, répondit Laura.

— Bien, c'est ce qu'ils recherchent, Debs.

— Oui, chef.

Kay leva un sourcil.

— Eh bien, ne restez pas assis là, vous tous.

L'équipe se précipita hors de leurs chaises, et en quelques secondes, la salle des opérations devint une cacophonie de bruits. Elle fit signe à Barnes alors que Sharp entrait, et elle mit le commandant divisionnaire au courant.

— Où allez-vous maintenant ? demanda-t-il.

— À la prison, pour interroger Greg Victor. Nous reviendrons ici après pour faire un débriefing avec Carys et Gavin afin de voir s'il y a des points communs entre sa déclaration et celle de Patricia Wells.

— Bien, dit-il. Une fois que nous aurons ces informations, nous prendrons une décision concernant Ken Archerton. Et, Barnes, bon travail.

CHAPITRE 50

Gavin ajusta sa cravate, tenta d'aplatir ses cheveux, puis abandonna et claqua la porte de son casier.

Ouvrant brusquement la porte du couloir principal, il évita une femme policière concentrée sur la radio accrochée à l'avant de son gilet, et il se dépêcha de rejoindre sa collègue.

Carys rassembla les dossiers dans ses bras et recula sa chaise alors qu'il s'avançait vers elle.

— Tu es prêt ?

— Ouais. Elle s'est calmée ?

— Calme comme tout une fois qu'on lui a montré une cellule.

L'enquêteuse sourit.

— Ce n'était qu'un verre d'eau. Heureusement que tu avais une chemise propre dans ton casier, cependant. J'ai cru que deux des filles de l'administration allaient s'évanouir d'excitation quand elles t'ont vu entrer.

Gavin leva les yeux au ciel.

— Son avocat est là ?

— Il vient d'arriver.

— Allons-y.

Il lui tint la porte et la suivit dans les escaliers, réfléchissant à la situation de Patricia Wells.

Quand ils s'étaient présentés chez Kenneth Archerton, l'aide-soignante avait ouvert la porte avec un verre d'eau à la main, et leur avait dit qu'Archerton était à un rendez-vous chez le médecin, ayant pris un taxi pour aller en ville.

Lorsque Carys avait informé la femme qu'elle devait répondre à des questions au poste de police et qu'elle était censée les accompagner immédiatement, Gavin avait subi de plein fouet la réaction de la femme.

L'eau l'avait frappé en plein visage.

Pendant qu'il se tenait là, dégoulinant sur le pas de la porte, Carys avait formellement averti Patricia avant de la conduire à leur voiture.

Sa collègue avait failli rire et elle avait passé tout le trajet de retour au poste la mâchoire serrée, incapable de le regarder.

Maintenant, il ouvrit la porte de la salle d'interrogatoire et remarqua qu'une atmosphère de réticence entourait Patricia.

Elle était assise à côté de son avocat – un homme du nom de Douglas Carter – qui arborait une expression docile tandis que Gavin et Carys prenaient place.

Il disposa ses notes pendant que Carys démarrait l'enregistrement et récitait l'avertissement officiel.

— Ma cliente aimerait s'excuser pour son comportement antérieur, dit Carter. Elle a réagi de manière excessive.

Gavin ne dit rien, ouvrit le dossier devant lui et prit son

temps pour tourner une nouvelle page de son carnet. Il vérifia l'heure sur sa montre par rapport à l'horloge murale, ouvrit son stylo et écrivit sur la première ligne avant de se détendre dans son siège.

Finalement, il s'adressa à la femme en face de lui.

— Depuis combien de temps travaillez-vous pour Kenneth Archerton ?

Patricia repoussa une mèche de cheveux de ses yeux.

— Environ cinq mois.

— Comment avez-vous obtenu ce travail ?

— Par l'intermédiaire d'une connaissance. Elle a dit qu'elle connaissait un homme d'affaires récemment diagnostiqué avec la sclérose en plaques et qui avait besoin d'une aide à temps partiel.

— Avec quelle organisation êtes-vous enregistrée ?

S'éclaircissant la gorge, Patricia jeta un coup d'œil à son avocat, puis revint à Gavin.

— Je ne le suis pas. Mais j'ai toutes les qualifications requises.

Il plissa les yeux vers elle.

— Sont-elles valides ?

— Oui. Bien sûr qu'elles le sont.

— Où avez-vous obtenu vos qualifications ? demanda Carys.

— En France.

Gavin cessa de se vautrer et posa ses mains sur la table.

— Où exactement en France ?

— À Laval. C'est à l'ouest du Mans. Il y a une université pour adultes là-bas. Quand je me suis séparée de mon mari, j'y ai déménagé pendant un moment. Je voulais changer d'air. Puis l'argent s'est épuisé, et je savais que je devrais trouver quelque chose à faire.

Elle sourit, mais le mouvement n'atteignit pas ses yeux.

— La population vieillit, n'est-ce pas ? Au moins, j'avais de bonnes chances de ne pas être licenciée.

— Quand êtes-vous revenue en Angleterre ?

— Environ un mois avant de commencer à travailler pour monsieur Archerton.

— Lui aviez-vous parlé avant cela ?

— Non, mon amie a tout arrangé. J'ai eu un entretien avec lui la semaine avant de commencer, pour la forme, mais c'est tout. On peut dire que nous nous sommes tout de suite bien entendus.

Un sourire rusé traversa les lèvres de Carys, puis elle tira une copie d'un e-mail du dossier à côté de Gavin et le fit pivoter face à Patricia.

— Nous avons parlé à Annette Victor, qui a confirmé votre histoire. Malheureusement, l'université pour adultes de Laval n'a jamais entendu parler de vous.

Les yeux de Patricia s'écarquillèrent en lisant l'e-mail.

— Avez-vous déjà vu Kenneth Archerton marcher sans l'aide de ses cannes ? demanda Gavin.

Elle secoua la tête.

— Non.

— Qui est l'amie qui vous a mise en contact avec lui ?

— Pourquoi ? Elle n'a rien à voir avec tout ça.

— Nous aurons besoin d'un nom.

Patricia repoussa l'e-mail vers lui sur la table.

— Non.

— Si vous ne nous aidez pas, nous ne pouvons pas

vous aider, dit Carys, laissant l'e-mail où il était. Archerton peut-il conduire ?

— Quoi ? Je ne sais pas. Il me demande toujours de le conduire partout, ou s'il veut aller quelque part et que je ne suis pas disponible, il prend un taxi comme il l'a fait aujourd'hui.

Gavin se força à s'en tenir au plan d'entretien que lui et Carys avaient convenu avec Fiona Wilkes, malgré son désir pressant d'exiger les réponses qu'ils cherchaient. Il prit une respiration, puis sortit une des photographies de la scène de crime à Tovil et la montra.

Patricia hoqueta et se recula sur sa chaise en découvrant les traits brisés de Robert Victor.

— Ken Archerton possède-t-il une arme à feu ? demanda-t-il.

— Je-je ne sais pas.

— Réfléchissez bien, Patricia. Pensez-vous que Ken va vous protéger quand nous lui parlerons ?

La mâchoire de la femme bougea, puis elle fit signe à son avocat et lui chuchota à l'oreille.

Carter hocha la tête, puis se tourna vers les deux détectives.

— J'aimerais m'entretenir en privé avec ma cliente.

— Nous serons dehors.

Gavin recula sa chaise, attendit que Carys arrête l'enregistrement, puis rassembla le contenu du dossier et sortit dans le couloir. Il pivota sur ses talons lorsque sa collègue claqua la porte.

— On le tient, n'est-ce pas ?

— Presque, soupira Carys. Je me demande ce qu'elle sait.

— Ça dépend de la confiance qu'il lui accordait, j'imagine. Tu crois que Ken l'a simplement employée pour faire croire qu'il était malade, ou qu'elle est plus impliquée ?

— Elle doit forcément être dans le coup, non ?

— Gav ! s'exclama Debbie en apparaissant à la porte de la cage d'escalier, agitant une liasse de papiers. Andy a envoyé les résultats des caméras de surveillance d'East Farleigh.

Il prit les pages qu'elle lui tendait et les tint de façon à ce que Carys puisse voir en même temps. Chacune d'elles était une image fixe tirée d'une caméra de sécurité du côté sud du pont médiéval traversant la rivière Medway.

Et sur chacune d'elles, on voyait une berline noire à quatre portes avec une plaque d'immatriculation correspondant à celle enregistrée au nom de Patricia Wells traverser le pont, puis tourner à gauche sur le parking au bord de la rivière.

— On te tient, dit Carys.

— On ne voit pas qui conduit, par contre, fit remarquer Gavin. Il n'y a pas d'autres angles, Debs ?

— Non, désolée, c'est tout ce qu'on a. Ces images ont été prises vendredi soir à vingt-deux heures quinze.

Il fronça les sourcils.

— Il faisait encore assez clair à cette heure-là.

— Il a peut-être attendu sur le parking, suggéra Carys. Le temps qu'il fasse nuit, puis il s'est dirigé vers le bateau. Il y avait moins de risques d'être vu par des résidents ou des promeneurs de chiens.

La porte de la salle d'interrogatoire s'ouvrit et Douglas Carter apparut.

— Ma cliente souhaite dire un mot.

— Je parie qu'elle le veut, marmonna Gavin. Merci, Debbie.

Il suivit Carys dans la salle d'interrogatoire, ferma la porte et relança l'enregistrement.

— Avant de dire quoi que ce soit, vous voudrez peut-être jeter un œil à ceci, dit-il en plaçant les photographies devant Patricia.

Elle pâlit, mais ne dit rien.

— Nous n'avons pas toute la journée, Patricia, dit Carys. Avez-vous quelque chose à dire ?

— J'ai reçu un appel téléphonique début avril d'une femme que j'avais croisée à Laval. Elle m'avait abordée un jour où j'étais assise dans un café en train d'essayer de lire les offres d'emploi sur mon ordinateur portable. Elle s'est accrochée au fait que j'étais anglaise, et je suppose qu'elle a deviné que j'avais besoin d'argent.

Patricia tordit ses mains.

— Elle m'a dit qu'elle travaillait pour un client privé qui avait des intérêts commerciaux en France, mais qu'il vivait dans le Kent. Elle a dit qu'il avait récemment reçu un diagnostic de sclérose en plaques, mais qu'il était encore assez indépendant. Il voulait simplement quelqu'un à disposition pour faire le ménage et la lessive, mais qui pourrait l'aider s'il faisait un malaise. Je lui ai dit que je n'avais pas de qualifications pour ça, mais elle m'a simplement répondu de ne pas m'inquiéter, qu'elle s'arrangerait pour que cela ne pose pas de problème si quelqu'un posait des questions.

Elle se pencha en avant et prit sa tête dans ses mains.

— Je sais que j'ai été stupide, mais j'avais besoin

d'argent. Mon ex-mari et moi, nous n'étions pas riches ou quoi que ce soit, et mes économies commençaient à s'épuiser. La plupart de nos amis étaient les siens, et je ne savais pas quoi faire d'autre. Alors, j'ai accepté le poste.

— Est-il malade ? demanda Gavin.

— Non. Il a dit qu'il avait besoin de moi pour l'aider à maintenir les apparences.

— Qui était la femme qui vous a recrutée ? demanda Carys.

— Béatrice. Je ne connais pas son nom de famille. Elle travaille pour monsieur Archerton du côté français de son entreprise.

— On parle toujours du commerce de vin, ou de quelque chose d'autre ?

— L'autre activité. La drogue.

Patricia expira.

— Écoutez, je ne l'ai découvert que par accident il y a quelques semaines. Je l'ai entendu parler au téléphone un après-midi, il ne s'était pas rendu compte que j'étais juste devant son bureau au début. Je pense qu'il a dû sentir l'odeur du produit à meubles que j'utilisais, parce que quand il a fini, il m'a appelée. Que pouvais-je faire ? Il m'a demandé si j'avais entendu quelque chose, et j'ai dit oui mais que je garderais le silence parce que je ne voulais pas perdre mon travail. Il m'a dit que je pouvais m'attendre à gagner beaucoup plus pour ma loyauté.

— Et vous n'avez pas pensé à le signaler ?

— Je ne pouvais pas ! J'avais besoin de l'argent pour commencer, et que me serait-il arrivé ? Il savait que je rendais visite à ma mère à Leicester de temps en temps. J'avais utilisé son adresse sur le CV que j'avais donné à

Béatrice parce qu'elle avait spécifiquement demandé une adresse au Royaume-Uni. Et s'il lui avait fait du mal ? Vous avez vu ce qui est arrivé à Robert.

— Parlez-nous de sa maladie. Nous avons des déclarations ici qui suggèrent que c'est vous qui l'emmeniez à ses rendez-vous chez le médecin généraliste, et voir un spécialiste qu'il consultait à Manchester. Qui rencontrait-il réellement ?

Patricia baissa les épaules.

— Les rendez-vous chez le médecin généraliste étaient réels. Il a de l'hypertension.

— Et à Manchester ?

— C'est l'autre bout du trafic de drogue. C'est là qu'ils prévoient de les expédier. Ken aime que je conduise jusque là-bas pour qu'il puisse travailler pendant le trajet. Il est dans les dernières étapes de la mise en place.

— Pouvez-vous décrire cette Béatrice ?

— À peu près ma taille. Cheveux noirs mi-longs. Mince. Pas maigre, mais pas grosse non plus.

— Que s'est-il passé vendredi soir ? demanda Gavin.

— Ken m'a dit qu'il allait en ville pour rencontrer un ami, répondit Patricia d'une voix à peine audible. Il a dit qu'il n'avait pas besoin que je conduise, que c'était une courte distance et qu'il n'y avait pas beaucoup de circulation sur la route.

— Avait-il déjà conduit votre voiture sans vous auparavant ?

— Une ou deux fois. Seulement la nuit, cependant. Pour ne pas être vu, je suppose.

— À quelle heure vendredi ?

— Il est parti vers vingt-et-une heures quarante-cinq. Il

était de très mauvaise humeur. Je l'avais entendu crier au téléphone dans son bureau une heure avant, et je m'inquiétais quand le calme est revenu. J'ai frappé et lui ai demandé s'il allait bien, et il a répondu que oui et qu'il ne voulait pas être dérangé.

— À quelle heure est-il rentré ?

— Vers onze heures et demie. Il est monté directement à l'étage pour se doucher. Quand il est redescendu, il m'a demandé de lui apporter un souper léger. Lorsque je l'ai apporté dans le bureau, il était assis avec un verre de brandy, le regard perdu dans le vide, un feu brûlant dans la cheminée. Il ne m'a rien dit, et je n'ai pas voulu poser de questions. J'ai posé le plateau de nourriture sur le bureau et je suis partie.

CHAPITRE 51

Kay fourra son téléphone portable dans son sac à main, puis força un sourire en rejoignant Barnes près du portail de sécurité de la prison.

— Tu as aussi présenté tes excuses ?

— Heureusement, on avait juste prévu de commander un plat chinois ce soir, dit Barnes. Pia te passe le bonjour.

— Il serait temps qu'on se retrouve tous ensemble. Je voulais vous inviter chez nous plus tôt cet été, mais le temps a filé si vite.

— Ce serait sympa.

Barnes plissa les yeux vers la caméra de surveillance.

— Ils savent qu'on attend ici, n'est-ce pas ?

Elle donna un coup de pied dans un caillou, l'envoyant valser.

— Ils sont probablement occupés.

Elle se tourna au bruit du portail qui s'ouvrait et lui donna un petit coup de coude avant de pénétrer dans la prison.

Les contrôles de sécurité réglementaires prirent vingt

minutes jusqu'à ce que les gardes soient satisfaits que toutes les procédures aient été suivies. Une fois tous leurs effets personnels confisqués, Kay et Barnes furent conduits dans une salle d'interrogatoire.

Des caméras saillaient des murs, et une table avec quatre chaises occupait la majeure partie de l'espace.

— Son avocat est arrivé au portail, nous allons donc le faire entrer avec Victor dans un instant, dit le garde qui les avait accompagnés.

— Merci, répondit Barnes, et il se pencha pour se familiariser avec l'équipement d'enregistrement.

Kay croisa les bras autour de sa taille et s'adossa au mur pendant qu'ils attendaient. Elle se demanda si Alice avait la moindre idée de la chaîne d'événements qu'elle avait déclenchée en laissant tomber le jouet en peluche alors qu'elle était en fuite avec Greg. Si elle ne l'avait pas fait, auraient-ils su un jour ?

Le meurtre de Robert Victor aurait pu rester non résolu pendant des années, et pourtant ils étaient là, si près des réponses qu'ils cherchaient.

Elle se détacha du mur et s'avança vers l'une des chaises alors que la porte s'ouvrait et que le garde faisait entrer Greg Victor.

L'homme avait l'air diminué, le tribut de la semaine passée évident dans les rides qui nouaient son front, ses épaules affaissées tandis qu'il se traînait vers le siège en face d'elle.

Son avocat s'attarda sur le seuil, attendit que le garde ait informé son client de la procédure à suivre, puis hocha la tête en remerciement lorsque l'homme quitta la pièce.

— Détectives, je suis Andrew Gillow, associé principal

chez Blake Arrow. Je représente actuellement monsieur Victor en l'absence de mon collègue. Il se fait tard, alors si nous commencions ?

Kay tendit une de ses cartes de visite à l'avocat, puis fit signe à Barnes de commencer.

Après s'être assuré que l'enregistreur numérique fonctionnait, il récita la mise en garde formelle et tourna son attention vers Greg.

— Kenneth Archerton n'a pas de sclérose en plaques, n'est-ce pas ? dit-il.

Greg déglutit.

— Sans commentaire.

— Nous savons que le lapin en peluche qu'Alice a laissé tomber dans le canoë que vous avez volé contenait une quantité importante de drogues illégales. Avez-vous quelque chose à dire ?

— Sans commentaire.

— Votre frère, avant sa mort, soupçonnait son beau-père d'activités illégales qui auraient pu mettre sa fille en danger, dit Kay. Peut-être pensait-il pouvoir essayer de rassembler des preuves avant de venir nous voir. Peut-être voulait-il confronter Kenneth avec ces preuves pour obtenir des réponses. Mais il n'en a pas eu l'occasion, n'est-ce pas ? Parce que Kenneth a découvert qu'il fourrait son nez dans ses affaires, et il l'a tué. Pourquoi ? Pourquoi prendre un tel risque ?

— Je ne peux pas.

Greg ferma les yeux.

— Je suis désolé, je ne peux pas vous aider.

— S'il vous plaît, Greg. Nous prévoyons de parler à Ken, mais sans votre aide, je ne peux pas l'arrêter. Pas sur la base de ouï-dire. J'ai besoin de quelque chose sur quoi travailler.

Kay retint son souffle, incapable de penser à quoi que ce soit qui pourrait le faire changer d'avis. Elle savait qu'elle était proche, mais…

— Robert m'a demandé de l'aider à faire sortir Alice du pays. J'avais peur que Ken ne fasse du mal à Sadie s'il découvrait que j'étais impliqué.

Greg cligna des yeux, puis passa une main sur sa bouche. La sueur perlait sur ses tempes.

— Votre fille ?

Il hocha la tête.

— Vous a-t-il menacé, vous ou votre fille, de quelque manière que ce soit ?

— Il n'en a pas besoin, je sais ce dont il est capable.

— Que savez-vous de l'usine de jouets dans le nord de la France ? Robert vous en a-t-il parlé ?

— Oui.

Il essuya ses paumes sur son visage, puis se pencha en avant, les bras croisés sur la table. Après un coup d'œil de côté à son avocat, il prit une profonde inspiration.

— C'était la raison pour laquelle Robert m'a demandé de déménager de Nottingham, pour que je sois à la maison pendant qu'il était au travail. C'est pour cette raison qu'il m'a demandé d'emmener Alice cette nuit-là. Je ne l'ai pas kidnappée. Enfin, pas à ce moment-là. Robert prévoyait de rentrer pour confronter Ken. Le voyage en bateau était une décision de dernière minute, il m'a téléphoné mardi soir pour me dire qu'il voyageait au-delà du Mans, qu'il devait aller jeter un œil à quelque chose qu'il pensait que Ken faisait avec l'entreprise en coulisses. Il voulait s'assurer qu'Alice était en sécurité. Il avait déjà des soupçons sur ce dans quoi Ken était impliqué. Il ne savait juste pas comment il s'y prenait.

— Que savez-vous des paiements que Robert recevait chaque mois depuis la mi-avril ?

— C'était Ken, qui essayait d'adoucir l'affaire. Il essayait de contraindre Robert à prendre plus de responsabilités en lui montrant ce qu'il pouvait en tirer. Robert refusait de dépenser quoi que ce soit, mais l'argent continuait d'arriver. Je crois qu'il a dit à Annette que c'étaient des primes de performance. Il ne voulait pas l'effrayer, pas avant d'avoir trouvé un moyen de les mettre en sécurité.

— Que s'est-il passé quand il est arrivé au bateau vendredi soir ?

— Il m'a dit ce qu'il avait trouvé. Évidemment, il ne pouvait pas entrer dans les propriétés, il ne voulait pas que Ken sache qu'il y était allé, mais quelqu'un a dû le voir et le signaler. Il a dit qu'il avait vu que c'étaient des entreprises de jouets et que c'était ce qu'il soupçonnait. Il avait aussi des documents. Des trucs qu'il avait trouvés dans le bureau de Ken, des notes, je pense, mais il était convaincu que Ken était impliqué dans quelque chose d'important. Ken leur avait mentionné, à lui et Annette, au cours de l'été, qu'il pensait à diversifier l'entreprise pour s'assurer qu'elle devienne l'héritage qu'il voulait laisser à Alice. Il a dit à Robert qu'il devrait peut-être assumer plus de travail pour libérer son temps. Robert pensait que c'était pour ça que Ken avait embauché John il y a cinq mois, parce qu'il n'aurait pas le temps de gérer le côté négoce de vin s'il poursuivait ses autres intérêts.

— Qu'est-il arrivé aux documents ? demanda Barnes. Nous n'avons rien trouvé sur Robert quand il a été découvert.

— Ken a dû les prendre, alors.

— Et pour la sclérose en plaques ? demanda Kay.

— Des conneries, tout ça, répondit Greg. Robert avait percé le mystère il y a un moment, mais n'avait rien dit à Annette. Il l'avait suivi une nuit depuis la maison. Il s'est avéré que Ken rencontrait quelqu'un sur le parking d'un fast-food de l'autre côté d'Ashford. Une femme.

— Robert a-t-il de dit qui il s'agissait ?

— Il ne connaissait pas son nom, mais il a dit l'avoir vue entrer dans l'une des usines en France.

— Est-ce qu'il l'a décrite ?

Greg se pencha en arrière et fixa le sol du regard.

— Cheveux noirs, jusqu'aux épaules. Mince. Jean noir et blouson de cuir. Désolé, c'est tout ce dont je me souviens. Il a dit qu'elle avait plus l'air d'avoir sa place sur une moto qu'au volant d'un SUV haut de gamme.

— Vous a-t-il dit quand c'était ? Vous a-t-il donné une idée de la date à laquelle il avait vu ça ?

— Non, désolé.

Kay vérifia ses notes.

— Parlez-moi du bateau à l'écluse d'Allington.

— Robert l'a loué. Il était paranoïaque à l'idée que Ken puisse découvrir que j'avais Alice avec moi, alors le plan était d'amarrer le bateau que j'avais loué à côté du château d'Allington et ensuite de marcher jusqu'à l'écluse pour récupérer le bateau à son nom. Je pense qu'il pensait que ça sèmerait la confusion si Ken l'apprenait, parce qu'il croirait que Robert était toujours en France.

Il laissa échapper un rire amer.

— Mon Dieu, nous avons été si naïfs. C'est pour ça que je ne l'ai pas utilisé au final. Je pensais qu'ils avaient découvert tout le plan.

— Où seriez-vous allés depuis Allington ?

— En aval vers Thanet, puis changer pour un troisième bateau, un plus grand. Robert allait emmener Alice hors du pays, voyez-vous. Il a des contacts dans le commerce du vin en Allemagne. C'était la seule chose qu'il pouvait imaginer faire pour la garder en sécurité.

— Annette était-elle au courant ?

— Non, il avait trop peur que Ken le découvre et lui fasse du mal d'une manière ou d'une autre.

Sa bouche se tordit.

— Il allait l'appeler une fois qu'il aurait su Alice en sécurité.

— Au lieu de cela, Ken l'a découvert d'une manière ou d'une autre et a su que Robert était de retour dans le pays, grâce à ses contacts, dit Kay.

Elle se pencha en avant.

— Croyez-vous que Kenneth Archerton ait assassiné votre frère ?

— Oui, bien sûr, dit Greg. Et vous avez laissé Annette ramener Alice auprès de lui.

CHAPITRE 52

Sharp sortit de son bureau au moment où Kay et Barnes entraient dans la salle des opérations, et il fit signe à l'équipe réduite qui s'affairait au fond de la pièce.

— Carys et Gavin viennent de finir la mise à jour de HOLMES2, dit-il. Prenez quelque chose à boire et rejoignez-nous. Je suppose que votre visite chez Greg Victor s'est avérée fructueuse ?

— Je pense qu'on est prêts pour une arrestation, chef, répondit Kay.

— Bien. Deux minutes, alors.

Le doux parfum des boissons énergisantes se mêlait à l'odeur écrasante de nourriture à emporter alors que les policiers rassemblés tentaient de rester éveillés en alimentant leurs corps fatigués de gras et de sucre.

Kay prit un moment pour revoir ses notes, puis une fois satisfaite de pouvoir fournir un compte rendu concis à ses collègues, elle piqua un nem sur le bureau de Debbie avec un clin d'œil en passant et elle rejoignit Barnes à l'avant de la salle.

Sharp donnait déjà des ordres aux agents en uniforme, planifiant les détails de l'arrestation de Ken Archerton et s'assurant que tous les dossiers et la documentation étaient en ordre pour le ministère public.

— Bien, dit-il quand Kay les rejoignit. Carys, venez ici nous résumer l'entretien avec Patricia Wells. Seulement les points pertinents, attention, si quelqu'un est intéressé par plus de détails, il peut lire votre rapport et celui de Piper dans la base de données.

— Merci, chef.

L'enquêteuse se plaça devant le tableau blanc et s'éclaircit la gorge.

— Donc, Patricia a confirmé nos soupçons concernant la maladie de Kenneth Archerton. Elle a été recrutée en France pendant qu'elle prenait un congé sabbatique dans un endroit appelé Laval, c'est à l'ouest du Mans. Archerton lui a dit que son travail consistait à l'aider à sauver les apparences. Elle a commencé à travailler pour lui il y a cinq mois et l'a rencontré pour la première fois une semaine avant sa prise de fonction. Elle maintient qu'elle n'a découvert l'histoire de drogue que depuis quelques semaines, et qu'elle avait peur pour sa vie, alors elle a dit à Archerton qu'elle garderait le silence. Il l'a ensuite utilisée pour le conduire à des réunions avec une organisation d'utilisateurs finaux à Manchester, sous prétexte de consulter un spécialiste pour sa sclérose en plaques. Elle a obtenu une augmentation peu après avoir découvert la drogue, donc Archerton s'assurait sans doute qu'elle ne revienne pas sur sa parole. Je pense qu'elle se doutait déjà de ce dont il était capable si elle venait nous voir.

— Et pour la nuit du meurtre de Robert ? demanda Kay. A-t-elle pu nous éclairer là-dessus ?

— Oui, elle affirme qu'Archerton a reçu un appel téléphonique cette nuit-là. Elle ne savait pas de qui, ni de quoi il s'agissait, mais elle a dit qu'il était de mauvaise humeur après. À vingt et une heures quarante-cinq, il a pris sa voiture et a quitté la maison. Elle a ensuite dit qu'il n'était pas revenu avant vingt-trois heures trente.

— Ce qui lui laissait largement le temps d'arriver à East Farleigh à vingt-deux heures quinze quand l'équipe d'Andy a repéré sa voiture sur les caméras de surveillance, d'attendre qu'il fasse nuit et puis de marcher jusqu'au bateau et revenir, ajouta Gavin.

— Merci, Carys, dit Sharp. Kay ? Comment ça colle avec ce que Greg Victor vous a dit ?

Kay sourit.

— Je pense qu'on le tient, chef. Greg confirme qu'Archerton n'a pas de sclérose en plaques. Apparemment, Robert s'en doutait déjà au début de l'été, et il ne croyait pas non plus à son expansion commerciale. Ensuite, il a trouvé des documents dans le bureau d'Archerton qui ont sonné l'alarme. Qui sait ? Peut-être qu'Archerton s'est rendu compte que Robert les avait. Greg semble certainement penser que Robert avait des preuves quand il est arrivé au bateau vendredi soir, mais elles n'étaient plus en sa possession quand nous avons trouvé son corps.

— Ce qui est intéressant, c'est que Greg dit que Robert a vu Archerton rencontrer une femme sur le parking d'un fast-food de l'autre côté d'Ashford il y a quelques semaines, ajouta Barnes. Patricia vous a-t-elle donné une description de la femme qu'elle a rencontrée à Laval ?

— Cheveux noirs, mince, à peu près ma taille, répondit Carys. Elle s'appelle Béatrice, pas de nom de famille, malheureusement.

— Ça correspond exactement à la femme que Robert a décrite à Greg, dit Kay. Donc c'est définitivement une personne d'intérêt dans toute cette affaire.

— Quoi d'autre vous deux ? demanda Sharp en mettant à jour les notes sur le tableau blanc.

— Greg a dit que son frère était convaincu que l'usine de jouets en France avait quelque chose à voir avec ce qu'Archerton prépare, répondit Barnes. Et nous savons maintenant que c'est probablement là que le lapin a été fabriqué.

— Donc, Archerton a un partenaire commercial en France qui prévoit d'utiliser ses connaissances en importation pour faire entrer des jouets bourrés de drogue, dit Sharp.

Il posa ses mains sur sa ceinture et fronça les sourcils.

— Pourquoi des jouets, cependant ?

Laura leva la main.

— Chef ?

— Parlez.

L'agente de police se leva.

— Quand j'étais à l'université, j'ai fait quelques modules de marketing dans le cadre de mon diplôme. Donc, je me demandais si peut-être, en utilisant les peluches, Archerton pourrait faire passer la drogue plus facilement à la douane, étant donné qu'ils sont sous pression avec le nombre de contrôles de marchandises continentales qui passent par le Kent en ce moment. En divisant les expéditions en plus petites quantités de marchandises, il réduirait son risque et ensuite, s'il distribuait les jouets via un partenaire commercial de confiance, la connexion de Manchester, les utilisateurs finaux pourraient y accéder sous prétexte qu'ils achetaient les jouets pour leurs enfants. Il pourrait aussi essayer d'établir une opération de lignes entre les comtés en forçant des enfants vulnérables à déplacer les jouets entre les utilisateurs, ou peut-être les vendre à des enfants plus âgés qui recherchent la drogue, pour établir une future base de clients. Ils appellent ça « du berceau à la tombe » dans le jargon de la publicité et du marketing.

— Si des enfants mettaient la main sur ces drogues par erreur, ça pourrait les tuer, dit Barnes, sa voix à peine plus qu'un grondement.

Sharp s'assit sur le bord du bureau le plus proche du tableau blanc, son visage plein d'émerveillement.

— Bon sang, Laura. Bien pensé.

— Ouais, renchérit Barnes en donnant un léger coup de poing sur le bras de l'agente de police. On dirait que ton diplôme n'était pas une perte de temps après tout.

CHAPITRE 53

Kay protégea ses yeux du soleil levant tandis que Carys s'engageait brusquement dans l'allée de Ken Archerton derrière deux voitures de patrouille avec leurs gyrophares allumés.

Dans le rétroviseur, elle vit une autre voiture s'arrêter net, bloquant l'allée, puis Carys freina, la manœuvre projetant Kay contre sa ceinture de sécurité avec force.

— Bon sang, Carys, ça va laisser une marque.

— Désolée, chef. Je ne veux pas qu'il s'échappe.

La jeune enquêteuse desserra sa prise sur le volant et fit craquer ses doigts.

— Tu penses toujours qu'Alice savait que quelque chose n'allait pas ?

— Oui, je le pense. Elle n'a peut-être que cinq ans, mais il était clair d'après son entretien avec Bethany qu'elle est incroyablement perspicace pour son âge.

— J'espère qu'elle s'en sortira après tout ça.

— Moi aussi.

Kay ouvrit la portière de la voiture et se dirigea à grands pas vers la porte d'entrée, la mâchoire serrée.

Un 4x4 vert était garé, l'arrière face à la maison, le moteur émettant un bruit de cliquetis en refroidissant dans l'air matinal.

Avant qu'elle ne puisse lever la main pour frapper à la porte d'entrée, celle-ci s'ouvrit brusquement.

Annette Victor se tenait sur le seuil, le visage blême.

— Où est Patricia ? Mon père n'est pas là, et il a emmené Alice avec lui. Où sont-ils ? Que se passe-t-il ?

— Du calme, dit Kay. Patricia était avec nous, elle répondait à quelques questions. Que voulez-vous dire par « votre père n'est pas là » ?

— Quand je suis revenue du marché au village il y a quinze minutes, il avait disparu. Il n'y a aucune trace de lui, ni d'Alice. Que se passe-t-il ?

Kay fit un pas en arrière. La berline noire de Patricia était garée sur le côté de la maison, bloquant le chemin vers à la porte latérale. Elle leva un sourcil vers Carys, puis prit Annette par le bras.

— Allons dans la cuisine, dit-elle. Ensuite, vous pourrez me dire tout ce que votre père vous a dit avant que vous ne sortiez.

Tandis qu'elle conduisait la femme le long du couloir et dans la spacieuse cuisine, elle pouvait entendre Carys murmurer des ordres aux quatre agents en uniforme pour qu'ils commencent à fouiller la maison afin de corroborer l'affirmation d'Annette selon laquelle Alice était introuvable.

— Qu'est-ce que votre père vous a dit exactement ce

matin ? demanda-t-elle à Annette, qui s'appuyait maintenant contre la cuisinière et se rongeait un ongle.

— Il a dit qu'il voulait de la nourriture et des choses du marché. À cette période de l'année, les fruits y sont meilleurs qu'au supermarché en ville. Il a dit qu'il était trop fatigué pour m'accompagner et qu'il tiendrait compagnie à Alice pendant mon absence.

Les lèvres pincées, Kay se retourna au bruit de pas pour voir Carys se diriger vers elle.

— Du nouveau ?

— Non.

— Annette, savez-vous comment votre père se déplace si Patricia n'est pas là pour le conduire ?

— Non, il dépend complètement d'elle. À moins que je ne le conduise ou qu'il ne prenne un taxi, bien sûr.

— Utilise-t-il une compagnie de taxi régulière ?

— Oui, Abbotts Cars.

— Carys, peux-tu les appeler s'il te plaît et leur demander s'ils ont pris en charge Ken Archerton et sa petite-fille ce matin ?

— Oui, chef.

— Qu'est-ce que vous ne me dites pas ? dit Annette.

Elle fit un pas en avant.

— Que se passe-t-il ?

Kay esquiva la question.

— Y a-t-il d'autres voies d'accès pour quitter cette maison, à part l'allée principale ?

— Pas que l'on puisse utiliser en voiture, non. Il y a un chemin de randonnée qui longe l'autre côté du ruisseau au fond du jardin.

— Où mène-t-il ?

— Eh bien, si vous tournez à droite, cela vous mènera à la ferme en haut de la colline. Si vous tournez à gauche, cela débouche à la gare à la périphérie de Headcorn. Pourquoi ?

— Attendez un instant, madame Victor. Je reviens tout de suite.

Kay passa devant Carys, qui tenait son téléphone portable à l'oreille et parlait à voix basse, et elle se précipita dans le couloir où les quatre agents en uniforme attendaient.

— Allez au fond du jardin. Madame Victor dit qu'il y a un chemin de randonnée de l'autre côté du ruisseau. Debbie, il y a une ferme au bout du chemin à droite du jardin. Trouve son nom et appelle-les pour voir si Ken ou Alice y ont été aperçus.

— D'accord, chef.

— Les autres, apparemment, l'autre direction mène à la gare de Headcorn. Ken a peut-être pris un train là-bas, ou fait en sorte de récupérer une voiture. Dépêchez-vous, allez-y.

Elle retourna dans la cuisine, rejoignant Annette à la fenêtre tandis que les quatre agents couraient vers le fond du jardin paysagé.

— Que font-ils ?

— Madame Victor, Annette, avez-vous les coordonnées des amis de votre père ? Des gens qu'il connaît et à qui il pourrait emprunter une voiture ?

— Pourquoi emprunterait-il une voiture ? Il ne peut pas conduire.

Annette arpentait le sol carrelé.

— Je-je crois qu'il y a un carnet d'adresses dans son bureau. Je ne connais pas vraiment ses amis. Il n'en a pas beaucoup, il aime rester seul.

— Chef ?

— Qu'y a-t-il ?

Carys leva son téléphone.

— La compagnie de taxis confirme qu'ils n'ont pas emmené monsieur Archerton où que ce soit ce matin.

— D'accord, merci. Tu peux jeter un coup d'œil dans son bureau, voir si tu peux trouver un carnet d'adresses ?

— Il a une couverture en cuir marron, dit Annette. Il est généralement à côté de son ordinateur portable.

— Merci.

Un coup à la porte de la cuisine fit pivoter Kay, et Annette traversa la pièce pour ouvrir.

Debbie fit signe à Kay.

— Nous avons deux séries d'empreintes de pas dans la terre de l'autre côté du ruisseau. Une paire est de la taille d'un enfant. Il y a une paire similaire de l'autre côté de la clôture sur le chemin de randonnée et l'herbe a été piétinée. Je pense qu'il est allé dans la direction de Headcorn, chef. Ils n'ont pas été vus à la ferme.

— Merci, Debbie. Laisse les deux autres agents ici. Prends Parker avec toi et allez à cette gare. S'il n'y a aucun signe d'Archerton ou d'Alice, voyez quelles sont les images de sécurité disponibles. Appelle-moi dès que tu as quelque chose.

— Oui, chef.

— Inspectrice Hunter.

Annette tira sur son bras alors que Debbie fermait la porte.

— J'exige une explication. Que diable se passe-t-il, et où est ma fille, bon sang ?

Kay soupira.

— Ça ne va pas vous plaire.

CHAPITRE 54

Kay mit fin à l'appel téléphonique et passa une main sur ses yeux.

— Qu'est-ce qu'il a dit ?

Carys écrasa l'accélérateur et fonça à travers le carrefour devant un tracteur qui avançait lentement, un panneau indiquant Headcorn passant en un éclair devant la fenêtre.

— Sharp a lancé une alerte dans tous les ports concernant Kenneth Archerton et Alice. Il a contacté la police des transports et ils ont averti tous les contrôleurs de train sur le tronçon de voie qui passe par Headcorn. Si Ken a mis la main sur une voiture au lieu de prendre le train, ils lanceront une recherche par reconnaissance automatique des plaques d'immatriculation si Debbie peut obtenir un numéro de plaque à partir des images de sécurité de la gare, et deux des routes sortant de Headcorn ont des barrages routiers mis en place au cours des cinq dernières minutes. Ils les font passer pour des contrôles d'alcoolémie aléatoires afin de ne pas alerter Archerton.

— S'il est encore dans le coin.

— Ouais.

— Merde.

Kay battit un rythme contre la vitre avec le côté de son poing.

— Tu penses qu'Annette ira bien ? demanda Carys.

— Je ne sais pas.

Annette avait d'abord été incrédule, sa mâchoire s'ouvrant grand lorsque Kay l'avait informée des autres activités commerciales de son père, tandis que deux autres voitures de patrouille en uniforme étaient arrivées sur la propriété. L'incrédulité s'était rapidement transformée en colère, puis elle avait redressé les épaules.

— Que puis-je faire pour aider ? avait-elle dit.

La surprise de Kay face au commentaire de la femme n'était pas passée inaperçue.

— D'après ce que vous me dites, il a tué mon mari et mis en danger ma petite fille, avait dit Annette.

Elle avait resserré son cardigan autour de sa taille et expiré.

— Je savais qu'il se passait quelque chose. De petites choses, comme le fait qu'il ne boitait pas certains jours si j'arrivais à l'improviste, ou des appels téléphoniques qu'il se dépêchait de terminer si j'entrais dans son bureau. Il ne faisait jamais ça avec les affaires de vin, il essayait toujours de m'impliquer dans l'espoir que je change d'avis sur la reprise. Ces cinq derniers mois cependant, il a été distant, presque grossier. Dites-moi, comment puis-je récupérer ma fille saine et sauve ?

La femme avait ensuite indiqué où son père gardait tous ses objets de valeur et ses papiers privés, et donc avant de partir avec Carys, Kay avait pointé du doigt le coffre-fort qu'Annette leur avait montré, caché derrière l'une des photographies du vignoble, et elle avait donné l'ordre à un agent de police de trouver un serrurier pour le percer.

Maintenant, elle se redressa sur son siège alors que la gare apparaissait, et elle ouvrit la portière pendant que Carys freinait encore.

Debbie sortit du guichet.

— On les a sur les caméras, chef. Il est arrivé il y a quarante-cinq minutes et a acheté deux bouteilles d'eau au distributeur, puis il a attendu sur le parvis ici. Il y a vingt minutes, un SUV est arrivé. Aucun billet de train n'a été acheté, mais une femme est sortie et a emmené Alice de force jusqu'à la voiture, puis ils sont tous partis ensemble, avec Alice sur la banquette arrière.

Son front se plissa.

— Elle s'est débattue, chef. Elle ne voulait pas monter dans la voiture. La femme l'a giflée à un moment donné.

— Qu'a fait l'employé au guichet ?

— Il n'a rien vu, il n'y avait pas de passagers en attente, et aucun train n'était prévu avant quarante minutes, alors il est retourné réapprovisionner les dépliants dans les présentoirs d'information. Il a été aussi choqué que nous quand il a vu la rediffusion. Il y a autre chose : la femme qui les a récupérés correspond à la description donnée par Greg Victor et Patricia Wells.

— Béatrice. Tu as eu la plaque d'immatriculation ?

— Oui. Je l'ai transmise à Sharp pour qu'ils puissent lancer la recherche sur les routes. Ils sont partis vers le nord. Tu penses qu'ils vont se diriger vers la M20 ?

— Je pense que oui. Ils vont soit essayer de monter dans un train transmanche à Folkestone, soit se diriger vers Douvres et prendre un ferry. On va partir et se rapprocher de l'autoroute pour pouvoir aider à l'interception si nécessaire. Demande à Sharp d'appeler Folkestone et de lancer une alerte au contrôle des passeports. On ne peut pas les laisser emmener Alice en France.

Kay se retourna vers la voiture, puis s'arrêta.

— Chef ? Qu'est-ce qui ne va pas ?

— Rends-moi un service : demande à Sharp de mettre aussi une surveillance sur l'estuaire à Rochester. Greg Victor a mentionné que son frère prévoyait d'utiliser un bateau pour faire sortir Alice du pays. Si Ken était au courant de ça, il pourrait essayer la même chose. Greg ne sait pas à qui appartenait ce bateau.

Debbie avait déjà son téléphone à l'oreille.

— Tu peux y aller, je m'en occupe.

— Merci.

Kay garda une prise ferme sur son téléphone portable tandis que Carys dirigeait la voiture à travers des ruelles étroites, les villages de Langley Heath et Leeds n'étant plus que des taches floues passant devant sa fenêtre. Bientôt, elles dépassèrent l'épaisse haie de troènes qui protégeait le château de la route, puis elles tournèrent à gauche et se fondirent dans le flot de circulation entrant sur l'échangeur de l'autoroute.

Kay ferma les yeux.

Elle devait atteindre Alice.

Elle devait sauver la petite fille.

Elle devait la réunir avec sa mère.

— Chef ?

Elle cligna des yeux, réalisant que son téléphone sonnait, puis elle aperçut le nom de Sharp sur l'écran.

— On a eu un signalement à l'approche de Folkestone, dit-il. Un SUV avec des plaques d'immatriculation françaises, et on a repéré la conductrice sur les caméras, elle correspond à la description qu'on a de Béatrice.

— On rejoint la M20 maintenant, dit Kay. On est probablement à trente minutes.

— Gavin et Piper y sont presque, et il y a aussi quatre voitures de patrouille qui les suivent à distance. On a fait en sorte que nos gens soient à côté du contrôle des véhicules à l'entrée de la gare internationale, dit Sharp. Ils font passer ça pour un contrôle standard, donc ça va ralentir tout le monde dans la file d'attente pour les trains. On a aussi des agents en civil dans l'aire de restauration. On part du principe qu'ils vont là plutôt qu'à Douvres, mais on a une opération similaire au port aussi.

— Ken pourrait avoir une arme. On n'a toujours pas localisé celle utilisée pour tirer sur Robert.

— Je vais alerter les officiers sur place et faire venir l'unité d'intervention armée aussi.

Il fit une pause.

— Bon sang, j'espère qu'on n'en aura pas besoin, pas avec une gamine impliquée.

— Alice s'est débattue à la gare de Headcorn. Elle pourrait essayer de s'échapper à la moindre occasion.

— Elle a du cran pour son âge, celle-là. Bon, je ferais mieux d'y aller. Tiens-moi au courant.

Kay transmit la mise à jour de Sharp à Carys, qui fit immédiatement passer la voiture sur la voie de dépassement et elle accéléra à plus de 160 kilomètres à l'heure.

— Merde, dit-elle entre ses dents serrées, en klaxonnant une voiture de sport qui roulait lentement.

Le conducteur se rangea quand elle fit des appels de phares, et Kay sentit l'accélération la plaquer contre son siège.

Vingt-cinq minutes plus tard, Carys ralentit et quitta l'autoroute à la sortie menant à la gare ferroviaire internationale.

Kay tendit le cou pour voir par-dessus le bord du pont routier, remarquant trois trains au ralenti et un flot de voitures en train de débarquer d'un quatrième. Elle vérifia l'horaire sur son téléphone.

— Le prochain est prévu dans quarante minutes.

— Il est là depuis presque une heure, chef. Alors, où est-il ?

Elles sursautèrent toutes les deux quand le téléphone de Kay sonna.

— C'est Sharp. Les contrôles ont perdu le SUV après la sortie dix.

— Quoi ?

Le cœur de Kay manqua un battement.

— Comment ?

— Ils ont quitté l'autoroute. On les a sur l'A20 pendant quelques kilomètres, mais ensuite ils partent à travers la campagne vers Brabourne Lees. Après ça, on n'a pas pu les localiser.

Kay déglutit.

— Chef, ils pourraient être n'importe où maintenant.

— Je sais, mais tenez-vous-en au plan jusqu'à ce que

je puisse rassembler plus d'informations de mon côté. Ils ont peut-être changé de voiture, Kay. Prendre le train pour quitter le pays reste leur option la plus rapide. J'ai transmis le message à tout le monde sur place, ainsi que des photos de Ken et Alice. Patricia Wells a travaillé avec l'un des officiers ici pour établir une meilleure description de Béatrice, qui est également en train d'être diffusée. Je vais t'en envoyer une copie.

— Merci, chef.

Elle leva les yeux vers le pare-brise tandis que Carys garait la voiture derrière un bâtiment de maintenance. Son téléphone émit un *ping*, et elle porta son attention sur le visage qui apparut à l'écran.

Béatrice la fixait avec des yeux plus froids que tous ceux que Kay avait vus dans sa vie.

CHAPITRE 55

— Où sont Barnes et Piper ? demanda Kay en attachant un gilet pare-balles protecteur par-dessus son chemisier.

— De l'autre côté du bâtiment de la galerie marchande, près de l'aire de pique-nique, répondit le sergent Hughes.

Il baissa le volume de sa radio jusqu'à ce que le commentaire en direct s'estompe.

— On a trois équipes qui fouillent le parking. Aucune trace d'eux pour l'instant. Et certainement aucun signe du SUV.

— Ils ont dû changer de véhicule, dit Kay. A-t-on signalé des vols de véhicules dans les environs ? Entre les sorties dix et onze ?

Il secoua la tête.

— Ça ne veut pas dire qu'ils n'ont rien volé, bien sûr. Il y a beaucoup d'endroits le long de cette portion de l'A20 où ils auraient pu trouver quelque chose.

Un grondement de moteurs emplit l'air alors que les voitures et les camions commençaient à se précipiter vers les portes de départ, tentant d'être les premiers en ligne pour monter dans le train transmanche. Kay balaya du regard les voitures garées autour du périmètre extérieur du bâtiment des passagers.

— Comment diable ont-ils passé le contrôle frontalier ?

— Le commandant divisionnaire Sharp dit que l'information est arrivée trop tard au personnel aux portes pour les arrêter, expliqua Hughes. Il y a un briefing d'urgence en ce moment, cependant. Ils vont fouiller les véhicules pendant qu'ils font la queue pour être chargés sur le train.

Elle plissa les yeux contre un nuage de poussière et de gravier qui balayait l'asphalte.

— D'accord, on va rejoindre le groupe de l'autre côté du bâtiment. Tenez-moi au courant.

— Oui, chef.

— Carys, avec moi. On va passer par le terminal au cas où on les apercevrait à l'intérieur.

Son téléphone sonna alors qu'elles entraient dans le bâtiment des passagers par les portes automatiques, et elle se mit sur le côté pour éviter un groupe de retraités chargés de sacs en papier remplis de sandwichs, de boissons gazeuses et de chocolat.

— Ils savent qu'ils peuvent avoir tout ça de l'autre côté, n'est-ce pas ? Allô ? Oui, Debbie ?

— Chef, le serrurier a réussi à ouvrir le coffre-fort dans le bureau de Ken Archerton, dit l'agente de police. On a trouvé un pistolet et des munitions. J'ai appelé Harriet avec les détails et elle confirme que c'est probablement le même calibre que celui qui a tué Robert Victor.

Kay soupira.

— Merci, Debs. Transmets ça à la salle des opérations, s'il te plaît.

— Je m'en occupe.

— Tu as une radio, Carys ?

— Oui.

— Tu peux informer les équipes ici que l'arme de Ken a été localisée chez lui ? On va continuer à procéder avec prudence, mais il semble que c'était l'arme utilisée pour tuer Robert.

Carys se précipita vers un présentoir de cartes routières françaises et anglaises, et elle baissa la voix, observant la foule devant elle. Kay tourna le dos à sa collègue et balaya du regard les gens qui passaient.

Elle ne voyait pas Ken Archerton, mais chaque fois qu'elle entendait le cri excité d'un enfant, elle se retournait vers la source du son. Son cœur se serra lorsqu'elle aperçut des bambins et des enfants de l'âge d'Alice courant entre les jambes des adultes, mais elle ne voyait aucun signe de la fille d'Annette Victor.

— Message transmis, dit Carys en apparaissant à ses côtés. Tu veux qu'on fasse un tour et qu'on sorte ensuite ?

— Oui. Les agents en uniforme vont faire des contrôles réguliers, mais autant le faire pendant qu'on est là. Tu peux jeter un coup d'œil dans les toilettes pour personnes handicapées, et je m'occupe des toilettes pour dames ?

Elles se séparèrent, et Kay poussa une porte marquée « Dames ». Deux des cabines étaient occupées, tandis que le reste était vide. Elle s'attarda près des lavabos, ignorant le visage hagard qui la fixait dans le miroir au-dessus des distributeurs de savon.

Elle s'inquiéterait du sommeil quand elle saurait qu'Alice était de nouveau en sécurité, et que Kenneth Archerton serait arrêté avec sa collègue française.

Lorsqu'une femme puis une autre sortirent des cabines, elle se dépêcha de retrouver Carys qui attendait devant la devanture bondée d'une chaîne de cafés.

— Pas de chance ? dit-elle.

— Non.

— J'ai demandé à un type de jeter un coup d'œil dans les toilettes pour hommes aussi. Je lui ai montré une photo d'Archerton, mais il a confirmé qu'il n'y était pas non plus.

— D'accord, faisons un tour près du fast-food et ensuite on sortira pour rejoindre Barnes et Gavin.

Cinq minutes plus tard, elles étaient de retour sous un soleil éclatant, et Kay plissa les yeux contre l'éblouissement des pare-brise des voitures tandis qu'elle se dirigeait vers ses deux détectives.

— Du nouveau ?

— Pas encore.

Barnes remonta ses manches de chemise.

— Le prochain train est dans quinze minutes, chef. Et si on—

Un cri perça l'air.

Kay se tourna vers le son, le cœur battant, juste à temps pour voir un homme se baisser derrière une voiture break bleu marine à la périphérie du parking.

Un second cri se termina en un appel étranglé.

— C'est eux.

Kay partit en sprint, faisant signe à Gavin de prendre

position de l'autre côté d'elle tandis que Carys et Barnes fermaient la marche.

Barnes porta sa radio à sa bouche, et Kay espéra que les équipes en uniforme étaient en route. Ralentissant en atteignant la voiture break, elle prit une profonde inspiration, puis appela.

— Alice ? C'est l'inspectrice Hunter. Tu vas bien ?

— Mamaaaaaan...

— Ken, ne lui faites pas de mal. S'il vous plaît, ne lui faites pas de mal. Je veux juste parler.

Elle fit signe à Barnes de se déplacer vers l'avant de la voiture, puis baissa la voix.

— Carys, guette Béatrice. Elle doit être dans les parages, quelque part.

Un mouvement soudain la prit au dépourvu, et elle fut bousculée alors qu'une forme floue jaillissait de derrière la voiture et fonçait vers un autre véhicule plus loin.

Kay n'attendit pas et contourna prudemment l'arrière du véhicule, tandis que Barnes se lançait à la poursuite de Béatrice.

Kenneth Archerton était assis, le dos contre la roue avant, le visage pâle.

— Elle ne voulait pas m'écouter. Je lui ai dit que ça allait trop loin, que je ne pouvais pas faire de mal à Alice.

S'abaissant au sol, elle fronça les sourcils.

— Vous allez bien ?

Il haletait.

— Douleurs à la poitrine.

— Merde. Carys, viens ici et appelle une ambulance. Ken, où est-ce que Béatrice emmène Alice ?

— En France, gémit-il.

— Quel est son nom ? Sous quel nom compte-t-elle voyager, Ken ? C'est important.

— Béatrice Caron. C'est ce qui est écrit sur les billets.

Kay leva les yeux quand Gavin apparut.

— Reste avec lui.

Pendant que son agent de police s'accroupissait à côté d'Archerton, et que Carys donnait des instructions dans son téléphone portable tout en desserrant le col de l'homme, Kay se releva et regarda par-dessus les toits des véhicules garés au-delà de sa position.

Quatre officiers en uniforme couraient le long de la périphérie du parking, gardant une large distance entre leur position et le drame qui se déroulait.

— Tu vois quelque chose, Barnes ?

En guise de réponse, il pointa du doigt au-dessus du toit d'une voiture vert foncé.

Elle courut jusqu'à l'endroit où il se tenait.

— C'est eux ?

— De l'autre côté de cette camionnette blanche. Je crois avoir entendu Alice, murmura-t-il.

— D'accord, suis-moi.

Elle jeta un coup d'œil par-dessus son épaule, puis fit signe aux agents en uniforme de les rejoindre.

— Faites le tour de la camionnette, prenez l'avant. Elle ne peut pas continuer à courir, il y a une clôture au-delà de la prochaine rangée de voitures. On va l'encercler.

Kay prit une profonde inspiration, se força à rester calme, et contourna la voiture.

Accroupie sur l'asphalte, un bras autour de la taille d'Alice et une main sur la bouche de la petite fille, la femme correspondant à la description de Béatrice leva les yeux vers elle avec de la haine dans le regard.

Alice gémit, les yeux écarquillés.

— Laissez-la partir, Béatrice.

— Seulement quand j'atteindrai la France. Alors je la laisserai partir.

— Ça n'arrivera pas. Vous n'allez pas monter dans le train.

La Française se leva et garda une prise ferme sur le poignet d'Alice. Son autre main glissa dans sa poche.

— Gardez vos mains où je peux les voir, Béatrice.

Elle secoua la tête, ses cheveux noirs caressant ses épaules, et elle retira sa main. Elle fit un mouvement du poignet pour exposer une lame.

— Laissez-moi partir, ou je la tue.

Alice hurla et essaya de s'éloigner de Béatrice. Des larmes coulaient sur ses joues.

— Vous direz à Kenneth qu'il me doit ça. Il me fait sortir du pays, il récupère sa petite fille.

— Béatrice, calmez-vous, dit Kay en gardant une voix posée.

La femme tira sur le poignet d'Alice et le tordit vers l'arrière pour forcer la fillette de cinq ans à s'immobiliser.

— Laissez-moi partir !

Kay leva les mains.

— Vous lui faites peur. S'il vous plaît, posez le couteau et nous allons régler ça. Ça ne fait qu'aggraver les choses pour vous.

— Il n'y a rien à discuter. Il n'y a… Espèce de garce !

L'emprise de Béatrice sur Alice se relâcha alors que son visage se tordait de douleur. La Française lâcha le couteau, et ses mains se portèrent à la cheville qu'Alice venait de frapper.

Alice s'échappa de son emprise, et courut vers les policiers qui attendaient avant de se précipiter sur Barnes et d'enfouir son visage contre sa jambe.

Hughes n'hésita pas. Il bondit sur la Française, faisant pivoter son corps vers le côté de la voiture pour bloquer toute voie d'évasion.

— Béatrice Caron, vous n'êtes pas obligée de dire quoi que ce soit...

Kay courut vers l'endroit où Barnes se tenait, elle lissa les cheveux d'Alice, une expression grave gravée dans ses yeux.

— Alice ? Tu es blessée ?

La petite fille secoua la tête, puis se tourna vers Kay et s'essuya le nez avec le dos de sa manche.

— Je veux ma maman.

— On va t'emmener la voir tout de suite. Tu veux aller avec Ian ?

Alice hocha la tête.

— D'accord, on va te sortir d'ici. Tu as été très courageuse.

Un sourire larmoyant traversa les lèvres de la fillette.

— Ne l'écoutez pas, c'est une menteuse, dit Béatrice alors qu'elle se tordait dans l'emprise de Hughes pour leur faire face. Kenneth était stupide de l'amener.

— Pas le type maternel, je suppose ? dit Barnes.

Il s'éloigna, une main sur l'épaule d'Alice.

Béatrice les fusilla du regard alors qu'elle était conduite vers une voiture de patrouille en attente.

— Vous ne pouvez rien prouver, dit-elle. Je ne faisais

que conduire monsieur Archerton et sa petite-fille à la gare.

— Oh, je pense que vous et moi savons que ce n'est pas le cas, mademoiselle Caron, dit Kay.

Elle ouvrit la portière arrière.

— En attendant, mes collègues ont hâte d'entendre votre version des faits.

CHAPITRE 56

Kay entrouvrit les stores de la fenêtre du bureau de Sharp et observa Kenneth Archerton traverser le parking, escorté vers les cellules du rez-de-chaussée.

L'homme semblait défiant malgré sa situation, le menton relevé et les épaules droites.

— J'ai cru entendre dire qu'il avait fait une crise cardiaque sur les lieux, dit Sharp en la rejoignant.

— Une crise de panique auto-induite, répondit Kay en souriant. L'ambulancier n'a pas été dupe et l'a déclaré apte à être interrogé.

— Je vais faire mon rapport à la commissaire au quartier général, dit Sharp. Au moins, ça vous libérera, toi et Barnes, pour interroger Ken. Carys et Piper peuvent s'occuper de Béatrice. Tu as tout ce qu'il te faut ?

Kay brandit le dossier qu'elle tenait à la main.

— Debbie et Gavin ont rassemblé tous les éléments, et j'ai ajouté quelques notes supplémentaires.

Sharp reporta son attention sur le parking où Barnes et

Carys sortaient de leur véhicule de service et se dirigeaient rapidement vers le bâtiment. Il sourit.

— Garde un œil sur elle, dit-il.

— Qui ? Carys ?

Kay fronça les sourcils.

— Qu'est-ce que tu veux dire ?

— Je veux dire que ce n'est qu'une question de temps avant qu'elle ne veuille déployer ses ailes au-delà de ce commissariat. Nous n'avons pas de postes disponibles dans la région pour elle, Kay, pas avec nos budgets réduits comme ils le sont. Elle va vouloir prendre plus de responsabilités après cette affaire.

— Oh.

Une vague de tristesse l'envahit alors qu'elle assimilait les paroles de Sharp. Elle savait qu'aucune équipe d'enquête ne pouvait espérer travailler ensemble toute une carrière, mais l'idée de perdre l'un de ses éléments clés, qui plus est une amie et une proche collègue, la rendait mélancolique.

— Ne t'inquiète pas, dit Sharp. Je suis sûr que nous aurons de quoi l'occuper pendant un bon moment encore. Nous devrons simplement la soutenir autant que possible quand elle prendra cette décision.

— Et éviter qu'elle ne s'ennuie entre-temps, dit Kay. L'oisiveté est mère de tous les vices, comme on dit.

— Je vais finir par faire de toi une manager.

Elle rit et lui donna une tape sur le bras avec le dossier.

— Non merci.

Vérifiant sa montre, Sharp retourna à son bureau et plia sa veste sur son bras.

— Bon, je file au QG. Appelle-moi si tu as besoin de moi.

— D'accord. Oh, avant que tu partes, Adam et moi organisons un barbecue ce soir, juste quelques-uns d'entre nous, histoire de décompresser après cette semaine. Tu veux venir avec Rebecca ?

Il lui fit un clin d'œil.

— Je ne manquerais ça pour rien au monde. Dis à Adam que j'apporterai de la bière.

— D'accord, merci. À plus tard.

Barnes apparut à la porte et fit un signe de tête au commandant divisionnaire avant de se tourner vers Kay.

— Tu es prête ?

— Oui.

Elle se mit à marcher à côté de lui une fois dans le couloir.

— Comment est-il ?

— Docile, surtout après que les ambulanciers lui ont dit à portée d'oreille qu'il était en parfaite santé.

— Bien joué.

— Ce n'est pas le premier et ce ne sera pas le dernier.

— Comment allait Alice quand tu l'as ramenée chez elle ?

— Silencieuse. Épuisée, j'imagine. J'ai parlé à Bethany, elle va appeler Annette pour lui donner les coordonnées d'un psychologue pour enfants avec qui elle travaille de temps en temps, et nous avons fixé un rendez-vous pour que Bethany fasse son entretien formel demain matin.

— Où sont-elles maintenant ? Tu n'as pas ramené Alice chez Ken, n'est-ce pas ?

— Seulement brièvement, pour donner à Annette le temps de faire quelques sacs. Elle va rester chez une amie à Maidenhead pendant quelques semaines, le temps que les choses se calment ici.

Il brandit un sac à preuves contenant le lapin en peluche.

— Il y a une chose, ce n'est pas Ken qui a donné ça à Alice. Elle a avoué l'avoir trouvé dans le bureau de son grand-père le matin où Greg l'a emmenée sur le bateau. Elle n'est apparemment pas censée y aller, mais Greg et Annette parlaient dans la cuisine de quelques derniers préparatifs et elle s'est faufilée à l'intérieur. Quand elle a vu le lapin, elle n'a pas pu s'empêcher de le mettre dans son sac à dos. Elle pensait que Kenneth allait de toute façon le lui offrir.

— Bon sang. Bien, voyons ce que monsieur Archerton a à dire pour sa défense.

Kay ouvrit la porte de la salle d'interrogatoire. Elle fit un signe de tête à l'avocat d'Archerton, puis attendit que Barnes ait commencé l'enregistrement. Elle ne perdit pas de temps.

— Parlez-nous des usines de jouets dans le nord de la France, Ken. Quel rapport ont-elles avec un marchand de vin prospère ?

— Aucune idée.

Kay poussa le lapin en peluche emballé à travers la table.

— Voici ce que nous pensons, Ken. Vous êtes devenu cupide. Vous vouliez plus d'argent, et vous avez rencontré Béatrice Caron lors d'une de vos excursions en France. De qui était l'idée de se lancer dans le trafic de drogue ? La vôtre ou la sienne ?

Comme il ne répondait pas, elle haussa les épaules et continua.

— Nous avons trouvé une quantité de comprimés à l'intérieur. C'est comme ça que vous prévoyiez de faire passer la drogue en contrebande, n'est-ce pas ? Sauf que votre petite-fille l'a trouvé dans votre bureau et l'a pris, en pensant qu'il lui était destiné. Puis, quand vous avez tiré sur son père et qu'elle a dû fuir avec Greg, elle l'a fait tomber par accident. Nous n'étions pas censés le trouver, n'est-ce pas ? C'est à ce moment-là que tout a commencé à mal tourner ?

Elle attendit, tout en fixant l'homme devant elle.

— Nous avons des agents qui effectuent une perquisition de votre propriété, dit Barnes. Ils se sont particulièrement intéressés aux jouets étiquetés « *Fabriqué en France* » dans une boîte sous votre bureau. Quatre de plus, apparemment. Que pensez-vous que nous allons trouver quand nous les ouvrirons ?

Kenneth serra les dents, les narines dilatées.

— Qui est à Manchester, Ken ? Pas un spécialiste médical, je parie. Qu'alliez-vous faire, Ken ? ajouta Kay, sans attendre sa réponse. Les distribuer comme échantillons, puis mettre en place une chaîne d'approvisionnement pour acheminer votre drogue jusqu'aux consommateurs ? Les gens pourraient acheter les jouets comme s'ils étaient pour leurs enfants, et à la place obtenir les pilules, n'est-ce pas ?

Archerton porta la main à sa poitrine.

— Vous ne comprenez pas, inspectrice Hunter. C'était l'idée de Robert. Il m'a menacé. C'est lui qui avait l'arme.

— Dans ce cas, peut-être pourriez-vous nous éclairer sur ce qui s'est passé cette nuit-là, dit-elle. Parce que, d'après ce que je vois, c'est Robert qui a découvert vos plans et a essayé de vous arrêter.

— Je ne sais pas ce qui lui a pris. Il agissait bizarrement le week-end avant son départ pour la France, comme si quelque chose le préoccupait.

Il ferma les yeux et laissa retomber sa main sur la table.

— Je me demande comment j'ai pu être aussi stupide. Il est clair pour moi maintenant qu'il voulait m'écarter pour prendre le contrôle de l'entreprise.

— Ça semble un peu extrême, de vous tirer dessus, dit Barnes. La plupart des gens feraient une offre en espèces.

Archerton lança un regard noir à l'inspecteur.

— Comme je l'ai dit, il agissait bizarrement. C'est pour ça que je suis allé au bateau. Je savais par Annette que Greg avait emmené Alice pour la nuit. Je pensais que si son frère était là aussi, je pourrais lui faire entendre raison.

— Expliquez les versements effectués sur son compte bancaire et celui d'Annette, dit Kay.

Elle poussa des copies des documents et tapota du doigt sur les entrées.

— Huit mille livres en avril. Douze mille livres en mai. À quoi correspondaient ces paiements ?

— C'étaient des primes de fidélité, répondit Ken. Je ne voulais pas le perdre au profit d'un concurrent.

— Comment saviez-vous que Robert était revenu en Angleterre et s'était rendu au bateau vendredi dernier ?

— Je ne m'en souviens pas. Annette ou Greg ont dû le mentionner.

— Qu'est-ce qui a mal tourné ? demanda Kay.

— Greg et Alice étaient introuvables quand je suis arrivé au bateau. Je voulais juste parler, mais Robert n'en avait pas l'intention. Il a dû cacher l'arme sur le pont quand il m'a vu approcher. La minute d'après, il la pointait sur moi, me disant que je n'étais plus bon à rien dans mon état de santé, et que j'aurais dû lui céder l'entreprise pour qu'il puisse subvenir aux besoins de ma fille et de ma petite-fille.

Un souffle rauque s'échappa de ses lèvres.

— Tout s'est passé si vite. Je me suis jeté sur lui, pensant pouvoir lui faire lâcher l'arme et la faire tomber à l'eau, mais elle... elle s'est déclenchée. J'ai paniqué. Je ne savais pas quoi faire.

— Qu'avez-vous fait de l'arme ?

Archerton déglutit.

— Rien. Elle est tombée à l'eau.

Kay se pencha en arrière dans sa chaise et tambourina des doigts sur la table tout en observant l'homme en face d'elle. Elle s'arrêta et attendit.

Pendant un moment, le seul bruit dans la pièce fut le tic-tac régulier de l'horloge au-dessus de la porte et le grattement du stylo-plume de l'avocat sur son carnet.

Elle fit une pause, prenant son temps, sachant que les efforts combinés de son équipe au cours de la semaine passée avaient abouti à cela. Une vague d'adrénaline la traversa alors qu'elle relevait la tête.

— C'est une histoire captivante, monsieur Archerton. Mais ce n'est qu'une histoire, n'est-ce pas ? Comme la sclérose en plaques et les douleurs thoraciques ?

Il fronça les sourcils, puis regarda son avocat avant de se retourner vers elle.

— Que voulez-vous dire ? C'est la vérité. Je n'avais pas l'intention de tuer Robert. C'était un accident.

Kay sortit une des photographies de l'autopsie et la fit glisser sur la table vers Archerton.

— Vous êtes un menteur, Ken. Robert Victor a été abattu à l'arrière de la tête à bout portant. Vous l'avez exécuté.

Elle observa la pomme d'Adam de l'avocat monter et descendre, puis elle croisa les bras sur la table.

— L'arme n'est pas non plus tombée à l'eau. Notre équipe de recherche sous-marine n'a rien trouvé, et le courant n'est pas assez fort pour emporter une arme en aval. Il n'y avait pas non plus de douilles, ce qui me dit que non seulement vous avez abattu Robert Victor, mais vous avez pris le temps de ramasser les douilles avant de quitter le bateau.

— Vous ne pouvez rien prouver, dit Archerton, un grognement dans la voix.

Kay intercepta le regard en coin de Barnes et sourit.

— C'est là que vous vous trompez, monsieur Archerton, dit-elle en ouvrant le dossier. Mon équipe a été extrêmement minutieuse dans son travail. Voulez-vous que nous reprenions depuis le début, en commençant par l'arme que nous avons trouvée dans le coffre-fort et les restes de vêtements brûlés dans la cheminée de votre bureau ?

CHAPITRE 57

Adam hacha les dernières tomates, fraîchement cueillies du jardin, et les versa dans le bol de feuilles de salade et de vinaigrette avant de le tendre à Kay.

— Voilà, c'est la dernière chose. Dis à Barnes qu'il devrait peut-être mettre la viande sur le barbecue, cette brise devient fraîche dehors.

— Oui, chef.

Elle sourit, prit son verre de vin et sortit par la porte de derrière dans le jardin, ses tongs claquant contre les dalles.

Pia, la compagne de Barnes, se leva à son approche et poussa les serviettes et les condiments pour faire de la place à la salade, puis elle se pencha pour sortir une bouteille de bière d'un seau de glace. Elle la passa à Barnes alors qu'il reculait sa chaise.

— Santé, dit-il, alors qu'Adam les rejoignait. À un bon résultat, chef.

— Un effort d'équipe, répondit Kay. Comme toujours. Carys, tu te joins à nous ? La nourriture sera prête dans une minute.

L'enquêteuse déposa la poule qu'elle avait trouvé dans le parterre de fleurs et traversa la pelouse pour les rejoindre à table.

— Elle cherchait des vers, je pense.

— Elles ont perpétuellement faim, dit Adam.

Il poussa doucement une deuxième poule de sous la table et la regarda avec un sourire s'éloigner en courant avant de s'arrêter pour picorer quelque chose qu'elle avait trouvé près du seuil.

— Inutile de dire que ce soir, le menu se compose de steak et de saucisses.

— Ces trois-là sont trop maigres, de toute façon, dit Barnes.

Il piqua la viande avec une paire de pinces, l'arôme des épices et des herbes qu'Adam avait utilisées pour mariner la nourriture flottant jusqu'à la table.

— Avez-vous réussi à obtenir les accusations que vous vouliez contre Kenneth Archerton ? demanda Pia.

— Oui, répondit Kay. Une fois que nous lui avons présenté les preuves que nous avions contre lui, il a tout avoué. Il était allé sur le bateau pour essayer de persuader Robert d'être raisonnable, et quand il n'a pas pu le convaincre, il l'a abattu. Il le considérait comme un trop grand risque. C'est pour ça que le bateau a été mis sens dessus dessous, Ken cherchait le lapin qu'Alice avait pris, et toute preuve que Robert aurait pu cacher en relation avec l'opération de contrebande.

— Et la Française dont Ian m'a parlé ? ajouta Pia.

— Béatrice a décidé de parler une fois que nous avons fait correspondre ses empreintes digitales aux traces trouvées sur la doublure imperméable à l'intérieur du lapin en peluche, répondit Gavin. Elle essaie de rejeter la faute sur Ken, mais j'ai l'impression qu'ils étaient partenaires commerciaux dans tout ça. C'est elle qui l'a alerté du fait que Robert avait été repéré à l'usine de jouets à Laval, et nous pensons qu'elle a organisé son suivi jusqu'au Kent. Elle a cependant refusé de le tuer.

— Ken nous a dit qu'elle considérait que Robert était son problème à résoudre, continua Kay. Nous devrons entamer la procédure la semaine prochaine pour la faire extrader vers la France à un moment donné. Nos collègues là-bas veulent lui parler depuis un certain temps. Apparemment, son vrai nom est Michelle Dubois, c'est pourquoi son passeport n'a jamais été signalé quand elle est entrée au Royaume-Uni, il est faux.

— Avez-vous trouvé avec qui il travaillait à Manchester ? demanda Adam.

— Oui, et nous avons transmis les détails de cet aspect de l'opération de contrebande à nos collègues là-bas.

— Pauvre Alice, dit Barnes. J'espère qu'elle va s'en sortir après tout ça.

L'estomac de Kay gronda.

— J'ai entendu, dit Sharp.

Rebecca, sa femme, leva les yeux au ciel.

— Laisse cette femme tranquille, elle a été occupée.

— Un peu, oui, dit Kay.

Elle mit sa main en visière contre le soleil couchant.

— Debbie a-t-elle organisé le planning pour le reste du week-end ?

— Oui, vous êtes tous en congé jusqu'à lundi matin, répondit Sharp. Une pause bien méritée, je crois que c'est comme ça qu'on l'appelle.

— Bien, dit Gavin en vidant son verre de vin. Hé, ce n'était pas du français par hasard, si ?

Adam rit.

— Non, il est de Nouvelle-Zélande. Bois.

— Dans ce cas, je peux laisser ma voiture ici ce soir ? Je prendrai un taxi pour rentrer et je la récupérerai demain matin.

— Bien sûr, dit Kay. Attends, je vais chercher une autre bouteille dans le frigo.

— Je peux—

— Non, ça va. Je veux aussi mettre un sweat. Tout le monde a assez chaud ?

Un murmure de voix lui répondit, et satisfaite que ses invités soient à l'aise, Kay se dirigea vers la cuisine, laissa son verre de vin sur le plan de travail central et monta rapidement à l'étage.

Les rires en provenance du jardin flottaient à travers la fenêtre ouverte de leur chambre, et elle sourit en entendant Barnes taquiner Carys. Sans doute l'agente de police était-elle en train de se lier d'amitié avec une autre des poules.

Elle ouvrit un tiroir et sortit un vieux sweat favori, puis elle passa ses doigts dans ses cheveux et retourna sur le palier.

Elle s'arrêta devant la chambre d'amis qu'ils utilisaient désormais comme bureau.

Un ours en peluche était assis sur le coin de son bureau, une de ses oreilles de travers.

Elle fronça les sourcils, puis traversa la pièce et le prit.

Elle le tourna dans ses mains et elle essaya d'ignorer la douleur dans son cœur. Au lieu de cela, elle examina la couture sur le bas et tendit l'étiquette pour pouvoir la lire.

Fabriqué en Grande-Bretagne.

Kay soupira.

Elle remit l'ours à sa place, lui tapota la tête, puis descendit rapidement pour s'occuper du vin de Gavin.

Quand elle arriva dans le couloir, un bruit étrange lui parvint de la cuisine. Elle entendait toujours ses collègues et Adam dans le jardin, le grésillement et le craquement de la viande sur le barbecue, mais c'était différent.

— Oh, non...

Elle se précipita vers la porte juste à temps pour voir Mabel, la plus grosse des deux poules, s'envoler du plan de travail avant de se pavaner vers la porte de derrière.

— Si tu as fait caca dans ma cuisine, tu vas avoir de gros ennuis.

Elle s'approcha du plan de travail, déplaça la pile de magazines et de livres de cuisine empilés contre le bloc à couteaux, puis s'arrêta.

— Adam !

— Oui ?

Sa voix trahissait une pointe d'inquiétude.

— Qu'est-ce qui se passe ?

— Une de tes poules vient de pondre un foutu œuf sur le plan de travail de la cuisine !

Un rire tonitruant filtrait depuis le jardin.

La poule s'arrêta sur le pas de la porte, ses yeux perçants l'évaluant.

Elle la foudroya du regard.

Adam apparut à la porte de derrière, l'air d'avoir au moins essayé de garder son sérieux. Il ramassa le volatile et le serra contre sa poitrine, un sourire se dessinant au coin de sa bouche tandis qu'il lissait ses plumes, puis il lui fit un clin d'œil.

— J'imagine que tu n'as pas envie d'une omelette pour le petit-déjeuner demain matin, alors ?

BIOGRAPHIE DE L'AUTEUR

Rachel Amphlett est l'auteure de romans policiers et de thrillers d'espionnage les plus vendus par USA Today, et la plupart de ses livres ont été traduits dans le monde entier.

Ses romans sont disponibles en format numérique, en version imprimée et en livres audio dans les bibliothèques et chez les détaillants, ainsi que sur son site web.

Grande voyageuse et détective privée par accident, Rachel possède les nationalités australienne et britannique.

Pour en savoir plus sur les livres de Rachel, rendez-vous à l'adresse suivante : www.rachelamphlett.com.

www.ingramcontent.com/pod-product-compliance
Lightning Source LLC
Chambersburg PA
CBHW010423170726
48283CB00011B/3022